NAS MONTANHAS DE MONTE VERDE

LUCIANE MONTEIRO

1.Edição
2020

Dados Internacionais de Catalogação na Publicação (CIP)
(Câmara Brasileira do Livro, SP, Brasil)

Monteiro, Luciane
       Nas montanhas de Monte Verde / Luciane Monteiro. — 1. ed. --
Curitiba: Ed. da Autora, 2020.

       ISBN 978-65-00-11063-0
       1. Ficção brasileira I. Título

20 47298   CDD-B.869-3

Índices para catálogo sistemático:

1. Ficção : Literatura brasileira B.869-3
Aline Graziele Benitez - Bibliotecária – CRB-1/3129

Esta é uma obra de ficção. Qualquer semelhança com nomes, locais ou situações terá sido mera coincidência.

CONTEÚDO

DEDICATÓRIA

Dedico este livro às minhas leitoras românticas que sempre me pedem novas histórias e divagam comigo sobre cada personagem. Eis aqui, para vocês, uma personagem sonhadora que sorri para a vida com olhos suaves de quem sempre espera algo novo a cada trilha.

"Caminhou despreocupada pelos anos em curso que lhe discursavam mentiras a respeito do tempo. O tempo que espere, dizia, agitada. Ai, que não me perco de mim antes de sair da sombra!, gritava e, ventando-se dispersa, dava voltas em redemoinhos, pisando de não em não até encontrar seu sim."

O lenhador rústico

Helena já estava dirigindo havia quase duas horas desde que desembarcara em Guarulhos seguindo de carro até o distrito de Monte Verde, em Minas Gerais. A estrada estava tranquila e o dia agradável, mas viajar sozinha era, às vezes, cansativo para quem não gostava da solidão. Pegar a estrada era uma forma de desestressar, sem apressar o tempo. Era assim que seguia, observando formas e curvas ao longo do caminho, como a própria vida tantas vezes. Era como anotava o tempo em seu caderno de esperas e devaneios, sondando, ponderando, na simplicidade ou em olhares furtivos. Buscava acolher-se em sorrisos e reabastecer-se de alegrias nas histórias que com ela eram compartilhadas.

Começou a sentir-se um pouco cansada ao final da sua *playlist* favorita. Estar sozinha era bom, contudo também lhe dava tempo demais para pensar nas decepções que ainda não havia superado. Frustrações como o fim do casamento de quase dez anos e as inúmeras tentativas de engravidar.

Foi após o divórcio que encerrou seu contrato fixo, porém seguiu prestando serviços como autônoma para o jornalista Flávio Boaventura. Eles trabalhavam juntos havia sete anos, desde quando se conheceram no coquetel de lançamento da Ventura Magazine. Helena tinha bastante autonomia para compor a seção Conhecendo o Brasil, para a qual discorria, principalmente, sobre dicas de viagem.

Assim, nos últimos anos, sua vida se resumiu a muitas viagens, conhecendo diferentes lugares no país. Seu destino atual ficava ao sul de Minas Gerais, no município de Camanducaia. O distrito de Monte Verde, localizado no alto da Serra da Mantiqueira, por suas características bem europeias, despertou seu interesse logo que Flávio lhe pediu a matéria.

Segundo o GPS do celular, cuja bateria estava quase acabando, em breve chegaria ao seu destino. Estaria bem longe de casa desta vez, já que há dois meses visitara Gramado, no mesmo estado em que residia, fazendo uma matéria especial sobre as belezas e a gastronomia da cidade no inverno. Monte Verde também era famosa pelo frio, embora nesta época do ano, quase primavera, a temperatura estivesse um pouco mais amena.

Era com deleite que seguia para novos rumos quando tinha que fazer uma matéria especial, pois significava também uma forma de espairecer e não pensar demais na vida. Ficava empolgada com a expectativa de chegar a um novo lugar, observar as pessoas e experimentar pratos diferentes. Nada lhe dava mais prazer do que apreciar novas paisagens e respirar outros ares. Quando se afastava de casa, afastava-se também de velhas tristezas, vestindo a alma de novas cores.

A estrada cercada de verde por onde trafegava era agradável e tornava a viagem mais aprazível. Pelo que podia ver, estava bem próxima ao seu destino, pois havia acabado de passar por Camanducaia. Quando a paisagem começou a ficar verde de novo, sabia que logo veria o portal de entrada.

O ar frio deixou-a ansiosa para provar o chocolate quente, mas teria que esperar um pouco mais, pois, depois do barulho que ouviu, foi obrigada a estacionar apenas para confirmar que tinha um pneu furado. Foi nesse momento que percebeu, também, que ficara sem bateria. Não tinha o menor jeito para trocar pneus, de modo que nem arriscaria tentar.

Desceu do carro tentando avistar algum telefone ou alguém para pedir ajuda. Observou o céu, que começava a escurecer e o sol despedia-se com um último espetáculo de cores no horizonte. Foi com essa paisagem que viu, a certa distância, uma casa de madeira rústica perto da rodovia e seguiu até lá, esperançosa de que pudesse usar um telefone.

Aproximou-se devagar, atentando para o muro baixo que cercava a casa de aspecto bem aconchegante à beira da estrada. Apesar de pequena, tinha um quintal espaçoso de terra batida, porém bem ajeitado e sombreado por um salgueiro. Percebeu que, na quase penumbra, refletia-se o perfil de alguém. Diminuindo ainda mais os passos, observou o homem que cortava lenha no quintal e ficou impressionada com a força e precisão dos movimentos do sujeito alto, de cabelos escuros e expressão bastante fechada.

Deteve-se ainda uns instantes observando os seus gestos tão intensos e sentindo o cheiro agradável de madeira, antes de bater palmas para lhe chamar a atenção, pois não havia campainha. O homem estava bem concentrado em seu serviço, amontoando uns pedaços de madeira no chão e demorou a perceber sua presença. Ela teve que chamar mais uma vez, depois que despertou dos próprios pensamentos, já que aquela visão tão rústica quanto a casa a deixara, de certa forma, desconcertada.

— Olá — ela chamou sua atenção de novo, acenando.

Ele levantou o rosto sem alterar a expressão austera. Passou a mão na testa, limpando uma gota de suor e olhou firme para ela, não parecendo nada contente com a interrupção.

— Boa tarde — ela cumprimentou, tentando ser simpática.

Helena, que sempre tivera muita facilidade de se comunicar com as pessoas, abriu um sorriso espontâneo, mas ficou extremamente sem graça quando não foi correspondida. O homem mantinha a mesma expressão séria e não parecia nem um pouco disposto a fazer amigos. Aproximou-se a passos lentos, apoiou os braços sobre a cerca e esperou que ela falasse. O seu silêncio durou tempo suficiente para que ela mergulhasse naqueles olhos tão negros e... tão frios, pensou.

— Eu estou chegando hoje à cidade e tive um imprevisto, mas antes...

Ela pensou em se apresentar primeiro, para ser educada, porém foi interrompida pelo homem, que parecia impaciente para que ela fosse logo ao assunto.

— Em que eu posso ajudar? — perguntou, muito sério, com uma voz grave e um fascinante acento diferenciado.

Diante daquele homem tão seco, ela ficou um tanto sem graça, até mesmo atrapalhando-se com as palavras.

— Eu, bem... meu carro, quer dizer, o pneu do carro, o pneu furou, eu... precisava de um telefone para...

— Onde está seu carro? — ele a interrompeu mais uma vez.

— Está logo ali, do outro lado da rua. Eu ia chamar a locadora, mas acabei ficando sem bateria, já que usei o GPS do celular durante toda a viagem — ela tentou explicar.

Sem dizer nada, ele foi logo abrindo o portão e caminhou em direção ao carro dela. Helena o seguiu depressa, tentando alcançá-lo.

— Pode me dar as chaves? — o sujeito pediu, com a mesma expressão sisuda no rosto.

— Sim, mas... — ela entregou as chaves ao lenhador que, imediatamente, começou a tirar o estepe — pensei em usar seu telefone para chamar a locadora, eles normalmente mandam alguém para trocar.

Entretanto, o homem não se importou com o que ela dizia e simplesmente prosseguiu fazendo o serviço em silêncio. Helena não costumava ficar perturbada na presença de estranhos, já que gostava de conversar e conhecer pessoas, mas o tal lenhador não parecia nem um pouco interessado em fazer amizade e conseguiu deixá-la bem incomodada. Sem opção, ela aproveitou o seu silêncio para espiá-lo enquanto trocava o pneu, mais uma vez impressionada com os braços fortes e traços marcantes. Ainda deu tempo de observar que a calça jeans contornava pernas longas e bem delineadas.

— Eu não queria dar trabalho — ela disse, enquanto ele se levantava.

— Já deu — ele respondeu, simplesmente, colocando as chaves de volta em sua mão.

— Bem, mas não era minha intenção... — Helena ainda protestou. — Eu só pedi um telefone — justificou.

A jornalista o olhou um pouco sem ação e ficou de certo modo irritada, mas não podia negar que ele lhe poupara um bom tempo de espera, o que não seria interessante, já que estava anoitecendo. Na verdade, sua ajuda tinha sido muito bem-vinda, entretanto não custava nada ser um pouco mais hospitaleiro, tendo em vista que se tratava de uma cidade turística, pensou. Esperava, honestamente, que nem todos os moradores fossem secos como ele.

— Já está anoitecendo, não é seguro que fique esperando um carro de socorro — ele fez um gesto de despedida com a cabeça, parecendo ter pressa de voltar para os seus afazeres.

— Vou me hospedar no hotel Berghütte Monte Verde, você conhece? Pode me indicar como chego lá? — ela aproveitou para pedir informações, já que não tinha mais o GPS.

— Segue reto — ele disse, apontando para a estrada. — Vai ver uma placa indicativa.

— Parece que a cidade é mais fria do que eu supunha — ela comentou, encolhendo-se com o vento frio, insistindo um pouco mais em puxar assunto. — Como tem estado o tempo esses dias?

Não sabia o porquê, mas quis ouvir um pouco mais daquele sotaque castelhano.

— Frio — ele, porém, continuou com respostas curtas e secas.

— Bem, obrigada por sua ajuda. Quanto lhe devo?

— Se me deixar terminar meu trabalho agora, o serviço já estará bem pago — ele respondeu, provavelmente ansioso para que ela seguisse seu caminho.

— Ah, claro. Não vou te atrapalhar mais — disse, sem graça.

— Então boa noite — o estranho se despediu, preparando-se para voltar.

Ela, por sua vez, continuou parada do mesmo jeito, ainda olhando um pouco sem ação para aquele homem, cuja presença parecia tão desconcertante. Ele deu uma rápida olhada para trás:

— Devia ir também — disse-lhe, então, antes de atravessar a rua.

Ela se sentiu flagrada e despertou novamente de seus pensamentos, entrando depressa no carro e seguindo seu rumo. Ainda deu uma última olhada para a casa de madeira, em tempo de ver o lenhador rústico entrando sem olhar para trás.

Decidiu se concentrar em observar a simpática Monte Verde enquanto se dirigia ao hotel e esquecer o tal sujeito. Quando chegou, Bruno Correia já esperava por ela, acompanhado de uma jovem.

— Boa noite, Helena Guimarães — ele a cumprimentou — lembra de mim?

— Bruno, claro que lembro, você foi nosso estagiário na revista. Então se mudou mesmo em definitivo para Monte Verde?

— Sim, eu retornei à minha terra. Na verdade, sempre fui apaixonado por esse lugar, por algumas razões. Ah, Ana é uma delas — ele apresentou a jovem que o acompanhava.

— Muito prazer, Bruno me contou que você é uma excelente jornalista. Vamos te ajudar no que for preciso para escrever sua matéria sobre Monte Verde — a garota disse, sorridente. — Garanto como você vai se apaixonar por esse lugar.

— Eu agradeço muito a ajuda de vocês e não duvido de que vou gostar. Fiz uma pesquisa na internet e me pareceu um lugar bastante agradável. Fiquei bem interessada quando o Flávio me pediu que viesse para cá.

— Ainda mantenho contato com o Flávio — Bruno continuou —, por isso ele pediu para eu te ajudar e eu convoquei uma assistente muito especial, a Ana. Você sabe que eu abri um Café na cidade, não é? Então você normalmente saberá onde me encontrar. Por outro lado, nem sempre poderei te acompanhar nos passeios.

— Um Café é sempre um lugar agradável para encontrar alguém, principalmente em Monte Verde, já que faz tanto frio — Helena comentou, ansiosa para conhecer o estabelecimento.

— Bem, então vou te oferecer o desjejum amanhã, combinado? Hoje vamos te levar para jantar assim que estiver pronta. Imagino que vai querer descansar um pouco. Agora me conte, como foi a viagem? Achei que você demorou, estávamos preocupados.

— Na verdade eu tive um imprevisto, o meu pneu furou quando eu estava quase chegando. O problema é que eu estava sem bateria no telefone.

— Sério, mas o que fez? — ele quis saber. — Não consigo imaginar você, tão delicada, trocando um pneu.

— Pedi ajuda a um estranho — confessou. — Na verdade, eu não tinha outra saída, não vi nem telefone público onde eu estava.

— Isso é muito perigoso — ele a advertiu.

— É, eu sei, mas o homem que me ajudou não representava perigo. Aliás, ele não estava nem disposto a conversar, um sujeito seco, esquisito —

comentou, lembrando-se do lenhador.

Despediu-se de seus anfitriões e foi para o quarto do hotel onde se hospedaria. A vista de sua suíte era deslumbrante, da varanda podia admirar a mata atlântica e apreciar a beleza exuberante das montanhas. O quarto escolhido era amplo, espaçoso e aconchegante. E certamente um dos preferidos dos que buscavam Monte Verde pelo clima romântico, já que se tratava de um destino muito procurado por casais em lua de mel.

Que desperdício, ela pensou, uma solitária num ambiente tão propício para dois. Mas não havia dois em sua vida, era sozinha. Desde que se separara de Henrique, não quis mais saber de relacionamentos.

Sentou-se pensativa, lembrando-se da história que, um dia, fora bonita. Havia conhecido o ex-marido no primeiro período da faculdade e não demorou muito para se encantarem um pelo outro. A afinidade entre eles foi tão grande que decidiram por oficializar a união já no final do primeiro ano juntos.

No começo do namoro ela ainda morava com os pais, que viviam em meio a discussões infinitas, de modo que estar longe de casa significava paz de espírito para ela. Provavelmente foi o que acabou contribuindo para que se apegasse mais a Henrique, com quem passava a maior parte do tempo. Antes de se casar, muita coisa já havia mudado em sua casa, os pais se divorciaram e a mãe mudou-se para o exterior com o novo namorado.

Sentiu como se seu casamento representasse a liberdade pela qual o pai também ansiava, tendo em vista que, pouco tempo depois, ele foi embora para realizar seu sonho de velejar pelo mundo. Lamentou a ausência de ambos naquele momento, porém às vezes tinha a impressão de que nunca haviam sido realmente presentes.

Henrique tinha sido um excelente companheiro desde o primeiro encontro quando ela, perdida, tentava se organizar com um trabalho na biblioteca. Ali começou uma amizade que logo se transformou em namoro. Supôs que tivesse encontrado seu companheiro da vida, jurou que nunca haveria discussões, principalmente em frente aos filhos, pois não queria uma criança frustrada como ela própria fora um dia. E realmente não houve discussões, mas ela demorou para entender que o excesso de silêncio também era uma forma de esfriar um relacionamento.

A intimidade se perdeu ao longo do tempo. Ainda se sentia decepcionada, sem saber onde haviam errado e quando foi que a relação esfriou e virou apenas amizade; talvez tenha começado cedo demais ou a culpa fosse da gravidez que nunca viera. De qualquer maneira, lamentar não mudaria nada, o casamento não foi como esperou, uma união para a vida inteira, e a separação já não doía tanto pela falta ou sentimento de ausência, mas pelo sentimento de ter falhado.

Fechou os olhos mais uma vez buscando refrigério para o vazio que lhe rasgava a alma, a solidão que insistia em lhe fazer companhia. Apesar do frio, arriscou respirar o ar da serra, gostando da atmosfera tão diferente do agito e barulho de carros de Porto Alegre. Já estava gostando do lugar, que lembrava um pouco Gramado e também Campos do Jordão, só que parecia ainda mais aconchegante. Sentiu-se em casa naquele quarto elegante, ainda que um pouco nostálgica.

Mais tarde foi se encontrar com Bruno e Ana no centro. Enquanto os esperava, caminhou pelas ruas charmosas e acolhedoras, com suas lojas e restaurantes atraentes. Gostava daquele ambiente agradável de cidade pequena, principalmente com características tipicamente europeias, cuja influência era vista no estilo das construções.

Andava tranquila pelas ruas emolduradas por araucárias, quando viu Bruno lhe acenando e se dirigiu com ele e Ana ao Bistrô da Montanha, onde saboreou o *Spaghetti Gamberetti*, um prato de camarões rosa com molho especial de tomates e ervas em massa seca italiana. Depois da viagem cansativa, permitiu-se saborear uma boa taça de vinho.

Quando voltou para o hotel, não resistiu e se deu ao luxo de mergulhar na banheira de hidromassagem. Naquela noite, queria fechar os olhos e não pensar em nada. Entretanto, não foi isso que aconteceu, pois, ao fechar os olhos, a imagem que veio à sua mente foi a do lenhador de braços fortes manuseando o machado que partia em segundos os tachos de madeira. Abriu os olhos novamente, assustada com o próprio pensamento, já não devia mais estar pensando naquele acontecimento tão sem importância, um desconhecido marrento que lhe fez um favor meio a contragosto. Um desconhecido de braços fortes e olhar extremamente perturbador, pensou.

Tentou afastar depressa aquela lembrança e, finalizando o banho, foi de novo para a varanda. Dali avistou, ao longe, entre as montanhas, um lugar bem iluminado que lhe chamou a atenção. Supôs que era um conjunto de chalés, entretanto achou interessante que, entre eles, havia uma área ao ar livre onde algumas pessoas estavam reunidas. Não prefigurava exatamente um hotel, mas uma minúscula vila, quase um condomínio fechado, o que achou bem incomum. Não podia ver muita coisa devido à distância, porém achou interessante a cena, as pessoas se encontrando no que parecia ser um bosque central e se divertindo até mesmo com danças típicas pelo que podia deduzir do que conseguir ver.

Ficou um bom tempo admirando-os, tão animados e festeiros enquanto ela não sentia nada mais que solidão. Foi, portanto, até o frigobar e voltou para a varanda, desta vez saboreando sozinha uma taça de champanhe. Ficou ali até que fechou os olhos, sentindo com prazer a brisa soprar em seu rosto antes de se recolher, já assustada com as horas que passaram depressa.

Na manhã seguinte, ainda se recuperando da viagem, acabou acordando tarde e foi logo se encontrar com Bruno no Hauser Café, do qual ele era proprietário. O empresário conseguiu sentar-se para acompanhá-la no café da manhã.

— Hoje não vai ser muito fácil te dar atenção porque a partir de sexta-feira o movimento é mais intenso no café com a chegada dos turistas — ele avisou.

— Não tem problema, eu estou com tempo. Na verdade, tenho uns dias de folga que resolvi emendar com essa viagem, pois ouvi dizer que é um bom lugar para aproveitar a natureza e descansar também.

— Você deveria ter vindo no mês de julho, já que o frio intenso aqui é uma das grandes atrações turísticas, você sabe — ele lembrou.

— Sim, eu sei. Andei vendo fotos deslumbrantes da paisagem de inverno daqui, entretanto não pude vir antes mesmo. Por outro lado, estou contente de pegar temperaturas mais amenas, pois já enfrentei o frio de Gramado esse ano.

— Bem, estamos em setembro, a temperatura vai variar entre nove e vinte e dois graus mais ou menos. Você ainda vai sentir a brisa fria de vez em quando — ele alertou.

— Eu já senti ontem à noite da varanda do quarto e estou adorando esse clima suave: nem o frio congelante de Monte Verde, em julho, nem o calor atordoante da minha cidade no verão — ela riu. — E a sua namorada?

— Bem, ela vai passar o final de semana em Camanducaia. Tem ido para lá com certa frequência para ajudar a irmã que está grávida, mas logo estará de volta — ele explicou. — Venha, vamos aproveitar que o fluxo de pessoas diminuiu e dar uma volta. O movimento vai aumentar de novo no final do dia.

Helena aceitou o convite e caminharam juntos até a Avenida Monte Verde, onde o grande termômetro marcava doze graus. Não se comparava ao frio de julho, quando as temperaturas costumam estar abaixo de zero, porém ainda se podia sentir uma brisa agradável que lembrava a paisagem de inverno, apesar de já estarem a poucos dias da primavera.

Iriam caminhar mais pela avenida, mas ele logo recebeu uma ligação e teve que voltar ao Hauser Café. Helena resolveu se sentar e explorar alguns folders de bares, restaurantes e pontos turísticos da cidade. Mais tarde almoçou com Bruno e, então, voltou ao hotel a fim de organizar seu itinerário para os dias seguintes. À noite, em vez de jantar, preferiu experimentar o strudel salgado de frango antes de provar o delicioso chocolate quente cremoso, uma de suas guloseimas favoritas.

Mais tarde estava novamente sozinha caminhando pelo quarto do hotel. Não sentia sono, por isso se serviu de uma taça de champanhe e foi para a varanda apreciar a vista para as montanhas e para os chalés animados que despertavam sua curiosidade.

Ali, sentindo a brisa mais fria da noite, lembrou-se mais uma vez de um olhar misterioso, os olhos negros do lenhador que encontrara na estrada. Mas por que aquele olhar não lhe saía do pensamento?, perguntou-se, intrigada. Talvez ainda estivesse impressionada, mas logo passaria, pensou, alegrando-se com a imagem de pessoas se reunindo numa espécie de pátio entre os chalés, iniciando o que imaginava ser uma divertida dança. Não sabia exatamente a que distância ficava o lugar do hotel, mas sentiu muita vontade de estar entre eles. Besteira, riu consigo mesma, precisava era descansar bastante para se inspirar e escrever seu artigo.

No sábado, Bruno a levou para conhecer rapidamente um pouco das áreas verdes e lhe mostrou, inclusive, algumas áreas de desmatamento ilegal.

— Ninguém investiga isso?

— Depende quanto se paga — ele insinuou que havia pessoas com dinheiro envolvidas. — No país inteiro existe isso, Helena, aqui não seria diferente — lamentou.

Já que estavam na estrada, Bruno a levou para uma caminhada até a cachoeira em uma das fazendas da região. Helena não perdeu tempo e tirou muitas fotos de toda a mata nativa e das corredeiras, aproveitando cada segundo daquela natureza exuberante. Voltaram cansados e almoçaram tarde. A jornalista decidiu ficar no hotel e se poupar para o dia seguinte, pois Ana estaria de volta e a levaria para passar o dia num centro de lazer e esportes radicais.

Pensou em dormir cedo depois de atualizar seus arquivos, porém, quando se sentou diante do computador, mais uma vez a mesma imagem lhe veio à mente: a casa rústica de madeira à beira da estrada, o lenhador de braços fortes cortando a lenha com tanta intensidade, os olhos negros, os olhos frios... Frios ou angustiados? Ela não conseguiu definir por que aquele olhar mexeu tanto com ela. De qualquer maneira não o veria de novo, a não ser quando estivesse indo embora de Monte Verde e passasse mais uma vez em frente à casa. Contudo não teria nenhuma desculpa para bater palmas no portão de novo, lamentou.

Helena caminhou bem cedo pelo centro na manhã seguinte, tirando fotos e conversando com alguns moradores locais. Queria fotografar o dia a dia do distrito, o vai e vem das pessoas, desviando um pouco o foco apenas dos pontos turísticos. Desejava que seus leitores sentissem o que era viver no lugar, acordar cedinho e ver a vila despertando.

Foi nesse momento que viu um homem carregando umas caixas do mercado para uma carreta e fotografou, com a intenção de mostrar o início de um dia comum de trabalho dos moradores. Porém, o sujeito se virou de repente e não ficou nada feliz em se deparar com sua câmera.

— Mas o que significa isso? — ele perguntou, extremamente aborrecido.

Helena não esperava aquela reação e olhou um pouco assustada, tentando se explicar depressa:

— Eu só tirei uma foto sua. De costas — ela justificou, ao mesmo tempo em que se surpreendeu, mais uma vez, com o olhar marcante do lenhador.

Na verdade, não sabia se estava mais atordoada com a reação turbulenta dele ou com o reencontro inesperado.

— Com a autorização de quem? Quero que apague isso agora — ele disse, sério, apontando para sua câmera.

— Está bem — ela excluiu a foto imediatamente. — Olha só, apagado — disse-lhe mostrando o visor da máquina.

— Ótimo, devia aprender a respeitar a privacidade dos outros — ele a repreendeu em seguida.

— Era só uma foto, nem dava para ver seu rosto — a jornalista argumentou. — Aliás, se eu tivesse visto, certamente não teria tirado — completou.

— O que disse? — ele virou-se para ela de novo.

— É que parece que está sempre de mau humor! — Helena acabou falando.

Só então ele olhou melhor para ela, reconhecendo-a.

— Ah, a moça do pneu — o homem disse, sem mudar muito a expressão.

— Na verdade, eu tenho nome. Helena — a jornalista enfatizou, séria.

— Muito prazer — ele respondeu, sem muita vontade, já se preparando para entrar na caminhonete.

— Não vai me dizer seu nome, lenhador? — Helena perguntou, antes que ele partisse.

Ele contraiu as sobrancelhas e a encarou uns segundos.

— Lenhador — respondeu, indiferente, entrando no veículo e fechando a porta.

Ela olhou um pouco irritada com a sua ironia e falta de cordialidade com os visitantes. Inconformada, foi até a janela do veículo:

— Muito bem, senhor lenhador, podia, ao menos, se desculpar por ter sido tão grosseiro.

— E você pode ter sido intrometida — ele rebateu.

Helena cruzou os braços, indignada com aquele sujeito arrogante, mas sabia que não adiantaria discutir com ele.

— Ah... tudo bem, me desculpe, então — disse, tranquila, achando que deveria agir diferente dele.

Ele ergueu as sobrancelhas, um pouco surpreso.

— Eu posso te pagar um café para compensar minha atitude inconveniente, já que tem uma cafeteria do outro lado da rua e você está trabalhando tão cedo em pleno domingo — ela sugeriu.

Ele pensou um pouco e, então, suspirou, voltando a ficar sério.

— Olha, eu realmente preciso ir. Quem sabe numa outra oportunidade, mas agradeço o convite — disse, por fim, despedindo-se.

Helena despediu-se um pouco desapontada, ainda observando a caminhonete enquanto se afastava. Não entendia por que havia ficado incomodada novamente com aquele encontro, afinal era só um sujeito rude que não estava nem um pouco aberto a novas amizades.

Dirigiu-se ao Hauser Café e, como Bruno estava sozinho para atender aquela manhã, foi Ana quem lhe fez companhia. Helena ficou contente que ela estivesse de volta.

— E, então, o que está achando da cidade? — a jovem quis saber.

— Não conhecia quase nada ainda, mas estou achando encantadora — a jornalista respondeu, sincera.

— E o hotel? Tentamos escolher um dos melhores.

— Maravilhoso! Um dos melhores hotéis em que já me hospedei — ela disse. — Aliás, é um desperdício um quarto daquele tamanho só para mim, deve ser o preferido dos casais apaixonadas que vêm a Monte Verde.

— Como eu disse, tentamos escolher o melhor. E, já que vai divulgar nossa cidade, conseguimos um ótimo valor. Você veio direto do hotel? Achei que viria mais cedo.

— Eu caminhei um pouco pela cidade antes. Assim que acordei, saí para tirar algumas fotos e conversei com alguns comerciantes. Inclusive, já levei uma bronca logo cedo do mesmo sujeito que trocou o pneu para mim.

— É mesmo?

— Sim, um sujeito seco, que parece estar sempre de mal com a vida — a jornalista desabafou.

— Hum, parece... — Ana se lembrou de alguém.

— Tinha um sotaque diferente, inclusive. Acho que não era daqui.

— Deve estar falando do espanhol — a jovem sorriu.

— Ah sim, com certeza, era um sotaque castelhano, mas já ouvi dizer que os espanhóis são antipáticos mesmo — ela brincou.

— Mais ou menos — Ana disse, rindo com Helena. — Ele já foi mais sociável, mas hoje é bem mais fechado.

Helena ficou curiosa, porém não quis ficar perguntando muito.

— Mas me diz uma coisa — Ana quis saber, curiosa. — Ele mal fala com as pessoas, como conseguiu levar uma bronca? — a jovem achou engraçado.

— Eu tirei uma foto dele, de costas. Ele ficou furioso!

Ana balançou a cabeça e chamou a atenção do namorado:

— Bruno, adivinha de quem Helena foi tirar foto logo cedo? Do espanhol.

Bruno, do balcão, também balançou a cabeça.

— O que tem isso de mais? Ele é um grosseiro. Foi só uma inocente foto, e de costas, nem aparecia o rosto dele! — Helena, contou, indignada.

— Helena, ele é um homem muito machucado pela vida e não quer contato com ninguém — Ana lhe disse, baixinho. — Na verdade, ele ficou assim depois que foi abandonado pela esposa.

— Me conta essa história — Helena foi quem ficou curiosa dessa vez.

— Isso já tem alguns anos, mas ele nunca mais foi o mesmo desde o acontecimento. Isolou-se no seu mundo, ficou amargo, inacessível. As pessoas até tentaram se aproximar dele de novo, mas ele não quis saber de mais ninguém.

— Que triste um homem se entregar desse jeito — a jornalista comentou, sentindo-se, de certa forma, tocada com aquela revelação.

— Bem, cada um trabalha com a dor de um jeito diferente — Ana deu de ombros.

— Essa mulher deve ter sido muito importante para ele.

Ana logo se empolgou para lhe contar a história:

— Ah foi, sim, ele era louco por ela. Os dois começaram a namorar quando estavam ainda no Ensino Médio. Eles pareciam um casal muito feliz até que ela teve um caso extraconjugal com um homem de fora da cidade.

— Como assim? Como ela pôde fazer isso? — Helena, que era uma romântica incorrigível, demonstrou-se inconformada com tal traição.

— Bem, Carla sempre morou aqui, nunca saiu de Monte Verde. Então, quando o visitante chegou, ela ficou encantada com a ideia de ir para a cidade grande. Dizem que esse homem prometeu que faria dela uma atriz famosa.

Bruno as interrompeu quando teve uma folga, nada contente com o comportamento da namorada:

— Ana, você devia parar de falar da vida dos outros, isso é muito feio — ele disse, sentando-se um pouquinho com as duas.

— Você está certo, meu amor — a jovem disse, sem graça. —

Vamos falar de outras coisas. Helena, está pronta para se aventurar? Vou te levar a um lugar que, com certeza, não pode faltar na sua matéria. Além disso, podemos nos divertir bastante lá, se é que você gosta de atividades assim.

— Gosto, sim, de me aventurar. Afinal, de vez em quando é necessário um pouco de adrenalina para movimentar meus dias sempre pacatos.

— É muito divertido para quem gosta. Tem tirolesa, arvorismo, escalada, arco e flecha, tem muita coisa.

— Ótimo, adorei a sugestão — ela disse, empolgada.

A fim de aproveitar bem o dia, as duas partiram imediatamente após o café. Há muito tempo Helena não se divertia tanto como naquele dia, aventurando-se no arvorismo, tirolesa e escalada. Aproveitou, também, para tirar muitas fotos e conversar com alguns turistas. Depois de um dia inteiro de aventuras e caminhadas, elas pararam para um suco, aproveitando para conversar um pouco mais.

— Então você sempre morou aqui, mas não conhecia o Bruno antes de ele retornar? — Helena perguntou, querendo conhecer um pouco mais a jovem.

— Bem, nós nos conhecíamos de vista da faculdade. Então, ele foi estagiar em Porto Alegre, com a indicação de um tio que mora lá, e retornou bem mais tarde, apenas para resolver umas questões de trabalho para seu chefe na revista. Foi quando nos reencontramos e sentimos algo diferente dessa vez — ela sorriu, lembrando-se do início de namoro.

— Interessante. E, então, você roubou nosso estagiário? — Helena brincou.

— É verdade. Ele até tentou me convencer a trabalhar em Porto Alegre com ele, mas então surgiu a ideia do Café e ele viu que valia mais a pena. Foi aí que voltou para terminar a faculdade e ficou em definitivo.

— Que lindo! — ela sorriu. — Ele parece muito apaixonado por você.

— E eu por ele — Ana afirmou, com uma linda carinha de apaixonada. — Mas, e você? É casada? Tem filhos?

— Eu sou divorciada e não tenho filhos — respondeu, com uma expressão não muito animada no rosto, pois ainda incomodava um pouco falar da separação.

— Desculpe, parece que esse assunto te chateia, não foi minha intenção.

— Tudo bem, eu estou me acostumando. É que eu e o Henrique, meu ex-marido, nos casamos muito cedo. Eu tinha aquela ilusão de que ficaríamos juntos para sempre, então às vezes fico me perguntando por que eu falhei.

— Não faça isso! — Ana disse. — Você não falhou em nada, não era ele o seu grande amor, só isso.

— Está bem — Helena balançou a cabeça, achando engraçado o jeito da jovem.

— É verdade — Ana insistiu. — Se fosse, você não o teria deixado ir. Quando você encontrar seu verdadeiro amor, vai sentir o coração disparar perto dele, vai estremecer quando ele te tocar e não vai querer se livrar dele nunca mais — a jovem fazia caras engraçadas para diverti-la.

— Obrigada por me avisar, estou ansiosa por isso — a jornalista resolveu entrar na brincadeira.

No final daquele dia, Helena sentou-se na enorme cama de casal de seu quarto com um pote de sorvete na mão. Quando a noite caía, sentia-se nostálgica, sozinha, justo ela que, tão carente, adorava adormecer com a cabeça no peito do ex-marido. Agora sentia falta do seu travesseiro gigante para abraçar e amenizar a solidão.

Antes de se deitar para assistir um pouco e dormir, ela foi até a janela, onde se deparou com a vila animada de novo. Observou, mais uma vez, algumas pessoas reunindo-se ao centro da pequena sequência de chalés. Luzes, dança e gente animada, pelo que conseguia enxergar da distância em que estava. Parecia haver mesmo muita movimentação naquele lugar. Claro que, envolvida mais tarde no silêncio do quarto, acabou lembrando-se do encontro tão efêmero com o espanhol arisco. Porém não queria mais se preocupar com ele, já que ele tampouco estava interessado em se demonstrar hospitaleiro com os visitantes.

No dia seguinte, após checar as anotações que fizera sobre o distrito, ela não esperou por Bruno para agendar uma entrevista com o dono da Madeireira Berlanga, empresa conhecida por trabalhar somente com extração legal de madeira, além do tratamento de eucaliptos. Por seu trabalho, o Sr. Berlanga era muito respeitado na região de Monte Verde, formada por uma rica vegetação, com trechos remanescentes da Mata Atlântica, incluindo araucárias centenárias e áreas de reflorestamento de pinheiros e eucaliptos.

Segundo pesquisa que fizera, o dono da madeireira era um grande defensor do uso ecologicamente correto da madeira. Por outro lado, nas redondezas havia, também, alguns grupos clandestinos que comercializavam madeira ilegalmente, inclusive de áreas de proteção ambiental.

Após agendar com a secretária, a jornalista dirigiu-se logo cedo para a madeireira, que ficava no terreno anexo à casa do proprietário. Admirou a organização e limpeza do local, onde havia, também, uma loja de móveis rústicos, em qual se encantou pelas belas mesas, cadeiras e baús, bem como os objetos de decoração. Como chegou muito cedo e foi informada de que ele ainda estava em casa, decidiu ir até lá, já que ficava ao lado.

A casa do Sr. Berlanga fora construída no meio de um terreno muito grande e arborizado, de modo que as sombras das árvores tornavam o ambiente bem acolhedor. No entanto, a jornalista estranhou que a fonte no meio do jardim estivesse com aspecto de abandono e desligada, bem como o jardim, totalmente sem vida e cheio de mato, o que não combinava com a aparência aconchegante da construção. A casa, de madeira rústica, era grande e tinha uma agradável varanda de frente para o jardim, onde apenas uma poltrona repousava vazia. Ela subia os degraus da varanda para tocar a campainha, quando alguém abriu a porta bruscamente.

Helena levou um susto com o barulho e olhou para aquele homem alto e intimidador a sua frente, a quem encarou alguns segundos. Sentiu que seus batimentos cardíacos aceleraram um pouco e ficou com medo do que Ana dissera. Mas, provavelmente, fora o sobressalto pela forma brusca como ele surgiu no meio de todo o silêncio do local.

— Lenhador — disse, séria.

— Bom dia, senhorita. Em que posso ajudar? — ele tinha a mesma expressão séria e nada receptiva.

— Bem, senhor lenhador, eu gostaria de falar com seu chefe — ela procurou ser mais seca naquela manhã, já que ele continuava com seu jeito fechado.

— Bem, senhorita intrometida, talvez eu possa ajudá-la — ele usou um tom mais irônico dessa vez.

— Desculpe, mas eu marquei um horário com o dono da madeireira ao lado, o Sr. Juan Berlanga. E eu não sei se você se lembra, mas eu me apresentei a você, meu nome é Helena — disse ela para justificar por que o chamava de lenhador.

— Helena Guimarães?

— Como sabe meu sobrenome? — perguntou, não se lembrando de lhe ter dito.

— Sente-se e faça suas perguntas. A propósito, muito prazer, Juan Berlanga.

— Mas... — ela ficou um pouco sem graça.

Então Juan Berlanga era o espanhol de quem Ana e Bruno haviam lhe falado! Somente naquele momento ela se lembrou de ler lido sobre as origens do empresário. O casal havia mencionado apenas as razões para o comportamento arisco do espanhol sem explicar especificamente de quem se tratava.

— Aliás, não havíamos combinado de nos encontrar na madeireira? — ele questionou. — Ao menos, foi esse o recado que minha secretária me passou.

— Sim, eu cheguei mais cedo e disseram que ainda estava em casa, e que era ao lado. Eu quis fazer uma entrevista mais informal, já que a minha ideia era mostrar o dia a dia de um grande empreendedor e defensor do meio ambiente — ela explicou.

— Não há nada especial no meu dia a dia, preferia que você focasse apenas no meu estabelecimento e no meu trabalho — ele foi direto.

— Bem, Sr. len... Sr. Juan, eu gosto de fazer minhas matérias focando um lado diferente, que fuja um pouco do tradicional, sabe? E, para dizer a verdade, adorei essa casa, essa poltrona e essa varanda — disse, demonstrando estar bem acomodada.

— Tendo em vista que você já se instalou, podia começar logo, assim eu posso ir trabalhar — ele sugeriu.

— Podia tentar sem mais gentil hoje — a jornalista propôs, tranquila.

— Me desculpe — ele disse, não se incomodando muito com o comentário dela e permanecendo em pé, com os braços cruzados. — Esse é meu jeito, eu sinto muito.

— Você não vai se sentar? — ela perguntou.

— Só tem uma poltrona.

Ela o olhou uns segundos analisando sua declaração.

— Acho que não é de receber muitas visitas, não é? — a jornalista deduziu.

— Exatamente, vejo que já conseguiu perceber algumas coisas ao meu respeito. Não gosto de visitas, por isso só tem uma poltrona na minha varanda, o que significa que as visitas eventuais costumam ir logo depressa ao assunto.

Ela entendeu a indireta, mas tentou não se deixar intimidar:

— Bem, mas não vai ficar aí, em pé, do alto de seu um metro e oitenta de altura, me olhando, vai?

— Um metro e oitenta e cinco — ele corrigiu. — E, sim, vou ficar aqui.

— Que seja — ela se levantou. — Vou ficar em pé com você — disse, tranquila, pegando seu caderno de anotações e celular.

Juan suspirou, impaciente.

— Está bem — ele cedeu. — Sente-se, eu vou pegar outra cadeira e já volto — disse se retirando.

Helena aproveitou para se recompor, pois ainda estava um pouco sem graça por ter se dirigido ao dono da Madeireira Berlanga como se fosse apenas um funcionário. Ou... o lenhador rústico, como supôs no início.

Juan voltou, logo em seguida, com outra cadeira:

— Podemos, finalmente, começar? — ele sugeriu.

— Claro, primeiramente queria me desculpar por te chamar de lenhador, mas é que, a primeira vez que te vi, era o que fazia. E era outra casa, logo na entrada, não era? Muito menor do que essa, se bem me lembro.

— Aquela é a casa de um antigo colaborador meu. Ele já é um senhor e mora sozinho, eu levo e corto as madeiras para ele, assim pode se aquecer na sua lareira, além de cozinhar no fogão a lenha, que é o que lhe dá prazer.

— Hum... É um homem bem prestativo, Sr. Juan! E posso dizer com propriedade, já que me ajudou também — ela se referiu à troca do pneu.

— Sou apenas prático. Se eu puder fazer, eu faço — ele deu de ombros.

— Conte-me um pouco sobre como começou no ramo de madeiras, quando se estabeleceu em Monte Verde — ela quis saber sobre sua especialidade.

— Quando viemos da Espanha e meu pai comprou alguns terrenos aqui, eu ainda era muito pequeno. Já tínhamos madeireira em Bilbao, onde meu pai contraiu muitas dívidas, de modo que nos mudamos praticamente para fugir de cobradores. Então não é uma história muito bonita — ele alertou.

— E quando você começou a trabalhar com seu pai?

— Desde sempre, eu acho. Sempre fui apaixonado por esse cheiro de madeira, gostava de ajudá-lo. Entretanto, quando minha mãe ficou doente, ele novamente contraiu dívidas por conta disso. Aproveitando-se de nossa situação, o Sr. Francisco Montez comprou muitas terras nossas a "preço de banana". O que você vê aqui foi tudo que consegui salvar.

— E seus pais? — ela quis saber.

— Minha mãe estava muito doente e, apesar das dívidas contraídas para o tratamento, o Sr. Lorenzo não conseguiu salvá-la. Inconformado com a sua morte, meu pai se afundou em bebidas, o que o fez perder quase tudo, se eu não tivesse agido depressa para salvar nossa última propriedade. Ele não durou muito também — disse frio, com o jeito amargo de sempre.

Helena o observava enquanto ele falava, pois nunca olhava diretamente para ela. Sempre brincando com um galho velho em sua mão, olhava para baixo, com os cotovelos apoiados nos joelhos. A jornalista observou as mãos grandes e os braços fortes, acompanhou com os olhos o contorno dos ombros e fixou o olhar nos lábios carnudos do espanhol enquanto ele falava.

Foi nesse momento que ele ergueu os olhos num movimento rápido, flagrando seu olhar indiscreto. Helena imediatamente mirou em outra direção, pigarreando, sem graça:

— Estou com sede — ela disse, depressa. — E é uma história muito triste.

— É a vida — ele disse, seco, antes de se levantar. — Vou pegar água.

Ela passou a mão no rosto assim que ele se afastou, sem entender o magnetismo que aquele sujeito possuía. Ou será que era todo o clima envolvente da cidade que estava mexendo com ela? Provavelmente estava carente e solitária. Afinal, sempre muito reservada, nunca mais se envolveu com ninguém depois da separação.

Juan retornou lhe estendendo o copo d'água, e ela tentou retomar a entrevista com naturalidade:

— E a sua mãe? Pode me falar um pouco dela?

— Não gosto muito de falar de personagens do meu passado. Vitória e Lorenzo já não existem mais — ele respondeu, frio, não parecendo se sentir à vontade para falar sobre os pais.

Juan desviou os olhos dela, e Helena pôde perceber amargura em seu olhar mais uma vez.

— A vida foi dura com você, mas vejo que deu a volta por cima. As pessoas com quem conversei falam com muito orgulho a seu respeito.

— O que falam a meu respeito? — ele contraiu as sobrancelhas, desconfiado.

— De como você se estabeleceu erguendo os negócios de seu pai, da forma como respeita o meio ambiente.

— Eu vim muito novo para Monte Verde, não tenho como não me sentir parte desse lugar, de modo que o mínimo que posso fazer é contribuir para sua preservação.

— Sua casa é um exemplo disso, tão aconchegante! — a jornalista observou.

— Você quer conhecer a propriedade? — ele convidou.

— Se não for te incomodar muito.

Na verdade era o que mais queria desde o momento em que adentrara o portão, pensou.

— Bem, então vamos, mas antes vou trazer um cesto para você, caso queira pegar umas frutas. Tenho um pequeno pomar ao fundo — ele avisou.

— Jura? Seria ótimo colher frutas frescas — ela respondeu, feliz de ver que ele parecia um pouco mais acessível.

Durante a caminhada, Juan lhe explicou um pouco sobre o processo de tratamento de eucalipto, enquanto a ajudava a colher frutas. Helena estava adorando passear pela propriedade, sentindo o cheiro das plantas e das laranjas frescas, dos pêssegos, limões. Aproveitou, ainda, para saber um pouco mais sobre a vila e seus pontos turísticos.

— Há muitas trilhas que merecem ser exploradas — ele disse. — Vai depender do tipo de caminhada que você quer fazer: curta, longa, fácil ou difícil. Todas proporcionam uma vista imperdível.

— Vou fazer uma seleção. E passeios noturnos?

— Não são meu forte — ele respondeu, simplesmente. — Fico em casa a maior parte do tempo.

Ela já imaginava tal perfil, principalmente depois da história que Ana lhe contara sobre ele, de modo que não insistiu. Porém, na volta, acabou não resistindo à curiosidade sobre a fonte seca.

— Posso fazer uma pergunta? Você tem uma fonte tão bonita, por que está abandonada?

— É algo que não me interessa, não vejo graça nenhuma em vê-la funcionando mais. Provavelmente eu a derrube um dia.

— Que pena, ficaria tão bonita iluminada! Até fiquei imaginando ela dando vida às noites de inverno. E o jardim? O pomar dos fundos é tão agradável, mas o jardim está precisando de cuidados.

— Tampouco me interessa o jardim, quem cuidava dele já não existe mais — ele respondeu, indiferente e seco, com a testa tensa mais uma vez.

De quem falava? Ela se perguntou, de Vitória, sua mãe, ou da esposa que o abandonara? Teve que segurar sua curiosidade.

— Vou passar um café — ele disse, quando já retornavam. — Se quiser, pode me acompanhar.

— Eu aceito — ela respondeu, instintivamente querendo passar mais tempo ouvindo aquele agradável sotaque.

Ele não fez questão de lhe mostrar a casa, mas ela ficou bisbilhotando com os olhos para ver se encontrava algum vestígio ou foto da ex-esposa. Depois olhou novamente para ele, enquanto passava o café, admirando mais uma vez sua beleza rude e perturbadora. Ele se virou, flagrando seu olhar, mas não quis demonstrar e continuou o que fazia. Colocou duas xícaras de café sobre a mesa, acompanhadas de uns biscoitos e broas frescas.

— Até quando pretende ficar aqui? — ele perguntou.

— Eu tenho cerca de duas semanas e meia, por aí. Acho que é o suficiente para conhecer o lugar, escrever minha matéria e ainda aproveitar um pouco desse ar aconchegante das montanhas. A propósito, eu tirei tantas fotos, mas ainda falta uma sua.

— Acho que minha secretária deixou bem claro para você, ao telefone, que eu não queria fotos — ele lembrou.

— Não seria estranho eu falar de um sujeito que não aparece em nenhuma foto na minha matéria? — ela argumentou, ainda esperançosa de convencê-lo.

— Você pode usar as fotos da madeireira e da minha propriedade.

— Por favor... — ela arriscou.

— Já disse que não quero minha foto em revista alguma. Eu não sei em que parte eu não fui claro em relação a isso — ele voltava a ter uma expressão rude e arisca.

— Está bem — ela depositou a xícara, pegando o caderno e o celular de novo. — Voltando a sua história, não ficou sempre sozinho depois que seus pais morreram, não é?

— O que exatamente quer saber? Aliás, não responda. Se tem algo a ver com minha vida particular, acho que não é o foco da sua matéria — ele a encarou com um olhar muito sério.

— Bem, eu só queria saber se...

— Se é verdade o que falam a meu respeito? — Juan se levantou com o mesmo olhar, nada amigável.

— Do que você está falando? Eu só...

— Só quer bisbilhotar sobre a minha vida para confirmar o que todos já sabem e já comentaram com você? — ele questionou, irritado.

Ela o olhou sem ação, intimidada diante daquela face tão dura. Não quis dizer que não falaram nada, pois não queria mentir, sentiu-se sem saída e ficou muda.

— Suponho que já terminou o seu trabalho — ele disse, rude. — E acho que já se demorou demais também.

Ela se sentiu profundamente constrangida e se levantou devagar, ainda enfrentando aquele olhar.

— Eu não quis ser inconveniente — ela disse.

— Mas foi. Tenha um bom dia — ele repetiu, abrindo-lhe a porta.

Helena se afastou bastante chateada. Quando o espanhol começou a ficar menos arredio, ela conseguiu estragar tudo. Mas não era por ego que se sentia triste, era por ter mexido com os sentimentos dele por meio de lembranças que não lhe faziam bem. Caminhou cabisbaixa e seguiu para o hotel, onde preferiu almoçar sozinha. Depois do almoço, sentou-se na varanda e ficou observando a cidade, em silêncio, ainda se sentindo incomodada com o ocorrido pela manhã.

Autorizou uma entrega, esperando que fossem os livros que pedira a Ana. Porém, para sua surpresa, um rapaz lhe entregou a cesta de frutas que havia colhido pela manhã no pomar de Juan.

Ela agradeceu e ficou lembrando-se daquela manhã, caminhando e colhendo frutas, enquanto o espanhol conversava tão amigavelmente. Fora mesmo uma tola com sua curiosidade sem controle, pensou.

A tarde pôde se ocupar conhecendo a trilha da Pedra Partida com Ana e, na volta, passaram no orquidário de Monte Verde.

À noite, voltou a se sentir incomodada, lembrando-se da amargura no olhar de Juan, sabendo o quanto sua intimidade tinha sido exposta ao longo dos anos na cidade. Ligou o computador e começou a transcrever a entrevista:

"Só quer bisbilhotar sobre a minha vida para confirmar o que todos já sabem e já comentaram com você?"

Ouviu novamente o tom de voz irritado de Juan, na gravação que fizera sem querer do desfecho constrangedor da entrevista. Fechou os olhos, lamentando consigo mesma.

O lado humano do Sr. Berlanga

Helena reservou seu sexto dia em Monte Verde para caminhar pelas lojinhas do centro e comprar alguns presentes. Mais tarde, organizou no notebook os arquivos e algumas fotos que tirara com a câmera nova, deixando apenas as fotos da cachoeira que estavam na outra câmera.

À noite, esteve juntamente com Bruno e Ana em uma choperia na vila. O ambiente estava animado, embora ainda fosse terça-feira, mas havia acabado de chegar um ônibus de turistas.

— Vamos ver se o seu amor está entre eles — Ana brincou com Helena, observando atenta o grupo que entrava.

Bruno balançou a cabeça rindo, um pouco sem graça, com as ideias da namorada. Helena riu junto com eles, mas embora tenha tentando se divertir, não estava com planos de encontrar alguém e ainda se sentia incomodada com a lembrança da expressão rude de Juan. Foi por isso que aproveitou o passeio e comprou algumas cervejas artesanais decidida a retribuir a gentileza do espanhol e amenizar o clima pesado que ficou do último encontro.

No dia seguinte, ela foi cedo à casa do dono da Madeireira Berlanga:

— Não me lembro de ter marcado com você hoje — ele disse, sério, não parecendo feliz com a visita.

— Vim apenas retribuir a gentileza das frutas — ela lhe estendeu as cervejas artesanais, cuidadosamente embaladas.

— Você havia colhido, não tinha por que eu ficar com elas — ele justificou.

— Achei que podia ter sinalizado que já não estava mais tão irritado comigo como esteve durante a entrevista, depois que...

— Eu não sinalizei nada — o espanhol a interrompeu, seco. — Eu apenas enviei as frutas porque elas estragariam aqui.

Helena deu um profundo suspiro. Quanto mais frio o espanhol

parecia, mais ela se sentia impelida a querer se aproximar dele.

— Bem, pois eu trouxe as cervejas porque quis ser gentil — ela decidiu dizer, colocando-as em sua varanda. — Vejo que não tirou a cadeira do lado da poltrona — observou.

— Um mero esquecimento.

— Você não devia ser tão arisco ao contato com as pessoas — ela não se conteve.

— Pode ser que eu não queira contato com as pessoas — ele continuava frio.

— Se quer saber, eu fiquei tocada por sua história, um homem que se superou recuperando seus últimos bens, que passou por tudo que você passou e agora vive tão sozinho, isolado de todos.

Juan continuou a encarando bastante sério.

— Acha realmente que eu pareço estar precisando de sua compaixão? — ele contraiu as sobrancelhas, cruzando os braços.

— Eu não disse compaixão — ela corrigiu.

— Se não é compaixão, tocada significa o quê? — ele se aproximou dela, deixando-a sem ação.

Ela engoliu em seco, não porque não soubesse responder, mas porque se sentiu estremecida com aquela proximidade, com aquele olhar sério e fixo nela.

— Bem, eu...

Ela pensava no que dizer, mas o olhar penetrante do espanhol sobre ela a deixou completamente sem palavras. Não estava tocada, pensou, estava mexida, realmente balançada por aquele sujeito que era praticamente um estranho. Ele continuava encarando-a, sério, esperando uma resposta.

— Está me constrangendo — ela disse, com a voz quase rouca, diante daquele olhar insistente como se a colocasse contra a parede.

Ele amenizou um pouco a expressão e descontraiu a testa. Pela primeira vez a observou com mais calma e, pela primeira vez, os olhos dele passearam pelo seu rosto, olhos, lábios, analisando-a discretamente. Ela sentiu a respiração mais pesada, estava confusa.

— Você tem razão, eu não preciso ser tão duro. Afinal, você é só uma jornalista enxerida querendo saber da vida alheia como todos os jornalistas. Vão se infiltrando, fuçando e, se possível, bagunçando tudo — ele disse, afastando-se um pouco.

— Você não gosta de jornalistas, não é? — ela deduziu.

— Não, eu realmente não gosto — ele confirmou, convicto. — Mas poupe suas perguntas, não vou satisfazer nenhuma de suas curiosidades.

— Seja lá que tipo de jornalistas você conheceu, mas saiba que eu sou diferente.

— Ah sim, você é, com certeza. Eu vi durante sua entrevista — ele usou uma ironia amarga.

— Não era curiosidade de jornalista — ela confessou.

Ele virou-se para ela, encarando-a, em silêncio, diante daquela declaração. Então decidiu encerrar a conversa:

— Eu vou te acompanhar até o carro — ele disse.

Mas Helena não queria sair assim, tão depressa, da sua companhia.

— Eu pensei que talvez você pudesse me falar um pouco mais sobre a extração ilegal de madeira, assim eu teria mais assuntos para investigar e enriquecer meu artigo.

— Quer um conselho? Não se meta com esse assunto, tem gente perigosa envolvida — ele alertou. — Agora eu realmente preciso ir.

— Quem sabe possa me receber amanhã e me falar um pouco mais sobre esse assunto.

Ele a encarou uns segundos, um pouco contrariado.

— Já te dei todas as informações que podia te passar — ele não pareceu interessado em se encontrar com ela de novo. — Esqueça a extração de madeiras e distraia-se com a paisagem.

Juan se afastou, deixando-a em frente ao seu carro, decepcionada por não conseguir um pouco mais de assunto com ele. Em seguida ele entrou em sua caminhonete e saiu também.

— Pode deixar o portão aberto quando sair — ele ainda disse quando passou dirigindo por ela.

Ela fez um sinal afirmativo com um sorriso amarelo no rosto. Era difícil negar que estava bem desiludida quando voltou para o hotel, já que a atitude do espanhol de estar sempre se esquivando fazia com que se sentisse ainda mais curiosa a seu respeito.

Tentou se distrair pensando em outras coisas que tinha a fazer na cidade. Decidiu aceitar a dica de Ana, com quem foi almoçar numa fazenda em Jaguary de Cima. Até que o passeio foi bom, já que a paisagem de mata virgem que cercava a fazenda, cortada por belas corredeiras, era impossível de ser ignorada. Gostou de sentir mais uma vez o ar puro da serra e poder conversar mais com Ana enquanto saboreavam a comida tipicamente mineira.

À tarde, ainda teve energia para um *tour* de bicicleta pela cidade. Porém, quando retornou ao hotel, no silêncio de seu quarto, foi a imagem do espanhol que veio à sua mente mais uma vez. Não sabia definir que tipo de feitiço era aquele, pensou, rindo de si mesma, intrigada pelo fascínio despertado por um sujeito tão alheio, encarcerado em seu próprio universo.

Na manhã seguinte, não se deu por vencida e foi até a loja anexa à madeireira.

— Bom dia — uma simpática vendedora veio atendê-la. — Posso ajudar?

— Acredito que sim. Eu gosto de levar recordações das cidades que visito e procuro algo discreto para completar a decoração da minha casa.

— Temos muitas opções em artesanatos, se quer algo de pequeno a médio porte. Temos arte em ferro, em madeira, ou quadros que trabalham os dois materiais — a atendente começou a lhe mostrar algumas opções.

— Quem faz tudo isso?

— São artesãos locais, funcionários da fábrica, alguns são feitos pelo próprio Sr. Berlanga, como essa moldura para espelho, por exemplo, trabalhada com madeira de demolição. Essa é feita com peroba-rosa e é uma das minhas favoritas, porém já é algo um pouco maior.

— Hum... interessante! Gostei das cores, será que combina em qualquer tipo de ambiente?

Foi nesse momento que o dono da madeireira chegou. Tentando passar despercebido, ele apressou o passo para entrar rapidamente em sua sala sem ser visto por ela.

— Bom dia, Sr. Juan — a vendedora cumprimentou seu chefe, denunciando-o, sem querer.

Helena virou-se depressa, flagrando o espanhol tentando evitá-la mais uma vez.

— Bom dia, Celina.

— Bom dia, Sr. Berlanga — Helena também fez questão de cumprimentá-lo.

— Bom dia — ele respondeu, ainda intencionando se afastar depressa.

— Sua vendedora acabou de me mostrar uma bela moldura feita por você. É um trabalho muito bonito — ela fez questão de dizer.

— Obrigado — ele disse apenas.

— Eu estava justamente perguntando em que tipo de ambiente ela fica melhor — ela insistiu em puxar assunto. — Bem, o meu apartamento não tem um estilo muito definido, mas gosto de um ambiente bem limpo, não muito carregado de detalhes.

— Um espelho nessa moldura vai trazer um ar rústico a qualquer ambiente. Porém, como os detalhes são coloridos, eu sugiro que não o coloque em uma parte da casa que já tenha muitas cores — ele indicou.

Ela olhou a moldura mais uma vez, pensativa:

— Hum... gostaria de imaginar um espelho assim num ambiente...

— Sobre um aparador? Ou numa sala de estar íntima — ele tentou dar sugestões, já se preparando para sair de novo. — Depende do seu gosto.

— O Sr. Berlanga tem um desse em sua casa — a vendedora falou inocentemente. — Em que ambiente o senhor colocou?

— Quem sabe eu possa ver, assim tenho uma ideia de como ficaria — Helena sugeriu. — Bem, já que mora aqui do lado.

— Bem, Srta. Helena, minha casa não é exatamente um *showroom* — ele respondeu, com sua indelicadeza tão peculiar.

— Desculpe, Sr. Juan, a culpa foi minha — Celina se desculpou.

— Eu é que lamento — Helena os interrompeu. — Acho que me empolguei com o objeto, quem sabe eu possa escolher outra coisa, talvez um baú, afinal eu sempre tenho coisas para guardar.

— Isso mesmo, eu acho um baú uma excelente ideia — ele respondeu.

— Mas, afinal, como se usa um baú rústico na decoração de uma casa? — ela o questionou novamente.

Juan e Celina se entreolharam, e a vendedora lamentou não ter dado conta do atendimento sozinha.

— É só isso que você quer? Ver o espelho? Vamos até a minha casa, eu tenho alguns minutos — ele disse, talvez para se livrar logo da jornalista.

Helena o acompanhou, tentando disfarçar o quanto estava satisfeita por poder estar um pouco mais ao seu lado. Tentou conversar enquanto caminhavam, mas as respostas dele eram sempre lacônicas.

Juan a levou a uma aconchegante sala de estar íntimo, onde um espelho com moldura similar à que vira na loja completava a decoração.

— E, então, o que achou? — ele quis saber.

— É uma peça realmente graciosa. Gostei logo que coloquei os olhos nela. — ela olhou instintivamente para o espanhol, pensando se não havia ocorrido a mesma coisa em relação a ele.

Ele desviou aquele olhar e a distraiu com outro assunto:

— Está vendo um discreto baú naquele canto ali? Ele também serve como banco, é só você jogar uma almofada confortável em cima ou uma manta de pele, como eu fiz.

— Eu gostei da ideia da manta — ela comentou.

— Aqui eu fiz um acabamento em pátina, procurando não brigar com as cores do espelho. Bem, e é isso.

— Agradeço a sua gentileza de me mostrar os objetos, ainda que sua casa não seja um *showroom* — ela não resistiu ao comentário.

— No seu caso, é bom deixar as coisas logo bem claras — ele não pareceu incomodado com a indireta dela.

— Por que diz isso? — ela quis logo saber.

— Não é você que sai fotografando as pessoas sem autorização das mesmas? — ele lembrou.

— Sim, o que não era motivo para uma reação tão agressiva!

— Como pode dizer isso? Eu tenho sido muito paciente com você, já que vai se infiltrando na casa e na vida pessoal das pessoas sem pedir licença.

— Eu já me expliquei... — ela lamentou novamente.

— E eu já te ajudei no que precisava. Agora vamos, eu tenho coisas a fazer, vou levar mantimentos no centro de Camanducaia, numa instituição que eu ajudo.

— Você é mesmo surpreendente... — Helena acabou dizendo.

— Não se empolgue com minhas boas ações, são para compensar minha pouca paciência com pessoas — ele respondeu depressa.

— Você não é tão frio assim — ela disse, sorrindo para ele.

— Eu não disse que era.

— Bem, seria perfeito: o lado humano do Sr. Berlanga — ela imaginou logo um subtítulo para a matéria a respeito dele.

— Não! — ele se manifestou. — Não se faz propaganda de caridade — disse calmo, porém, indignado com a sua ideia.

— Não é propaganda.

— Isso é ridículo, seria como querer me promover e eu não faço isso em troca de promoção — ele explicou. — Vocês da cidade grande não entendem as coisas simples.

— Você tem uma imagem tão ruim de todos da cidade grande! As pessoas são diferentes — Helena protestou.

— Não tenho tanta certeza disso. Mas vamos fazer o seguinte, já que você não entende esse projeto, venha comigo, você vai ver que olhar a alegria das pessoas que recebem ajuda é maior do que fazer um alarde quanto a isso.

— Você incentivaria outras pessoas a fazer o mesmo se as deixasse saber sobre suas ações — ela tentou argumentar.

Ele a olhou em silêncio mais uma vez, sentindo que ela não o compreendia.

— Mas tudo bem, vou aceitar seu convite, assim posso conhecer melhor o centro de Camanducaia — ela decidiu, sem saber se queria conhecer a cidade, o projeto ou, simplesmente, estar mais na presença do espanhol arisco.

Enquanto dirigia para o centro de Camanducaia, Juan tinha uma expressão séria e, quando ela fez menção de abrir a boca para iniciar uma conversa, ele ligou o rádio. Não se dando por vencida, ela comentou:

— Puxa, eu adoro essa música. Aliás, música clássica combina muito com você.

— É, combina — ele respondeu, sem muita empolgação, percebendo que não iria conseguir viajar em silêncio, conforme havia planejado.

— Que outros tipos de música você gosta? — ela seguiu tentando puxar assunto.

— Na verdade, eu gosto mais do silêncio — ele respondeu.

— Nem sempre o silêncio é tudo de que precisamos. Eu, por exemplo, quando chego à noite ao hotel, acho tudo tão silencioso! Então, vou até a janela e fico observando uma vila alegre que tem no meio das montanhas.

— Você se refere à Vila dos Camponeses?

— É mesmo uma vila de camponeses? — ela perguntou depressa.

— Não, é um condomínio de chalés chamado Vila dos Camponeses — pela primeira vez ele deu um sorriso, achando engraçado o comentário dela. — Foi idealizado por um imigrante alemão que tinha descendência de camponeses.

— Interessante, parece um lugar bem animado. Eu fico observando as pessoas dançarem até bem tarde.

— Sim, são como uma grande família, muitos ali são parentes, outros que se chegaram foram fazendo parte da comunidade. Eles têm um comportamento bem peculiar e as festas que fazem são abertas ao público, as pessoas podem experimentar especiarias locais e comprar artesanatos. Às vezes tem até música e danças típicas.

— Você costuma frequentar as festas de lá? — perguntou, curiosa.

— Não — ele suspirou.

— Mas da forma como fala dá a impressão de que conhece bem o tal condomínio.

— Eu já frequentei, sim, hoje não me interessa mais.

— Eu adoraria conhecer aquele lugar. Sabe, não me canso de ficar olhando para eles enquanto se divertem, ainda que, pela distância, não dê para ver muita coisa — Helena confessou.

— Não há a menor possibilidade de eu te levar — ele logo disse.

— Bem, eu não te fiz nenhum convite — a jornalista deu de ombros, conseguindo arrancar mais um leve sorriso do motorista.

Ele resolveu, então, direcionar o assunto da conversa para ela:

— Me conte um pouco sobre você, já que gosta tanto de falar. Onde está seu marido, filhos?

— Por que tenho que ter marido e filhos? Não posso ser simplesmente uma mulher solteira e independente? — ela questionou.

Ele pensou um pouco antes de expor sua opinião:

— Seria mais provável. Afinal, as pessoas da cidade grande são tão aventureiras, não são?

— Não entendi o seu comentário — ela disse, estranhando a sua ironia.

— Esquece, foi apenas um comentário sem propósito — ele não quis se explicar demais.

— Bem, eu sou divorciada e não tenho filhos. Na verdade, eu nunca consegui engravidar — ela baixou os olhos, falando um pouco mais baixo, e desviou o olhar para fora, fingindo olhar a paisagem.

Ele lhe deu uma olhada rápida, mas não emitiu nenhum comentário a princípio.

— Foi por isso que ele te deixou? — Juan, então, perguntou.

— Eu não disse que ele me deixou — a jornalista protestou.

— Não se preocupe, eu também já passei por isso — ele falou, parecendo amargo de novo, como se aquele assunto ainda o perturbasse.

— Ela deve ter sido muito importante para você.

— Chegamos — ele avisou, não querendo continuar com aquela conversa. — Vou descarregar a caminhonete.

Helena apenas o observava enquanto seus braços fortes ficavam à mostra cada vez que ele levantava uma caixa e levava para dentro do barracão da instituição que acolhia refugiados e moradores de rua. Helena percebeu que as pessoas se alegravam com sua presença, mas ele não se esforçava para manter uma conversa. Entretanto, mostrou-se muito carinhoso com as crianças, com quem sorria e falava um pouco mais. No meio delas, parecia um homem tranquilo e sem mágoas aparentes.

Ela ficou admirada com aquele outro lado do homem sempre tão sério e fechado. Dali eles ainda passaram em dois orfanatos antes de finalizarem as entregas.

— Que bonito esse trabalho que você faz — ela comentou depois que terminaram.

— Não faço nada demais, faço o que qualquer um poderia fazer. Por que eu acumularia coisas só para mim? — ele não viu lógica na surpresa por parte dela.

— Você tem razão. Bem, eu perdi uma manhã em que devia estar coletando material para meu trabalho, mas aprendi uma boa lição de solidariedade — ela contou. — Posso te pagar o almoço agora? Deve estar cansado.

— Tudo bem, vamos comer uma boa comida mineira — ele sugeriu. — Não vai sair daqui sem provar um dos nossos atrativos principais, que é a culinária.

— Ótimo, assim eu posso te retribuir um dia te levando a excelentes centros gastronômicos em Porto Alegre.

— Eu provavelmente nunca vou te visitar nesse lugar — ele disse, muito sério.

Helena logo supôs que a esposa e o amante provavelmente partiram para alguma grande metrópole quando ela o abandonou, por isso mudou de assunto. Contudo, era difícil manter uma conversa com Juan, pois ele estava o tempo todo tentando se fechar em seu próprio mundo. Depois do almoço, durante o retorno a Monte Verde, ele se manteve silencioso a maior parte do tempo.

— Você já fez a trilha até Pedra Redonda? — ele perguntou, durante o percurso.

— Ainda não, estive apenas em Pedra Partida, por enquanto.

— Pedra Partida exige um bom preparo e disposição. Pedra Redonda é uma trilha mais leve e proporciona uma bela vista do topo da Serra da Mantiqueira. Podemos passar lá, se quiser, assim selamos um acordo de paz e você não perde totalmente seu dia.

— Quer selar um acordo de paz comigo? — ela estranhou.

— Sim, senhorita Helena, deste modo não volta para sua cidade com uma impressão tão ruim a meu respeito.

— Como eu poderia depois do que vi hoje? — ela sorriu.

Conforme Juan havia avisado, a trilha era mais leve, porém um pouco cansativa também, mas nada que a bela visão do alto do pico não compensasse. Nas subidas mais difíceis, a ajuda do espanhol também foi bem-vinda, já que o calor de suas mãos renovava qualquer energia perdida. Lá em cima, ela sentou-se de frente para a deslumbrante paisagem de montanhas, respirando o ar puro e fechando os olhos para sentir um pouco da magia do lugar. Olhou para trás para vê-lo ali do mesmo jeito, parado e com o olhar distante e tenso.

— Por que não se senta um pouco? — ela perguntou.

— Estou bem aqui — Juan respondeu, sem disposição para criar qualquer clima de intimidade com ela.

— Poderia tirar umas fotos minhas? — ela, então, pediu, tirando a máquina de dentro da mochila que sempre carregava com seus equipamentos e caderno de anotações.

— Não sou profissional, mas posso tentar — ele respondeu, pegando o equipamento de suas mãos.

Helena fez várias poses e tentou encontrar um sorriso natural, apesar de a companhia não ser nada receptiva. Foi num desses sorrisos que ele abaixou a câmera e a observou uns instantes. Era a segunda vez que ele a analisava de forma mais intensa, provavelmente admirado pela beleza de um sorriso tão espontâneo. Ela continuou olhando para ele e manteve a expressão sorridente alguns segundos, até que foi ficando séria, um pouco sem graça e incomodada com seu olhar.

Pensou se aquela era a sensação que Ana descrevia e teve medo de admitir o quanto o clima mágico do alto da montanha e a proximidade de Juan invadiam seu corpo com um desejo que não deveria estar sentindo. Desejo insano de ser tocada por aquele homem tão misterioso.

— Acho que ficaram boas — ele comentou, devolvendo-lhe a câmera.

Ela pegou o equipamento, despertando novamente de seus devaneios.

— Obrigada — agradeceu enquanto tirava mais fotos do lugar, dessa vez para a matéria.

— Acho que agora tem fotos suficientes para não dizer que perdeu o dia.

— Eu não perdi o dia — ela se manifestou. — Foi uma experiência diferente e eu gostei de te ver confraternizando com as crianças. Mas não vou aparecer na minha matéria, minha proposta é fotografar a cidade, de modo que ficaria ideal se um morador posasse para mim — ela lhe deu uma indireta.

— Sabe que não serei eu, não é? — o espanhol advertiu.

— Sabe o que ficaria perfeito? Você, em pé sobre aquela pedra, contemplando a paisagem. Eu tiraria uma foto sua de costas, na penumbra, ninguém saberia quem era — disse, sorrindo, numa última tentativa de convencer o espanhol.

Juan balançou a cabeça, dando-se por vencido, e foi até a pedra, cruzando os braços de costas para ela, que fotografou mais que depressa antes que ele mudasse de ideia.

— Vamos voltar — ele disse, por fim.

Helena sorriu, sentindo-se satisfeita como uma criança.

— Ficou perfeito — ela falou, após rever a foto, já se virando para retornar.

Foi nesse momento que se distraiu, escorregando e indo parar direto nos braços de Juan, que a segurou em tempo. Naquele instante, temeu realmente o que estava sentindo, pois era exatamente como Ana descrevera, já que estremeceu ao se ver presa com tanta firmeza entre os braços do espanhol. Trocaram um olhar silencioso naquele fim de tarde e ela se sentiu sem ação, perturbada com a sensação de prazer e desejo que sentia. Pensou que deveria ser sensata e fugir o mais depressa possível daquele sentimento. Juan desceu os olhos mais uma vez até os lábios dela, mas a soltou devagar.

— Devia tomar mais cuidado — ele disse. — E olhar para frente — completou antes de recomeçar a descer.

— Você tem razão — Helena concordou, acompanhando-o.

Eles fizeram a volta em silêncio a maior parte do tempo. Já havia anoitecido quando Juan a levou de volta até seu carro.

— Obrigada — ela agradeceu. — Eu tive um dia muito agradável.

Na verdade, Helena queria que ele dissesse que tinha gostado da sua companhia também, mas já sabia que seria difícil arrancar algum comentário agradável da parte dele.

— Que bom que aproveitou — ele disse, somente. — Agora acho que vai me deixar trabalhar nos dias seguintes, já que fui gentil com você hoje para compensar meu jeito meio grosseiro no começo.

Só isso? Ela pensou, ele estava mesmo dando um recado bem sutil para que não aparecesse mais.

— Desculpe se te atrapalhei muito esses dias.

— Não foi o que eu quis dizer — ele tentou se desculpar, mas realmente parecia não querer que ela viesse mais. — Eu acho que ainda tem muitos outros lugares para conhecer e outras pessoas para entrevistar. Espero que faça um bom trabalho e tenha uma boa estadia em Monte Verde — ele se despediu, sendo bastante formal, como sempre.

Helena se despediu, por fim, de Juan. Porém à noite, mergulhada na banheira foi nele que pensou novamente. Começou a ficar preocupada com a forma como o espanhol não saía de seus pensamentos. Fechou os olhos e tudo o que viu foi a sua silhueta diante da paisagem extasiante no alto da Pedra Redonda. Lembrou-se ainda da forma agradável como ele agiu pela manhã e do seu jeito tão diferente quando estava com as crianças carentes. Pensou na conversa amigável durante o almoço e no olhar amargurado que flagrara em seu rosto tantas vezes, principalmente quando mencionavam alguma coisa que talvez lembrasse a ex-esposa.

Estava bem cansada, de modo que decidiu não sair à noite. No dia seguinte, acordou tarde e aproveitou para organizar suas anotações no computador. Só saiu após o almoço, para visitar outras madeireiras, e à noite, quando foi encontrar Ana e Bruno numa conhecida cachaçaria da cidade, onde degustou doces e geleias.

— É muito engraçado dizer que passou o dia de ontem em companhia de Juan, pois ele é normalmente tão arisco — Ana comentou.

— Ele foi muito gentil ontem, mas acho apenas que quis compensar as grosserias iniciais.

— Que não são nada incomuns — Ana riu com ela.

— Bem, ele não é uma má pessoa, mas os maus momentos pelos quais passou o deixaram um tanto amargo, dificilmente voltaria a ser o que fora um dia — Bruno disse.

— Mas por quê? Afinal, o que tinha de tão especial essa mulher? Já não gosto dela — ela brincou.

Ana e Bruno riram com Helena, e Ana falou um pouco sobre a ex-esposa que tanto fizera o espanhol sofrer:

— Ela era ambiciosa e viu no visitante a chance de ter uma vida diferente. Carla nunca gostou dessa vida isolada em cidade pequena, era bonita demais para se esconder aqui.

— Bem, mas não vamos ficar falando deles, não é? — Bruno quis logo mudar de assunto.

A partir de então, não mais tocaram no nome do dono da madeireira Berlanga, apesar da curiosidade de Helena, que ainda queria saber um pouco mais sobre ele e sua história.

Antes de dormir, mais uma vez, a jornalista olhou pela janela e ficou admirando o condomínio Vila dos Camponeses. A solidão batia mais forte do que nunca, sentia falta de ter alguém para conversar antes de dormir, alguém para dizer boa noite. Mas, desde a separação, sua vida era só silêncio, não tinha vontade de se envolver com ninguém e nem se sentira mexida por outra pessoa desde então.

Mais tarde, passando as fotos para o computador, ela se ateve àquela que tirara de Juan, admirando mais uma vez os contornos bem delineados do seu corpo. Suspirou sozinha sem entender aquilo que estava sentindo, afinal fazia apenas alguns dias que estava em Monte Verde e a sensação era de muito mais tempo, principalmente em relação à forma como sua mente estava bagunçada por causa do espanhol. Não se lembrava de ter se sentido daquele modo, nem mesmo com Henrique, que fizera parte da sua vida por tantos anos.

De manhã, foi até o Hauser Café para o desjejum, queria estar perto de seus novos amigos. Entretanto, iria atravessar a rua quando encontrou com Juan mais uma vez carregando a caminhonete com umas caixas do mercado em frente. Suspirou novamente, sentindo-se perturbada com a sua presença e, ao mesmo tempo, com vontade de ouvir de novo o sotaque castelhano. Foi até ele lhe dar bom dia, porém ele tinha o mesmo olhar sério de sempre.

— Olá, você madruga mesmo — ela disse.

— Bom dia, Srta Helena — ele respondeu, em tom formal.

— Pare de me tratar com tanta formalidade — ela pediu. — Eu posso te pagar aquele café hoje.

Ele a encarou uns segundos, pensativo, antes de responder:

— Obrigado. Eu agradeço seu convite, mas realmente preciso ir — o espanhol acabou se esquivando novamente.

Helena mal conseguiu disfarçar seu olhar de desaponto. Juan não dava qualquer abertura para que ela se aproximasse, estava sempre evitando novos encontros, novas conversas, o que a deixava ainda mais ansiosa por isso. Não sabia se era a firme resistência dele que perturbava ou os olhos sempre tão angustiados, a necessidade que ele tinha de estar isolado de todos.

Ela o observou enquanto ele se afastava, pensando se não era melhor não insistir mesmo, afinal tinha outros amigos na cidade e não precisava fazer tanta questão da amizade de uma pessoa que não queria a companhia de ninguém. No fundo, ficara tocada com a sua história, com a forma com que fora machucado e como se tornou tão frio e arisco ao contato com qualquer um.

— Bom dia — ela cumprimentou Bruno.

— Bom dia. Estava conversando com o espanhol? — ele perguntou.

— Ele não gosta muito de conversas, na verdade — respondeu, sem conseguir esconder seu desaponto.

— Então fique longe dele, ele escolheu o seu caminho, a sua solidão. Não creio que uma mulher da cidade grande lhe traga boas lembranças, já que foi em uma delas que Carla "se perdeu".

— Sim, é mesmo coincidência. Porém, nem todas as pessoas são iguais — ela argumentou.

— Para ele não importa, é melhor que não se envolva muito — ele disse, servindo-lhe um café.

— Onde está Ana? — ela quis saber.

— Provavelmente ela não venha hoje, ficou de cama com uma gripe muito forte. Na verdade, deve ser uma virose.

Helena lamentou, mas decidiu fazer seus passeios sozinha e foi conhecer o Pico do Selado, que tinha uma trilha mais extensa e exigente. Para chegar até lá, teve que alcançar primeiro a Trilha do Chapéu do Bispo. Apesar de não ser a trilha mais frequentada, devido à distância, o Pico do Selado proporcionou belíssimos visuais, levando ao ponto mais alto da região.

A trilha exigiu bastante energia e foi difícil, contudo o circuito bem demarcado podia ser feito sem guias. Pegou a entrada do Pico do Selado, que ficava na parte baixa do Platô, e seguiu a trilha estreita pela mata até chegar ao trecho da subida para o topo. Chegou, por fim, ao mirante, de onde apreciou a vista de Monte Verde, e seguiu até a "Janela do Selado", cuja disposição do grupo de rochas formava um buraco que é conhecido como uma moldura natural para se apreciar a paisagem.

Estava satisfeita por alcançar a base do Pico do Selado, uma grande pedra rachada ao meio, até onde a maioria das pessoas costuma ir, quando foi desafiada por um grupo de turistas a os acompanhar até o topo e assinar o Livro do Cume. Entretanto relutou em aceitar o desafio final: saltar uma fenda de setenta centímetros para alcançar o livro.

— Vamos, nós temos um guia no nosso grupo — disse um dos turistas cariocas.

— Bem, eu não sei se sou tão corajosa assim — ela respondeu, um pouco receosa.

O livro, na verdade, ficava na outra metade da pedra e a fenda era de setenta centímetros de largura e cinco metros de altura, por isso só podia ser atravessada com a presença de um segurança.

— Claro que é, vamos lá — outra garota a incentivou.

Helena, decidiu, então, aceitar o desafio e vencer o medo. Encarou o salto, com a ajuda do guia e assinou o famoso livro. Nesse momento, deixou a câmera com um dos jovens do grupo carioca, que tirou a foto para ela.

O tapete de nuvens já começava a descobrir a região, entretanto, quando a cobriam, deixando visíveis apenas as montanhas mais altas, a sensação era indescritível. Como algumas pessoas diziam, era como estar no topo do mundo.

Sem as nuvens, foi possível admirar a magnífica vista do Pico do Selado, abrangendo Monte Verde, São José dos Campos, entre outras cidades do Vale do Paraíba. Mesmo se não tivesse encarado a travessia da pedra, já teria valido a pena, mas o fato de ter encarado o desafio trouxe-lhe uma sensação de tarefa realmente cumprida.

Conseguiu um bom material com fotos, inclusive, dos jovens turistas do Rio de Janeiro, bem como alguns depoimentos. Tomou o caminho de volta, satisfeita e também bastante cansada, mas era disso que precisava, pensou, gastar energia e não pensar tanta besteira.

Quando voltou, ao final do dia, Bruno contou que Ana havia piorado, mas ele não podia deixar o Café porque era dia de muito movimento, de modo que Helena resolveu ficar com a jovem aquela noite. Para chegar ao chalé onde ela morava, tinha que pegar a mesma estrada que seguia para a casa de Juan, entretanto, a namorada de Bruno morava um pouco mais perto. Seguindo em frente se chegava à casa do espanhol e, mais ao norte, não muito distante das duas propriedades, ficava o condomínio Vila dos Camponeses.

Ana pareceu feliz com a visita, apesar de estar um tanto apagada pela gripe e quase sem voz.

— Que bom ter companhia. Estava preocupada que Bruno largasse o Café e viesse para casa porque hoje é um dia de bastante movimento, de modo que normalmente ele mantém o estabelecimento aberto até mais tarde.

— Já disse a ele que ficasse tranquilo. Agora eu vou fazer uma sopinha bem gostosa para nós — Helena avisou.

— Não quero te dar trabalho.

— Não é trabalho nenhum. Eu vou adorar ter alguém para cuidar, me sinto tão sozinha naquele hotel — Helena contou.

— Ora, não se sinta. Quando quiser companhia, venha para cá, agora que já aprendeu o caminho. Aliás, como você sabe, eu moro sozinha, você pode até ficar aqui comigo se quiser.

— Está certo, veremos isso depois. Agora vou preparar nossa janta e já volto para conversarmos um pouco mais — a jornalista avisou, indo para a cozinha.

Num clarão sob a lua

O chalé de Ana, apesar de pequeno, era bem aconchegante e ficava nas montanhas, próximo de alguns hotéis, apesar de parecer um pouco isolado. Helena preparou uma sopa de legumes, frango e gengibre e as duas se sentaram para comer.

Ali passaram horas conversando, e a sensação era a mesma do dia em que foram ao centro de lazer, de que se já se conheciam há anos. Há muito tempo Helena não encontrava alguém tão simples e acessível como Ana, de modo que se sentia muito à vontade com a jovem. A namorada de Bruno tinha vinte e quatro anos, mas era uma pessoa extremamente doce e madura, sem falar no constante bom humor.

Depois da janta, Helena ligou para Bruno, tranquilizando-o e avisando que passaria a noite no chalé. Mais tarde, depois que Ana se recolheu, ficou mais um pouco na sala assistindo a um programa na televisão. Entretanto estava tão inquieta e curiosa sobre a vizinhança que decidiu caminhar por uma trilha que tinha nos fundos da propriedade.

Queria sentir o silêncio da noite respirando o ar puro das montanhas, apesar da brisa gelada. Continuou caminhando em direção a um clarão no meio da mata, de onde vinha um som de violino. Curiosa, quis descobrir se era alguma serenata ou algum evento em um dos hotéis próximos, por isso continuou seguindo o som.

Ficou surpresa com a cena com a qual se deparou: em um clarão no meio da floresta, sentado em uma grande pedra, um homem tocava violino sozinho sob a luz do luar. Sentiu-se envolvida com a cena que presenciou e, ao mesmo tempo, paralisada. Não podia acreditar no que via, era um espetáculo fascinante demais para ser verdadeiro. Que surpresas mais ainda teria? Perguntou-se, estava hipnotizada.

— O que faz aqui? — Juan parou de tocar quando viu que não estava mais sozinho.

— Eu estou hospedada esta noite da casa da Ana, namorada do Bruno Correia, dono do...

— Eu sei quem é — ele a interrompeu, impaciente como sempre.

— Pois bem, eu saí para dar uma volta e respirar o ar puro das montanhas, então ouvi a música e vim seguindo o som — explicou. — Achei que fosse algum evento em um dos hotéis.

— Não devia andar sozinha no meio da floresta, pode ser perigoso — ele advertiu.

— Eu... estava próxima ao chalé, não me dei conta de ter me afastado muito.

— Pois se afastou, está quase no meu terreno. Eu vou te levar de volta — ele disse.

— Talvez eu não queira voltar ainda. Eu... quis dizer... por que não toca mais um pouco? Estava tão lindo! Violino é meu instrumento favorito e eu nunca imaginei ver alguém tocando no meio da floresta, tão solitário e tão... — ela se calou.

— Eu não gosto de tocar para ninguém. Além disso, a brisa está muito gelada e pode prejudicar o instrumento, é uma peça importada e muito cara — ele disse, começando a guardar o violino na caixa.

— Não está tão preocupado com o instrumento; está apenas querendo se livrar de mim. Não sei por que se fecha tanto em seu mundo.

— Talvez eu seja feliz assim — ele deu de ombros.

— Não é o que vejo em seus olhos.

— Não acho que me conheça tanto quanto imagina — ele respondeu, despreocupado.

— Bem, se está tão preocupado com seu instrumento, pode voltar para sua casa e protegê-lo. E se proteger também. — ela acabou dizendo antes de se sentar na pedra onde ele estivera há uns instantes. — Eu ainda quero aproveitar mais um pouco essa natureza.

Juan contraiu a sobrancelha, fechou a caixa e sentou-se ao lado dela.

— Pode ser perigoso ficar aqui sozinha — ele advertiu. — Estou dizendo isso para o seu bem.

— Não estaria preocupado comigo, estaria? Parece que as pessoas não importam para você, afinal você as excluiu da sua vida depois que... desculpe — ela se calou.

— O que você quer, afinal? — ele perguntou.

— Eu... não sei exatamente — respondeu confusa. — Eu também me sinto sozinha, também saí ferida de uma relação, mas não me fecho para o mundo, para as pessoas.

— E o que espera exatamente de mim? — o espanhol questionou.

— Eu só queria ver um olhar menos angustiado em seu rosto — ela falou. — Senti vontade de me aproximar quando vi um lado seu tão humano lá em Camanducaia. Eu sou assim, eu gosto de me envolver com as pessoas, de cultivar amizades.

— É só isso que quer de mim? — ele lhe tirou uma mecha de cabelos do rosto e aquele toque, mais uma vez, mexeu com ela. — Se é só isso que quer de mim, eu posso abrir as portas da minha casa para você enquanto estiver aqui, posso te receber como amiga... Mas não é só isso eu vejo.

— Está me constrangendo — ela engoliu em seco.

— Às vezes vejo em você uma garota carente e ingênua, não quero que se machuque.

— Não sou nenhuma garota ingênua, eu sou uma mulher de vinte e nove anos, independente e bem resolvida — ela protestou.

— Pois às vezes você passa a impressão de que, lá no fundo, por trás dessa mulher tão independente e bem resolvida, se esconde apenas uma romântica sonhadora e carente. E ingênua — ele frisou.

— Não quero que fique me analisando e tentando me descobrir desse jeito — Helena se sentiu incomodada.

— É o que você tenta fazer o tempo todo comigo — Juan disse, muito sério.

— Me disseram que você já foi um homem diferente, alegre. Então eu fico com vontade de te ajudar a redescobrir essa pessoa aí dentro de novo — ela queria que ele entendesse o que estava sentindo.

— Não foi esse o propósito que te trouxe até aqui. Você veio fazer uma matéria sobre a cidade, acredito que esse deva ser o seu foco.

— Eu sei, mas eu sou assim. Eu fui muito solitária a minha vida toda, era filha única. Meus pais brigavam muito e casei cedo achando que formaria uma família grande e viveríamos felizes para sempre, então...

— E então descobriu que finais felizes só existem em contos de fada — ele a interrompeu, frio.

— Sim, Sr. Juan, meu casamento acabou e eu voltei a ser uma solitária — ela concordou, um pouco a contragosto. — Acho que é por isso que sou emotiva e fico querendo ajudar todo mundo para que as pessoas não sintam o que eu senti, ou o que eu sinto.

— Se quer um conselho, você devia se concentrar apenas no seu trabalho.

— Eu sei o que está querendo me dizer. Sei que minha ajuda não foi solicitada — ela deduziu, triste.

— Você tem razão, não foi. Pode não parecer, mas não estou interessado que alguém me tire desse estado, eu estou bem assim e já me acostumei com isso.

— Por quê? — ela questionou. — Eu não me conformo que se feche desse jeito.

— Helena, para com isso, você nem me conhece direito. E eu só estou tentando evitar que você se machuque porque eu não corresponderia às suas expectativas.

— Você nem sabe quais são as minhas expectativas...

— Na verdade, eu acho que nem você sabe — ele disse, um pouco impreciso. — Mas eu vou ser simpático com você para compensar suas boas intenções comigo — ele pegou o violino de novo — e eu vou tocar um pouco para você.

Helena o observou em silêncio e, quando ele tocou, parecia uma parte mágica da paisagem. O que era aquilo que sentia? Desejo, pensou consigo mesma, um desejo intenso, uma palpitação que nunca sentira antes. Por que ele era tão envolvente? Eram os olhos negros e amargurados que intimidavam e, ao mesmo tempo, despertavam o desejo de lhe dar colo e abrigo? Ou seria a sua beleza hispânica tão exótica que o tornava mais atraente?

Ela não entendeu, mas fechou os olhos respirando fundo e mergulhando na música. Abriu os olhos de novo quando não ouviu mais o som. Juan olhava sério para ela, que se ajeitou, sentindo-se flagrada mais uma vez. Porém não conseguiu se afastar, apenas entreabriu os lábios quando ele se aproximou e a beijou. Ele, contudo, não prolongou aquele contato e se levantou depressa.

— Desculpe, Helena, eu não posso fazer isso.

— O que aconteceu? — ela perguntou, sem entender a reação dele.

— Eu não vou brincar com os seus sentimentos.

— Que sentimentos? Você nem sabe o que eu estou sentindo! — ela protestou, não querendo admitir que ele percebesse que estava envolvida.

— Solidão, Helena, é isso que está sentindo. Mas eu não vou me aproveitar disso e não vou misturar as coisas.

— Está dizendo isso por medo de me machucar ou por medo de se envolver? — ela perguntou.

— Eu vou te levar — ele disse apenas, estendendo-lhe a mão.

Helena aceitou e seguiram em silêncio novamente até o terreno do chalé de Ana, onde se despediram.

— Eu me preocupo com as pessoas, sim — ele disse, antes de partir. — Só não quero me envolver nem me apegar a ninguém. Boa noite.

Ela apenas observou o espanhol em silêncio, enquanto ele se afastava mais uma vez. Sabia que aquela noite seria mais difícil ainda pegar no sono com o gosto dos lábios dele nos seus.

Helena ficou rolando de um lado para outro, pensando no espanhol arisco que se abria em um momento e logo se fechava no outro. Queria conseguir penetrar um pouco no seu universo, fazê-lo sorrir mais e sair daquele mundo solitário em que se fechou. Por outro lado, sabia que ele estava certo quando a evitava, pois, ainda que quisesse acreditar que estava tocada apenas por sua história, ela sabia que havia algo a mais. Havia um encantamento do qual não conseguia mais fugir, foi o que deduziu depois de ter demorado tanto a pegar no sono, apenas pensando nos olhos negros e angustiados de Juan.

O dia amanheceu ensolarado, o que compensou a noite mal dormida. Tomou um rápido café da manhã e foi conhecer o Museu da Música Popular e o Chapéu do Bispo, uma trilha mais tranquila passível de ser feita em trinta minutos. Quando chegou, viu que não era uma pedra única, mas um conjunto de rochas que proporcionam uma bela vista, contudo não quis se arriscar a subir a rampa rochosa para chegar ao topo. Ficou por ali um tempo, aproveitando a paisagem e tirando fotos. Fez tudo novamente sozinha, já que Ana seguia adoentada e Bruno no Café.

Já passava das duas horas quando saiu da trilha, pensando apenas em encontrar um lugar para almoçar. Caminhou tranquila pela Avenida das Montanhas, tentando chamar um táxi pelo celular, de modo que estava bem distraída quando uma caminhonete parou ao seu lado.

— Não devia andar e falar ao celular ao mesmo tempo — ela foi repreendida. — Pode ser perigoso.

Helena ficou contente ao reconhecer o sotaque inconfundível de Juan.

— Boa tarde, Juan. Você me assustou! — disse sorridente, interrompendo a chamada ainda não completada.

— Precisa de carona?

— Eu estava mesmo tentando chamar um táxi. Seria bom se me desse uma carona, mas não quero te atrapalhar — ela disse, na verdade, bastante feliz com a surpresa.

— Pode entrar, eu deixo você no hotel.

— Me deixa em algum restaurante. Eu ainda não almocei e estou com muita fome.

Para sua surpresa, Juan a convidou para almoçarem juntos, sugerindo comida alemã em um dos restaurantes que achou interessante que ela indicasse em seu artigo. Ela o acompanhou, sentindo-se feliz ao perceber que ele parecia tão mais acessível naquela tarde.

— Vai ser bom ter uma companhia para almoçar, já que minha parceira de passeios está de cama — ela comentou.

— E como ela está?

— Melhorando — ela disse, enquanto reforçava o protetor solar. — De onde você está vindo?

— Eu fiz umas entregas e inspecionei as áreas de tratamento de eucalipto.

— Você tem tantos empregados, mas faz as próprias entregas? — ela estranhou.

— Gosto muito desse trabalho braçal, emoldurar madeira, cortar lenha, carregar e descarregar coisas. Eu preciso me ocupar o tempo todo, é uma forma de não pensar besteira.

— É por isso que eu gosto de viajar — ela disse. — Somos parecidos.

— Não, não somos — ele discordou. — Você é uma sonhadora, eu sou realista. Você viaja para ficar observando as pessoas, analisando suas vidas.

— Isso é alguma indireta?

— Talvez — ele deu de ombros, mas havia em sua face um olhar mais simpático dessa vez.

No restaurante, Juan lhe sugeriu umas cervejas mais exóticas, mas não bebeu, já que estava dirigindo. Helena aproveitou para relaxar um pouco, depois do dia cansativo.

— Como foi o passeio? — Juan quis saber. — A trilha do Bispo até que é bem tranquila.

— Ah, sim, eu escolhi essa porque ontem me arrisquei na trilha do Pico do Selado — ela contou. — E foi bem cansativo.

— Você é corajosa! Foi sozinha? — ele demonstrou surpresa.

— Sim, eu fui sozinha. Como eu te disse, Ana está com uma gripe muito forte e Bruno não tem como largar o Café no final de semana.

— Assinou o Livro do Cume?

— Sim, eu assinei! — respondeu, orgulhosa.

— Ah, eu duvido — Juan brincou.

— Ah, duvida? Pois eu tenho fotos para provar! — ela disse, satisfeita, procurando por algumas em seu celular. — Me juntei a um grupo de turistas cariocas, já lá em cima e, então, eles me desafiaram a atravessar a fenda.

— Quer dizer que não suporta ser desafiada, Helena Guimarães? — o espanhol a olhou, intrigado, mas com uma expressão ainda bem-humorada no rosto.

— Quer dizer que preciso sentir emoções mais fortes — ela falou, impulsivamente, encarando o espanhol e, então, desviou o olhar sem graça.

— Estou vendo que chegou a uma fase de sua vida em que gosta mesmo de correr riscos — ele concluiu.

— Eu fiquei bem empolgada com minha aventura de ontem, na verdade. Acho que não preciso ter medo de viver.

— Isso é alguma indireta para mim? — ele foi quem perguntou, dessa vez, contraindo as sobrancelhas.

Helena observou que aquele gesto o deixava ainda mais charmoso.

— Quem sabe... — ela, então, respondeu.

— Você é mesmo uma mulher muito independente, isso é bom para você. Mesmo sem os seus amigos, continua se divertindo — ele observou.

— Eu me divirto conhecendo pessoas. Na verdade, a maioria das viagens que faço para escrever minhas matérias faço sozinha. Então... sou obrigada a saber me virar — ela deu de ombros.

— Fico imaginando o que é a vida de uma mulher solteira viajando sozinha pelo país. Deve ser interessante... — ele pareceu pensativo.

— Não sei o que você julga interessante.

— O seu ex-marido não se importava? Ou foi por isso que ele te deixou?

— Ele nunca se importou com minhas viagens porque confiávamos um no outro. E o nosso casamento não acabou por infidelidade de nenhum dos dois — ela o encarou, um pouco irritada, mas se arrependeu imediatamente. — Ah, Juan, me desculpe, eu não quis...

— Tudo bem — ele respondeu. — Eu também não devia ter feito esse tipo de pergunta, foi bem inconveniente da minha parte — admitiu.

— Na verdade, o meu casamento acabou porque o amor acabou. Fingimos que não estávamos frustrados porque os anos passaram e eu não consegui engravidar.

— Você não precisa me contar a sua história — ele disse, achando que, talvez, fosse um assunto aborrecedor para ela.

— Eu não sofro mais por isso. Até pouco tempo eu me sentia culpada. Me senti culpada por não ter engravidado, culpada por ter me calado, por ter deixado as coisas esfriarem sem tentar fazer nada para mudar — ela acabou desabafando.

— E por que não se sente mais? — ele pareceu curioso.

— Descobri que o amor acabou porque nunca foi tão intenso. Talvez... nunca tenha sido amor.

Ela respondeu, imaginando que intenso era apenas o que sentia aquele momento pelo espanhol tão envolvente e, ao mesmo tempo, tão arisco.

— Bem, para algumas pessoas é mais fácil descartar os sentimentos — o comentário dele tinha um tom amargo.

— Está sendo irônico comigo? — a jornalista quis entender.

— Não, eu acho que estou apenas descontando a minha decepção em alguém porque para mim tudo isso é uma tolice. Hoje em dia, todo mundo é descartável, as pessoas esquecem um amor do dia para a noite, trocam de par com a mesma facilidade com que trocam de roupa. Não é assim?

— Não, não é assim. Você não pode ter esse pensamento, as pessoas são diferentes — ela argumentou, inconformada com a amargura de Juan.

— Bem, se são, eu não estou interessado — ele quis encerrar o assunto.

— Mas, Juan...

— Mas... não vamos brigar, não é? Estávamos indo tão bem, eu até que estava achando simpático ter uma nova amiga.

Ela silenciou, vendo que ele fizera questão de destacar que era só o que haveria entre eles, uma amizade inocente. Mas com certeza não era o que ela queria, pois quanto mais o observava mais se encantava.

Nesse momento, porém, ele desviou os olhos dela para ver o sujeito que entrava. Era um homem alto, de cabelos castanhos claros, barba por fazer e um olhar soberbo. Estava acompanhado com outros dois homens, encarou Juan da porta e depois examinou Helena rapidamente.

Juan permaneceu com os olhos muito fixos nele e sua expressão não era nada simpática. O homem ficou uns instantes na porta, fez um gesto de cabeça, cumprimentando Juan e saiu do restaurante, provavelmente não se sentindo confortável para ficar no mesmo ambiente que o dono da Madeireira Berlanga. O espanhol continuou com a mesma face séria.

— Quem é? — ela quis saber.

— Francisco Montez — ele respondeu. — Esse é o homem que se aproveitou das fraquezas do meu pai e comprou quase todas as nossas terras a um preço muito abaixo do que valiam.

— Lembro que me falou dele. Você também disse que desconfiava que ele estava envolvido com extração ilegal de madeira — ela começou a especular sobre o assunto.

— Com certeza está, mas ele é muito esperto. Compra as pessoas certas, troca constantemente o lugar de onde extrai madeira ilegal, enfim, sempre acaba impune. Ele não é o único, Helena, muitos pequenos madeireiros agem assim no país inteiro.

— Mas aqui, nesta região?

— Talvez ele seja o mais influente. É um sujeito repugnante.

Juan, então, contou mais um pouco sobre Francisco Montez e explicou sobre a extração ilegal de madeira que ainda ocorria na floresta e do envolvimento de Francisco, contra o qual não tinha provas.

Helena o ouvia atentamente, enquanto tomavam um café antes de pedirem a conta. Dirigiam-se à caminhonete, quando ele foi abordado por uma simpática senhora que foi até a janela do veículo.

— Olá, Juan, vim fazer uma entrega de strudel no restaurante, você não quer aproveitar? Estão fresquinhos e eu até já tinha separado os seus, de maçã com nozes e o de frutas secas.

— Está bem, Teresa. Sabe que não resisto à sua receita — disse, abrindo a carteira. — Fique com o troco e boas vendas — ele se despediu da vendedora, passando as bandejas para que Helena segurasse.

A confeiteira agradeceu, acenando enquanto eles já se afastavam.

— Maçãs com nozes? Parece bem exótico e o aroma está delicioso — Helena comentou.

— Você pode levar e experimentá-los. Eu não sou tão fanático por doces, compro mais para ajudá-la, já que ficou viúva há dois anos — ele contou.

— Você tem um coração enorme — ela deduziu.

— Não se engane comigo, eu já te expliquei por que faço caridades, assim ninguém precisa me procurar para nada.

— Não sei se estou convencida. E aposto como faria a caridade de dividir esse strudel comigo, acompanhado de um café bem fresquinho — ela não resistiu ao pretexto de estar mais um pouco na companhia do espanhol.

— Bem, até que não seria uma má ideia — ele concordou, para sua surpresa.

Já na casa de Juan, enquanto ele passava o café, ela aproveitou para organizar sua mochila. Percebeu que a câmera profissional estava sem bateria, então procurou a semiprofissional, que usara no dia em que tirara as fotos das corredeiras. Olhou tentada para o espanhol diante do fogão e imaginou que ele não se incomodaria com uma foto caseira, de modo que fez um clique quando ele se virou.

Contudo ela estava muito enganada, pois Juan veio muito irritado em sua direção, tirando a máquina de sua mão:

— Mas que droga! — esbravejou. — O que eu disse a você? — ele perguntou enquanto mexia nas configurações da câmera.

— Juan, o que está fazendo? — ela perguntou, receosa.

— Eu te falei que não queria fotos, não falei? — ele disse lhe devolvendo o equipamento formatado.

— O que você fez?

— Eu disse que não queria foto! Por que você não dá ouvidos ao que eu falo? Por que você não respeita as decisões das pessoas? — Juan parecia muito descontente com a sua atitude.

— Era só um foto, você apagou todas! — ela reclamou.

— E fique satisfeita por eu não ter acabado com essa droga de câmera também. Vocês, jornalistas, não têm ética profissional, vão colocando uma máquina na cara das pessoas como se não tivessem direito à sua privacidade — ele seguiu desabafando.

— Isso não é verdade. Não admito que fale assim de mim — ela protestou. — E era apenas uma foto caseira, você é mesmo um grosso — disse, aumentando o tom de voz.

— Sim, eu sou, e te preveni várias vezes disso. Disse que não esperasse muita receptividade de mim.

— Eu realmente não esperava, mas também não esperava que fosse tão parvo assim — ela disparou.

— Pois eu sou assim mesmo e, se não estiver satisfeita, dê meia volta e retorne ao lugar de onde veio. Aliás, eu vou pedir ao motorista da loja para te levar.

— Não, senhor Juan, você vai consertar o que fez. Aqui nessa câmera eu tinha as fotos que tirei das corredeiras. Você vai dar um jeito, eu quero essas fotos de novo — ela retrucou, nervosa.

— Não se preocupe, eu mando um cartão-postal das corredeiras para você — ele disse, ainda seco, dando-lhe as costas.

— Volta aqui, seu nativo burro e antipático — ela, impulsivamente, o puxou com raiva.

— Ei, solta minha camisa — ela reclamou, livrando-se das mãos dela.

— Você vai me levar lá agora para que eu tire as fotos de novo — ela disse alto e firme.

— E desde quando eu recebo ordens de você? — ele a questionou, indiferente.

— Desde que destruiu minhas fotos! — ela respondeu, ainda bastante aborrecida, sem desviar os olhos dele.

— Pois você está muito enganada, sabe o que eu tenho a te dizer? Se vire! — ele afirmou, deixando-a sozinha.

Helena caminhou até a varanda e se sentou no topo da pequena escada, baixando a cabeça até os joelhos, desconsolada. Ficou ali uns instantes na tentativa de se acalmar até que Juan voltou:

— Você ainda está aí? — ele perguntou.

A jornalista levantou o rosto, olhando bastante séria para ele. Então, levantou-se.

— Eu já estou indo embora — disse, pegando a câmera e sua

mochila.

Juan a segurou quando passava de novo por ele:

— Helena, você traiu minha confiança — disse calmo dessa vez. — Já tínhamos conversado sobre isso.

Ela concordou balançando a cabeça apenas e se soltou dele para ir embora.

— Mas tudo bem, eu vou perdoar você — ele ainda disse.

— Não estou te pedindo perdão — ela respondeu, marrenta.

— E vou te levar nas corredeiras também.

Ela o olhou em silêncio, surpresa. Pensou em recusar, mas não podia ser orgulhosa, não com Juan.

— Venha, vamos dividir aquele strudel — ele estendeu a mão para ela.

Helena aceitou e o acompanhou. Fizeram o lanche e partiram para as corredeiras, já começando a conversar amigavelmente de novo. Ela não entendia por que tanta aversão a câmeras ou jornalistas, talvez fosse apenas a vergonha de ter sido traído numa cidade em que todos se conheciam.

Nas corredeiras ela se encantou novamente com a paisagem e tirou muitas fotos.

— Podia posar para mim de novo, de costas como da outra vez — ela arriscou.

— Helena, já brigamos por isso hoje — ele lembrou, tentando ser paciente.

— Se me ajudasse... Bem, quando eu vim com Bruno, eu tirei fotos dele e de outras pessoas que estavam aqui no dia. Hoje só estamos eu e você.

— Você é uma mulher feita e, no entanto, esse seu apelativo ar infantil te torna irritante — ele disse muito sério. — E um pouco irresistível — admitiu com um sorriso. — De longe, sem pegar meu rosto — ele a instruiu novamente.

— Eu sei, eu sei — ela concordou, satisfeita.

Mais uma vez, ela escolheu o melhor ângulo do espanhol, criando a imagem de um solitário morador apreciando a paisagem.

— Obrigada. Viu como não arrancou pedaço? — ela brincou. — Vou molhar os pés. Vem comigo?

— Não, não. Vá sozinha, se quiser. E tome cuidado para não escorregar nas pedras.

Claro que ela tentou tomar cuidado, mas não foi possível. Desequilibrou-se, mas conseguiu se apoiar e evitar um tombo, contudo molhou os quadris. Ela olhou para o espanhol, rindo muito da própria trapalhada. Ele apenas balançou a cabeça; antes fez menção de ir até ela, mas se conteve quando viu que estava tudo bem. Ela aproveitou que já estava molhada e mergulhou, deliciando-se nas águas. Mais tarde, sentindo frio, decidiu sair.

Helena estava tremendo quando se aproximou dele. Um pouco confuso e hesitante, ele a abraçou para aquecê-la. Ela fechou os olhos, sentindo o perfume agradável do espanhol. Ficaria aconchegada ali para sempre, pensou, sentindo-se tão insana naquele momento!

Juan a apertou um pouco mais, contudo, desviou os olhos quando ela levantou o rosto para mirá-lo.

— Venha sentar-se um pouco no sol — ele disse. — Vai se sentir mais aquecida.

Juan sentou-se ao seu lado, e ela quis saber por que ele era tão arisco a câmeras. Surpreendeu-se quando ele se abriu, explicando que a esposa tinha sido iludida por um sujeito que encheu sua cabeça de sonhos, dizendo que ela tinha um belo rosto e que faria sucesso em frente às câmeras. Segundo o espanhol, o visitante prometeu que colocaria Carla na mídia.

— Você não foi atrás dela? — ela indagou.

— Ela foi atrás dos seus sonhos. Eu é que não percebi que o que tínhamos aqui era pouco para ela.

— E ela conseguiu alcançar esses sonhos? — a jornalista teve curiosidade de saber.

— Ele somente a iludiu. Quando ela me pediu ajuda já era tarde demais.

Helena lamentou ver a dor estampada nos olhos de Juan enquanto se lembrava entristecido da esposa:

— Ele destruiu a vida dela. E a minha também — afirmou, amargurado.

— Não, a sua não — ela protestou. — Você pode recomeçar.

— Não, eu não posso. Eu não posso e não quero — ele disse, fugidio, levantando-se. — Vamos voltar.

— Você não pode agir assim. Certamente esse homem não foi o único culpado. Como você mesmo falou, ela foi atrás dos seus sonhos.

— Ele a iludiu! — ele tentava defender a esposa pelos seus atos.

— E ela foi, iludida ou não, atrás de fama e dinheiro — ela não se segurou.

— Eu sabia que não devia ter perdido meu tempo me abrindo com você. Você é igual a todos, uma julgadora.

— Não estou julgando a sua esposa como mulher, estou julgando a sua ingenuidade como marido — ela fez questão de dizer.

— Eu não pedi sua opinião — ele disse firme.

— Você vai passar a vida inteira se escondendo atrás de um passado — ela dizia nervosa. — Vai ficar velho e sozinho e... eu tenho pena de você — completou, indignada.

—Dane-se a sua piedade, não preciso dela — ele respondeu, irritado. — Dane-se você! — disse, afastando-se.

—Juan — ela foi atrás dele, arrependida de ter explodido. — Eu só não queria ver essa amargura em seus olhos.

— Você nem me conhece, não sabe nada a meu respeito. Eu não preciso de ajuda, não preciso da sua compaixão, entendeu?

Ele ligou o carro, mas o motor não respondeu.

— Droga! — praguejou socando o volante.

— Não vai resolver as coisas nervoso desse jeito.

— Não me importa sua opinião, eu não quero saber o que pensa — ele resmungou, descendo da caminhonete para tentar resolver o problema.

Helena o deixou sozinho e se afastou, sentando-se novamente nas pedras sem entender ao certo o que a machucava com tanta intensidade. Estaria se envolvendo emocionalmente com aquele sujeito? Um estranho, como ele mesmo havia dito.

Já era fim de tarde quando ela o observava sentado sobre outras pedras, enquanto provavelmente tentava se acalmar, já que não tinha obtido resultado com o carro. Levantou-se, caminhando em sua direção e abaixou-se diante dele:

—Juan, me desculpe — pediu docemente tocando sua face. — Eu não tinha o direito de me meter em sua vida.

Ele levantou os olhos encarando-a em silêncio. Os olhos negros profundos desceram até os lábios dela, ao mesmo tempo que ele acariciou seu rosto, aproximando-se. Porém, parecendo se conter, ele apenas recostou a testa na dela, permanecendo assim, silencioso, amargurado. Depois de um tempo, deu um profundo suspiro e se levantou, estendendo-lhe a mão para que se levantasse também.

— Quem sabe agora mais calmo eu consiga encontrar o problema — ele disse.

Helena fez que sim e, depois de uma nova tentativa, ele acabou conseguindo fazer a caminhonete funcionar. Ela disfarçou seu desaponto, pois queria ficar mais com Juan, embora ele, ao contrário, parecesse estar sempre tentando fugir dela. Quando se despediu, a jornalista sentiu novamente vontade de estender o tempo ao seu lado só para ouvir mais um pouco o sotaque aprazível. Ficaria ouvindo o espanhol falar o dia inteiro se fosse necessário, mas apenas agradeceu o passeio e entrou.

Na suíte do hotel, mergulhada na banheira, mais uma vez ficou pensando nele. De olhos fechados, o que vinha em sua mente era o olhar do espanhol e o gosto dos seus lábios no beijo suave e ligeiro que ele lhe dera num impulso na noite anterior. Lembrou-se do olhar angustiado, nas corredeiras, quando encostou a testa na sua e apenas silenciou.

Talvez ele estivesse certo quando insinuava que ela era carente, quem sabe fosse apenas carência o que sentia. Por outro lado, sempre fora solitária, pensou, embora não tivesse sentido toda aquela ansiedade e palpitação nem mesmo no início do relacionamento com Henrique.

O problema de Helena não era apenas carência, era uma sonhadora. Olhava a vida com olhos de vasta visão: a realidade, a possibilidade e o devaneio. Buscava a brecha que se poderia abrir para liberar-lhe a entrada a um romance de conto de fadas. Buscou a história perfeita com Henrique e agora buscava um romance inesperado e intenso nas montanhas de Monte Verde.

Ela própria se repreendia por ser tão fora da realidade, mas era com essa suavidade no olhar que conseguia sorrir sozinha convivendo com seus dias solitários. Era com essa suavidade no peito que acolhia os sentimentos e os cultivava como quem cultiva um minúsculo vaso vislumbrando nele um imenso jardim. Era assim a adorável Helena em seu olhar atento para qualquer brechinha que sinalizasse o encontro com a felicidade que buscava. Mas não se via assim, via-se apenas como uma tola sonhadora.

Mais tarde, ela foi novamente ao chalé visitar Ana, que ainda estava bem abatida.

— Como se sente hoje? — Helena quis saber.

— Estou melhorando, mas confesso que meu corpo todo ainda dói. Queria tanto te fazer companhia nos seus passeios.

— Não se preocupe comigo, eu estou bem, só quero que fique boa logo. O que quer comer hoje?

— Imagina, eu não quero te dar trabalho de novo — Ana respondeu, sem graça.

— Já disse que não é trabalho. Além disso, também estou com fome e é chato comer sozinha no hotel.

— Está bem, então eu vou te ajudar.

— Não, minha querida, você não vai fazer nada. Vai apenas sentar e me fazer companhia — ela disse, já providenciando os ingredientes para cozinhar.

— Você tem sido tão gentil comigo. Obrigada, Helena.

— Eu te contei que sempre quis ter uma irmã? Pois é, mas eu nunca tive, então agora posso cuidar de você, já que está doentinha, como eu cuidaria de uma irmã mais nova — Helena estava realmente satisfeita em poder ajudar a nova amiga.

— Eu tenho uma irmã que foi morar no centro de Camanducaia depois que se casou. É bom realmente ter alguém por perto, mas agora ganhei mais uma irmã, pena que mora tão longe!

— Não é tanto assim, se pegar um avião, pouco mais de uma hora. Pode me visitar sempre que quiser.

Como ficou tarde depois que jantaram, Helena resolveu ficar mais uma vez no chalé com Ana. E, como a amiga foi logo dormir, ela repetiu a mesma façanha de caminhar pela mata até chegar ao clarão, pois, a essa altura, já não conseguia mais pensar racionalmente.

Entretanto, para sua decepção, não havia ninguém lá. Nenhum violinista solitário tocando sozinho sob a lua. Afinal, o que esperava? Perguntou-se. Ele já havia deixado bem claro que não queria se envolver, e sua ausência só confirmava isso.

Sentada na grande pedra, ela se encolheu devido ao frio e, apoiando a cabeça sobre os joelhos, abraçou as próprias pernas. Estava assim, em silêncio, quando se assustou com o barulho de passos.

— O que você pensa que está fazendo?

Ela logo reconheceu a voz do espanhol, que tinha um tom muito sério.

— O mesmo que fiz ontem, estou caminhando pela mata, sentindo o silêncio da noite sob o luar — respondeu.

— Você é uma tola sonhadora. Quando penso que entendeu o que eu disse, você me assombra de novo. Quer ser surpreendida por algum forasteiro? É isso que está procurando? — ele chamou sua atenção.

— Me disseram que era um lugar seguro — Helena justificou.

— Monte Verde é um lugar seguro se estiver falando dos seus moradores, mas a cidade recebe turistas do Brasil inteiro, e existe muita gente mal-intencionada, caso a senhorita não saiba. De onde veio, afinal? De outro planeta? — ele parecia perplexo.

— Tudo bem, não precisa falar assim comigo.

— Eu disse para não ficar aqui, disse para ficar no chalé. E devia me agradecer por me preocupar com você. Pensei que soubesse se cuidar sozinha, mas não, você não sabe — ele ainda lhe dava bronca.

— Está certo, não precisa me mandar embora de novo, já estou indo.

Disse, descendo da pedra e, encolhendo-se de frio, parou diante dele.

— Obrigada por se preocupar comigo.

Ela disse baixinho, encarando aqueles olhos tão perturbadores. Juan tirou o próprio casaco e colocou por cima do dela, aquecendo-a, de modo que foi impossível não ficarem ainda mais próximos. Ele, então, respirou fundo e acariciou seu rosto, mas não com a delicadeza da noite anterior ou com a carência do começo da noite em frente à cachoeira, e sim com desejo. Aproximou-se, beijando-a dessa vez mais ardentemente e suas mãos exploraram-na por debaixo do casaco, arrepiando-a por inteiro. Ela respirou fundo, quase sem ar, quando ele a soltou.

— Eu vou te deixar no chalé da Ana e não quero mais te ver aqui nesse clarão — ele disse, firme.

Helena o acompanhou, tentando se refazer de todas as sensações que ele lhe despertara, ainda sem conseguir entender por que em alguns momentos o espanhol demonstrava atração e, de repente, se retraía.

Mais uma vez, ele a deixou nos fundos do terreno de Ana.

— Vai me prometer que não vai mais ficar andando por essas trilhas sozinha — ele pediu.

— Por que me evita tanto? — ela, então, questionou.

— Eu não estou à procura de aventuras e não vou me aproveitar de você enquanto passa sua temporada em Monte Verde. Se é uma aventura que está procurando, terá que encontrar outra pessoa.

— Eu não estou procurando aventuras — ela protestou.

— E o que mais poderia querer com um homem que vai deixar de ver em poucos dias?

Naquele momento, Helena se calou, dando-se conta de que tudo ali era, de fato, passageiro. Juan tinha razão, em poucos dias estaria indo embora e parecia não se dar conta disso. Entretanto, a verdade era que não conseguia tirar o espanhol da mente sequer um instante.

— Independente do que esteja procurando, está focando na pessoa errada — ele continuou. — Acredite em mim.

— Eu só não sei o que estou sentindo.

— Não pode estar sentindo nada, nos conhecemos há pouco mais de uma semana — ele disse. — E eu te garanto que não estou sentindo nada.

— Não foi o que pareceu quando me beijou no clarão — ela o desafiou.

— Pois não confunda desejo com sentimento.

Helena engoliu em seco, dolorida com a frieza de Juan, chegando à conclusão de que jamais conseguiria entrar no seu universo, jamais mudaria a sua indiferença em relação a ela ou ao mundo. Ela fez, então, um sinal afirmativo com a cabeça e se virou para entrar no chalé.

Juan suspirou fundo e a segurou.

— Helena, não se magoe com o meu jeito — ele pediu com um olhar mais doce dessa vez.

— Está tudo certo — ela disse, baixinho.

— Eu fico tocado com a forma como quer me ajudar, mas aquele beijo ontem e hoje demonstrou que estamos misturando as coisas e eu não quero isso.

— Acho que prefere mesmo o fantasma da sua ex-mulher — ela acabou dizendo, irritada que uma mulher o tenha feito fechar-se daquela forma para a vida.

— Eu estou bem assim, e você não vai mudar isso — ele respondeu firme e, ao mesmo tempo, tranquilo, mostrando que não tinha intenção de fazer diferente.

Helena ouviu em silêncio, sabendo que tudo o que desejava era um dia ser amada por alguém da forma como ele parecia ter amado Carla. Talvez fosse inveja o que a invadia porque nunca se sentira amada por Henrique do jeito como Juan demonstrava ainda amar a ex-esposa. Sentiu inveja daquele sentimento que ele nutria mesmo depois de tantos anos.

Ela, então, tirou o casaco com que ele a cobrira e lhe estendeu. Naquele momento, Juan desceu os olhos instintivamente até o seu decote, deparando-se depois com o olhar dela que o seguia.

— Talvez eu tenha alguma importância para você, talvez tenha medo...

— Eu não vou me aproveitar de você — ele a interrompeu. — E não vou mais te tocar. Não me seduza com suas palavras doces, seus sorrisos, eu não vou me envolver — ele parecia decidido.

— Você tem razão, não devíamos ter nos envolvido fisicamente, afinal o que eu senti foi enternecimento com a sua história — ela preferiu dizer, apesar de saber como as palavras dele a feriam.

— Sim, é isso mesmo — ele concordou.

— Então boa noite — ela se despediu, querendo se afastar depressa.

Sentada na sala do chalé, Helena repensou aquele sentimento perturbador pelo espanhol desde que chegara a Monte Verde. Poderia, talvez, dizer que se tratasse de uma paixão passageira. Chegou a rir sozinha com aquilo, nunca havia sentido isso antes, pois se casara cedo, nunca soube o que eram paixões passageiras.

De repente, a jornalista sentiu um alívio porque sabia que tudo passaria assim que voltasse para Porto Alegre. Porém teve consciência de que, apesar do sentimento singular e da vontade de sentir essa novidade, ele também trazia um pouco de dor. Era o que sentia, nostalgia, ausência e vontade ser beijada de novo e de novo. Que homem podia ser mais encantador e beijar mais intensamente do que o espanhol para ter convencido Carla a fugir?, perguntou-se, curiosa.

Queria não pensar, mas o gosto dos lábios de Juan era muito inebriante, as mãos fortes que a abraçaram e faziam-na arrepiar-se só de lembrar. Precisava esquecer tudo aquilo, decidiu, respirando fundo. A partir dali, esqueceria o tal espanhol arisco e se concentraria no seu trabalho, faria outras amizades e voltaria a ser uma pessoa normal, sem aquele pensamento fixo no "lenhador".

Momentos amigáveis

— Bom dia — a jornalista se assustou ao ver Ana na porta do seu quarto. — Como você acordou antes de mim?

— Eu não sei, talvez você é que tenha ido dormir muito tarde — a amiga comentou.

— Você já está melhor? — Helena quis saber.

— Um pouco, ao menos me sinto mais disposta hoje. Que pena ter deixado você fazer os passeios sozinha todos esses dias. Agora se levante e venha tomar café comigo.

— Ah, eu devia ter feito o café para você — ela lamentou.

— Já fez tanto por mim, deixa eu te agradar um pouco agora.

Helena a acompanhou, já empolgada com o aroma de café que vinha da cozinha. Depois do desjejum, Bruno veio buscá-la para fazerem o passeio de quadriciclo. Com o movimento mais tranquilo, ele pôde deixar o Café apenas com seu funcionário.

— Eu fiquei muito chateado de não ter te acompanhado mais — ele se justificou.

— Então façam um bom passeio, vou ficar de molho mais um pouco — Ana lamentou. — Essa virose me derrubou mesmo.

— Obrigado por ter cuidado da Ana para mim — Bruno agradeceu a Helena, feliz por ter podido contar com sua ajuda.

— Foi um prazer ficar com a Ana. E eu me sinto bem mais útil se puder fazer alguma coisa por alguém em vez de ficar apenas sendo assistida.

— Eu acho até que podia ficar mais tempo comigo, já que disse que se sentia sozinha no hotel, afinal eu moro sozinha — Ana sugeriu.

— Seria bom, com certeza, mas não quero tirar sua privacidade.

Ela respondeu, mas a verdade era que, também, não tinha juízo suficiente para ficar tão perto da casa do espanhol e não se sentir tentada.

— Não vai tirar minha privacidade. Adoro sua companhia, parece que nos conhecemos há anos.

— Tenho a mesma sensação — Helena concordou.

Naquele dia, Helena e Bruno passearam de quadriciclo e foram juntos conhecer outros pontos da cidade. A jornalista estava feliz e conseguiu se distrair, não pensando em Juan durante aqueles momentos. Ao final do dia, parecia que o beijo no clarão tinha acontecido há bem mais tempo e, apesar de ainda sentir um pouquinho de nostalgia, ela conseguiu pensar em outras coisas.

Estar aqueles dias sozinha em Monte Verde fez com que ela repensasse um pouco melhor sua vida. Talvez não precisasse de outra pessoa para ser feliz, a felicidade podia ser apenas um estado de espírito, era o que havia sentido durante o passeio de quadriciclo dando risada com Bruno. Era o que sentia quando ficava horas conversando com Ana como se já fossem amigas de anos e era também o que sentia quando fotografava, quando escrevia suas matérias, seus *blogs*. Por outro lado, não podia negar que foi o que sentiu durante o beijo de Juan.

Ela apenas lamentou por ter se lembrado dele de novo, lá no final do dia, sozinha no hotel. Resolveu, por fim, aceitar o convite de Ana e fez o *check out*, indo para o chalé, já que, se tivesse com quem conversar, teria menos tempo para pensar no que não devia.

Mais uma vez, as suas ficaram conversando até tarde. Na manhã seguinte, Helena já estava se aprontando para sair quando Ana entrou no quarto para chamá-la.

— Você tem visita para o café — avisou.

Helena a seguiu, imaginando que teriam a companhia de Bruno. Porém, para sua surpresa, foi com Juan que se deparou quando chegou à cozinha.

— Bom dia — ela tentou disfarçar sua surpresa para que Ana não percebesse o quanto a presença dele a perturbava.

— Bom dia. Eu trouxe um pão caseiro. Tenho uma vizinha muito gentil que traz para mim, mas eu nunca dou conta de comer sozinho, então resolvi dividir com vocês.

Ana olhou surpresa, pois há muito tempo Juan não se mostrava cordial com a vizinhança, sempre evitando qualquer reaproximação.

— Então, sente-se e tome café conosco, eu acabei de passar — a jovem convidou.

— Não, obrigado, Ana. Eu realmente só passei para deixar o pão, tenho uns compromissos importantes agora — ele se esquivou novamente.

— Achei que nos faria companhia — Helena estranhou e, ao mesmo tempo, lamentou que ele já estivesse partindo de novo.

— Não dessa vez — ele disse, como sempre. — Mas vim te chamar para almoçar comigo hoje. Já te levei para comer comida mineira e alemã, mas não provou uma especiaria da minha terra.

— Está me convidando para almoçar com você na sua casa? E você vai cozinhar? — ela realmente estava surpresa.

— Helena, eu fui muito rude com você. Queria fazer algo gentil — justificou-se. — Você aceita?

— Tudo bem — ela respondeu, sabendo que não seria ajuizada o suficiente para negar aquele encontro.

— Pode trazer a Ana — ele olhou para a dona do chalé.

— Eu? — a vizinha se espantou, mas teve que recusar. — Agradeço o convite e adoraria almoçar com você de novo, já que nos privou de sua companhia tanto tempo, mas eu marquei um almoço com um fornecedor que Bruno pediu que eu atendesse.

— Não tem problema, fica para outra oportunidade. Agora tenham um bom apetite, eu realmente preciso ir — ele se retirou.

— Você é muito boa em lidar com pessoas — Ana comentou, assim que ele saiu. — Já vi Juan ser brusco algumas vezes, mas nunca o vi querer se retratar.

— Talvez seja esse meu jeitinho doce — ela brincou, não querendo comentar sobre os encontros no clarão.

— Deve ser — Ana riu junto com sua hóspede. — Agora vamos provar esse pão. Se a vizinha de quem ele estava falando era a Dona Flora, deve estar uma delícia.

Helena terminou o café e aproveitou a manhã para colocar suas coisas em ordem, arrumar uns arquivos e salvar outros. Mais tarde, trocou de roupa para ir almoçar com o espanhol, estava ansiosa e surpresa com o convite, apesar de ter sido justamente quando decidira não pensar mais nele.

Ela deu uma leve batidinha na porta e entrou timidamente. Ele já estava com quase tudo finalizado quando ela chegou e foi recebida com a mesa posta. Achou o espanhol, mais uma vez, atraente com o avental preto, com ares de *chef* de cozinha. No entanto, não era nada proposital, apenas um jeito prático de um homem solitário fazer as próprias refeições.

— Olá — ela se aproximou.

— Como vai, Helena? Sente-se, eu vou te servir — ele avisou, já finalizando a salada.

— O cheiro está bom — Helena observou.

— Espero que o gosto também esteja.

Ele disse, servindo-lhe, de entrada, uma salada de espinafre com amêndoas e lula empanada.

— Essa receita leva cerveja clara no preparo, o que dá um toque especial ao sabor — explicou, enquanto a servia.

— Você sempre gostou de cozinhar ou foi uma necessidade? — a jornalista perguntou, provando a salada em seguida.

— Os dois. Eu aprendi algumas coisas nas ocasiões em que tinha que me virar para cozinhar sozinho quando meus pais não estavam.

— Eu não sabia que eles te deixavam sozinho, pensei que só seu pai...

— Minha história tem alguns pontos que eu prefiro esquecer — ele a interrompeu, fugidio como sempre.

— Você deve ter sido um bom filho.

— Acho que não. Eu só devia ter despertado mais cedo para tomar uma atitude antes e, assim, não teríamos perdido tantas terras — ele comentou com um tom de voz seco, demonstrando certo desprezo no olhar com a lembrança.

— Mas você fez alguma coisa, sim.

— Fiz tarde demais. Já tínhamos perdido quase tudo. Por outro lado, para que eu preciso de tanto, não é? — ele deu de ombros. — Vou pegar o prato principal.

Helena entendeu que ele se referia à sua vida solitária e não resistiu a tentar saber um pouco mais:

— Com todo esse capricho que você tem para cozinhar, você realmente cozinha só para si mesmo? — acabou perguntando. — Eu... quis dizer, é um desperdício não ter convidados para apreciar.

— Vou ser muito sincero com você. Não convido ninguém para comer comigo, não gosto de ninguém na minha casa, o que não significa que nunca recebo visitas — ele respondeu.

Apesar de ter sido um pouco vago, ela ficou tentando entender o que exatamente ele quis dizer. Foi muito difícil se segurar para não perguntar precisamente que visitas, já que ele era tão arisco. Porém ele voltou a falar pouco depois, já mudando de assunto:

— Além disso, eu gosto de cozinhar e, quando tenho tempo livre, tento fazer algumas coisas diferentes para não ficar entediado.

— Não precisaria de tanto tempo sozinho. Poderia estar no meio das pessoas novamente.

— Acontece que eu não quero estar no meio das pessoas — ele enfatizou mais uma vez.

— Foi tão gentil me convidando para esse almoço — ela lembrou.

— Eu já disse que fico comovido com a sua preocupação comigo, mas só estou fazendo isso porque logo você estará indo embora.

— Quer dizer que se eu fosse ficar aqui não abriria as portas para mim desse jeito? — ela perguntou, surpresa.

— Não — ele foi sincero e mudou logo de assunto. — Como prato principal teremos pato ao creme.

Ele colocou a especiaria sobre a mesa, enquanto Helena tentava decifrá-lo mais uma vez. Por que a evitaria se fosse ficar mais na cidade? Perguntou a si mesma, imaginando que, talvez, bem lá no fundo, mexesse um pouquinho com os sentimentos do espanhol. Tola, pensou de si mesma em seguida, Juan era frio demais para se apaixonar de novo depois da desilusão que tivera, deduziu.

— Pensei em preparar uma *paella*, mas com certeza já deve ter comido em algum lugar — ele comentou.

— Sim, já provei, mas o pato ao creme é novidade para mim.

Juan encheu-lhe a taça de vinho:

— Acredito que um *Shiraz* harmonize bem com o pato, que é uma carne de gosto mais marcante.

— Você toca violino, prepara pratos deliciosos, entende de vinho... Que surpresas mais eu conhecerei a seu respeito? — perguntou, intrigada.

— Não há nada surpreendente a meu respeito — ele balançou a cabeça. — E não entendo tanto de vinhos, apenas o básico. Tampouco sou algum especialista em culinária, cozinho o simples para um homem sozinho.

— Pois eu diria que tudo é surpreendente em você, inclusive abrir as portas de sua casa para mim.

— Eu fiquei achando que fui duro demais com você. Bem, apesar de ser um pouco enxerida, você me enternece com seu jeito tão doce e... tão carente.

Ela se sentiu descoberta mais uma vez e, ao mesmo tempo, desapontada com o sentimento de enternecimento, já que não era o que queria despertar nele. Entretanto, era só o que podia esperar, deduziu.

— Você me deixa sem graça quando diz que sou carente, parece que estou desesperada à procura de companhia.

— Eu não me refiro apenas à companhia masculina, você é carente de companhias em geral, carente de pessoas, você mesma me disse isso. Bem, eu gostaria que aceitasse minha amizade.

— Como quiser, Juan. E, já que faz tanta questão de ser gentil, podia me acompanhar a um lugar hoje à noite.

— Está me convidando para sair? Sabe que sou avesso a tudo isso.

Prefiro ficar em casa — ele advertiu.

— Pensei que eu fosse conseguir arrancar mais alguma coisa durante essa sua crise de gentileza — ela disse.

— Não conte tanto com isso — ele balançou a cabeça, sorrindo.

— Só um lugar...

— Você parece uma garotinha insistente. Aonde quer ir? — ele perguntou, por fim.

— Na Vila dos Camponeses. É um lugar que estou curiosa para conhecer há dias — confessou.

— Não — ele disse, firme.

— Imaginei que, ao menos, fosse pensar — comentou, desapontada.

— Não tenho o que pensar. Não gosto de festas nem de lugares cheios, mas posso te levar a um lugar onde pode encontrar muita variedade de queijos, vinhos, doces. Também pode comprar cervejas artesanais e cachaças diversas. Depois das compras, podemos finalizar com um café expresso. O que acha? — ele sugeriu.

— Já vi que vou voltar com excesso de peso para Porto Alegre — ela comentou, bem-humorada.

— Não se preocupe, você é magrinha, não vai engordar tão fácil. Quer perder peso? Vá cortar lenha — ele brincou.

Helena sorriu, agraciada com o bom humor de Juan naquele dia. Acabou recordando do primeiro dia em que o viu, quando ainda achava que ele era apenas um lenhador de braços fortes.

— Um bolo de conhaque para a sobremesa — ele finalizou, mais tarde. — E, é claro, um cafezinho.

Helena suspirou, desanimada, ao ver aquele bolo acompanhado do delicioso cheirinho de café fresco. Desanimada por desejar aquele homem tão envolvente que não queria saber de ninguém. Queria dormir e acordar ao lado dele todos os dias! Ela brincou com os próprios pensamentos, como não se apaixonar?

Depois do almoço, Juan sugeriu que ela levasse umas laranjas para Ana, por isso caminharam pelo quintal para colher algumas. O pomar era agradável, rústico como tudo que o cercava, mas a atmosfera era acolhedora, e ele estava especialmente acessível aquele dia.

Pouco depois partiram, degustando alguns queijos e comprando uns doces e bebidas no local indicado por Juan.

— Não vá exagerar — ele disse, vendo a quantidade de doces que ela adicionara à cesta de compras.

— Esses são para as noites solitárias, enquanto admiro de longe a Vila dos Camponeses, aonde ninguém me leva — ela brincou.

Ele sorriu, olhando-a nos olhos mais uma vez, mas se distraiu com outras mercadorias. Ela estava na fila para pagar quando viu que uma jovem se aproximou de Juan enquanto ele olhava a prateleira de cervejas artesanais.

— Juan Berlanga — a garota o cumprimentou.

— Como vai, Bia? — ele foi simpático, apesar de manter a expressão séria.

— Eu estou bem, queria mesmo te avisar que a Jô está voltando da Itália nos próximos dias — a jovem disse.

Helena e Juan se olharam ao mesmo tempo. Ele desviou os olhos dela para seguir a conversa com a jovem:

— É mesmo? — ele tentou parecer natural. — E como ela está? Deve estar aproveitando bastante o passeio.

— Com certeza, conhecer a Itália sempre foi seu sonho. Apesar disso, ela diz que sente muita falta daqui. E de você.

— Bem, estou no mesmo lugar — o espanhol disse tranquilo, mas parecia que queria se despedir logo da garota.

— Quer mandar algum recado?

— Diga-lhe que faça uma boa viagem — ele falou apenas, despedindo-se em seguida.

A jovem pareceu um pouco decepcionada, porém não disse mais nada, prosseguindo com suas compras.

— Quem é Jô? — Helena não resistiu à curiosidade.

— Uma amiga.

— Parece que o espanhol solitário não é tão solitário assim — ela comentou, esforçando-se para disfarçar sua curiosidade e ciúme despertados pela hipótese de ele ter alguém próximo.

— Não sou nenhum ermitão como dizem, tenho contato com pessoas, sim.

Que tipo de contato? O que ele quis dizer? perguntava-se, amofinada em suas curiosidades sobre Juan.

— Bem, acho que chega de gulodices por hoje — ela disse, assim que voltaram e ele a levou até seu carro.

— Como eu te disse, se quiser perder calorias, arrumo um monte de lenhas para você cortar — ele brincou.

Helena suspirou impulsivamente, como sempre fazia cada vez que se lembrava da cena que presenciou no primeiro dia: Juan cortando lenhas com tanta precisão e braços fortes. E aquela expressão fechada, perturbadora.

— Obrigada pelo almoço, foi um dia bem agradável e colhi um bom material para escrever. Certamente este é um local imperdível para os turistas voltarem cheios de guloseimas para casa, assim como eu.

— Sem dúvida alguma — ele concordou, fechando a porta do carro para ela. — Até mais.

Ele despediu-se, por fim, e Helena voltou para o chalé de Ana, embora não fosse o destino que realmente desejava. Queria ficar ali, vendo o espanhol caminhar de um lado para outro com seu jeito fechado, ou sorrir de vez em quando em raros momentos de leveza como naquele almoço tão acolhedor.

Correndo duplo perigo

No dia seguinte, Helena resolveu fazer o que Flávio Boaventura pedira: investigar as extrações ilegais de madeira a fim de ter um bom furo de reportagem. Era uma espécie de missão secreta que não comentara com ninguém, porém havia coletado informações suficientes de Juan, Ana, Bruno e alguns lenhadores com quem conversara durante aqueles dias em Monte Verde.

Em outra ocasiões, durante alguns passeios, já havia circulado pela região tentando avistar algo suspeito, mas, naquele dia, Helena seguiu a trilha que havia sinalizado no mapa e adentrou a mata. Tinha intenção de chegar até as terras de Francisco Montez, fingiria que havia se perdido explorando a região, caso ele a visse. Do contrário, continuaria procurando por pistas que ligassem as extrações ilegais ao madeireiro.

Contudo, antes que alcançasse o lugar que procurava, viu uns movimentos suspeitos e desviou o caminho, entrando por uma estreita estrada de terra de onde acabara de ver um caminhão sair carregado. Fotografou ao longo do percurso placas que indicavam áreas de proteção ambiental até observar certa movimentação mais à frente, quando optou por estacionar o carro e caminhar um pouco a pé.

Parou a certa distância, escondendo-se atrás de umas árvores. Foi quando se deparou com um clarão no meio da mata, onde homens carregavam uma carreta de madeira, semelhante à que vira sair instantes atrás.

Sem pensar duas vezes, ela pegou sua câmera e começou a fotografar tudo muito rapidamente. Preocupada em preservar as provas, utilizou também o celular para salvar algumas fotos em nuvem. Entretanto, levou um choque e sentiu um grande pânico ao ver que um olhar cruzou com o seu, um olhar frio e fixo do qual nunca esqueceria. Assim que reconheceu Francisco Montez, correu o mais rápido que pôde até onde deixara seu carro e entrou depressa, disparando pela estrada.

Estava desesperada com medo de se perder, pois se isso ocorresse seria seu fim. Foi com grande pânico que percebeu, um pouco mais à frente, que estava sendo perseguida e acelerou o mais que pode. Sabendo que não havia ninguém no chalé, não teve outra saída senão pedir socorro a Juan, adentrando afobada em sua propriedade. Bateu aflita na porta e entrou depressa, mal conseguindo falar.

— O que houve? — ele perguntou, segurando-a, preocupado.

Ela tentava acalmar a respiração para poder falar:

— Sei que vai querer me matar, mas encontrei um clarão onde Francisco Montez carregava um caminhão ilegal de madeiras em uma área protegida e tirei fotos. Só que... só que eu fui descoberta e eles estão atrás de mim.

Nesse momento, ele ouviu barulho de carro. Largou Helena depressa, pegou um rifle e seguiu com ele na mão. Já saiu de casa, dando um tiro para o alto. Dois homens que desciam do carro pararam onde estavam e esperaram que ele viesse até eles.

— Fora da minha propriedade — ele disse, firme, apontando o rifle para os dois. — E sabem que, se eu atirar em dois invasores, nada vai me acontecer.

— Queremos falar com a garota que entrou na sua casa — disse o que estava no banco do carona.

— Eu disse fora! — ele gritou. — Ninguém fala com meus convidados sem a minha permissão.

— Acontece que ela tem algo que nos pertence — o motorista alegou.

— Vocês provavelmente têm algo que pertence a uma área de proteção ambiental. Então, se estamos falando de ladrões, estamos falando exatamente de quem? — ele os desafiou.

— O Sr. Francisco não vai gostar se voltarmos de mãos vazias — o mesmo homem continuou.

— Querem voltar de mãos vazias ou sem as mãos? — Ele abaixou o rifle mirando entre as mãos de um e do outro. — Digam a ele que venha tirar satisfações diretamente comigo. Agora eu vou contar até três — disse dando outro tiro, dessa vez no chão.

Os homens entraram depressa no carro e saíram em disparada.

Helena estava muito assustada quando Juan entrou novamente em casa, pronto para lhe dar uma bronca. Naquele momento, já não sabia se estava mais assustada com os capangas de Francisco Montez ou com o espanhol furioso com ela por sua atitude imprudente.

— Sua inconsequente! O que está procurando? Por que busca

problemas o tempo todo? — o espanhol guardou a arma, mas estava bastante irritado.

— Eu estava fazendo o meu trabalho. Queria um furo de reportagem — ela justificou. — Acho que me empolguei tanto que não fui cautelosa o suficiente.

— Sua irresponsável — ele disse, nervoso. — O que vocês, jornalistas, têm na cabeça, afinal? Você tem consciência de que colocou sua vida em risco, e também a minha? Que eles poderiam ter entrado aqui atirando? — Ele ainda tinha um tom exaltado.

— Desculpe, eu não sabia para onde ir. Entrei em pânico e só me lembrei de você — ela tentou explicar.

Juan parou de falar, percebendo o quando ela realmente estava aflita. Ele, então, aproximou-se, acolhendo-a em seus braços.

— Tudo bem, está tudo bem agora — ele disse.

Helena começou a se acalmar só de sentir o corpo dele junto ao seu, seu cheiro, sua voz. Sentia que realmente perdia o controle dos seus sentimentos, já nem sabia o que mais temia naquele momento, se era o medo de perder a vida nas mãos de Francisco ou perder o juízo nos braços de Juan. Então, mais calma, começou a pensar sobre a loucura que tinha feito e sentiu-se aterrorizada.

— Não vou me perdoar se eles fizerem alguma coisa a você — disse, assustada.

— Não farão nada comigo — ele respondeu, afastando-a, talvez um pouco incomodado também com aquele abraço. — Agora sente, vou te trazer um copo de água.

— O que foi que eu fiz? — perguntou a si mesma, ainda sem ação.

— Por que será que você é tão inconsequente? — ele perguntou depois, já um pouco mais calmo, entregando-lhe um copo de água.

— Talvez eu tenha algum espírito aventureiro — ela disse, sem graça. — Queria fazer alguma coisa realmente ousada, só não me preparei para ser pega.

— A cada momento eu fico mais preocupado com a sua ingenuidade, Helena Guimarães. Às vezes você parece que faz as coisas às cegas.

— Eu sei que foi loucura o que eu fiz, mas a sensação de estar correndo perigo foi tão intensa! Contudo, quando eu deparei com aquele olhar sério na minha direção e comecei a ser perseguida, realmente pensei que ia morrer.

— Por que se arriscar assim? Eu não te entendo — ele balançou a cabeça. — Não se arrisca a própria vida desse jeito.

— Eu não tenho nada a perder, sou sozinha! — ela alegou. — Tanto posso acertar como errar, talvez valha a pena correr riscos, afinal.

— Talvez você esteja mesmo precisando de emoções na sua vida — Ele a analisou uns instante.

— Quem sabe — Ela deu de ombros.

— Mas, afinal, que chefe é esse que manda uma mulher sozinha investigar um assunto perigoso assim? Se eu fosse você, mandaria esse homem para o inferno e me demitiria — ele opinou, muito sério.

— Não, meu chefe não é uma má pessoa — Helena sorriu. — Esse é o nosso trabalho, temos que ir atrás das notícias e a concorrência é bem acirrada, de modo que é preciso trazer coisas novas.

— Por quanto tempo acha que será lembrada se perder a vida por uma boa reportagem? — ele questionou. — Não seja tola, logo será esquecida, logo haverá outras reportagens, outros jornalistas. O mundo gira depressa demais, alguns sacrifícios não valem quinze minutos de fama.

Helena ficou em silêncio, observando-o falar, sem querer admitir que ele estava certo.

— Eu não tenho nada a perder — ela reafirmou. — Sou praticamente sozinha no mundo — lembrou, depositando o copo na pia e querendo encerrar de vez aquele assunto.

— E seus pais? — ele quis saber.

— Minha mãe mora em Londres, com meu padrasto, e meu pai foi se aventurar numa volta ao mundo de barco.

— Você os condena por isso?

— Claro que não! Cada um foi atrás de sua felicidade. Como eu disse, saí de casa cedo para casar e fui ter minha vida, nenhum de nós depende emocionalmente um do outro.

— Como você mesma disse — Juan enfatizou —, eles foram atrás da felicidade deles, mas será que sua felicidade é só arriscar a vida por matérias exclusivas?

— É a primeira vez que faço esse tipo de coisas — ela contou. — Na verdade, eu pedi para fazer essa investigação, queria mais adrenalina nos meus dias.

Juan balançou a cabeça:

— Me preocupo com você. Definitivamente não sabe se cuidar sozinha.

— Isso não é verdade! — ela protestou. — Obrigada por me defender, vou para casa.

— Não quer almoçar comigo? Eu estava terminando. Aliás, foi só porque venho almoçar em casa que você me encontrou aqui.

— Você faz isso todos os dias? Não tem quem cozinhe para você?

— ela ficou curiosa e, ao mesmo tempo, admirada em ver que ele próprio fazia suas refeições diárias.

— Eu tenho uma pessoa que organiza a casa duas vezes por semana para mim. Sei que a casa é grande, mas não gosto da ideia de pessoas o tempo todo aqui. Quando ela vem, ela cozinha, mas hoje não é seu dia.

— E o que temos para hoje? — Ela deu uma espiada no fogão.

— Hoje o prato é mais simples, galinha espanhola. É um prato feito com galinha e linguiça de porco, mas o diferencial está na montagem: uma camada de galinha, uma camada de cebola, tomate e pimentão; depois, uma camada de batatas e, por fim, a linguiça — Ele lhe mostrou a preparação do prato. — Ah, é claro, o milho verde e molho de tomate.

— Não é um prato tão simples assim!

— É um prato prático, eu penso — ele disse, com naturalidade.

— O cheiro está delicioso.

Juan lhe serviu uma pina colada:

— Sente-se e tome um aperitivo para começar. Acredito que dentro de alguns dias estará indo embora e, então, tomará juízo, eu espero.

— Pode ser ou, quem sabe, depois que o susto passar, eu volte a querer sentir aquela adrenalina toda de novo e invente uma nova aventura — ela disse.

— Eu espero que esteja brincando.

— Não, eu não estou. Pensei em investigar o tráfico nas favelas, ou cobrir zonas de guerra... — ela brincou.

— Chega — ele a interrompeu, balançando a cabeça e rindo com ela. — Sabe o que eu acho? Você quis ser adulta cedo demais e aproveitou muito pouco a vida.

— Talvez — a jornalista ficou pensando sobre aquilo, quem sabe ele estivesse certo.

— Bem, eu não posso dizer que fui diferente. Também casei cedo e foi com uma das minhas primeiras namoradas.

— Ah, então pelo menos não foi a única! — ela disse em tom de brincadeira.

— Eu não disse que era algum santo — Ele riu com ela. — Mas foi a primeira namorada séria. E eu, assim, como você, achei que duraria para sempre.

— Não devíamos nos culpar por isso, acreditar no amor não é errado. Presumo que ninguém se casa achando que não vai durar.

— A Carla foi iludida por um aproveitador — ele afirmou, com raiva no olhar. — Ela era uma garota ingênua de cidade pequena que viu a chance de brilhar na cidade grande, mas sabia que eu não compreenderia os seus sonhos porque eu achava que éramos felizes aqui. Então, ele a seduziu e depois a convenceu a fugir com ele.

Ela endureceu a expressão ao ouvir o discurso dele em defesa da esposa:

— Você diz que sou ingênua. Não, você é muito mais ingênuo do que eu — ela falou, irritada. — Acha mesmo que ela não quis ser seduzida?

— Do que você está falando? Ela se encantou com a vida glamorosa que o canalha lhe prometeu, mas quando chegaram lá, ele a deixou de lado. Quando descobriu que ela estava grávida, a obrigou a tirar a criança, foi aí que ela teve complicações e eu a perdi para sempre.

Helena sentiu muita raiva ao ouvir Juan falando de Carla com tanta dor. Sentiu ira e ciúme, ao mesmo tempo.

— Você não a perdeu quando ela morreu, você a perdeu quando ela te trocou por outro. Trocou por ambição — ela falou firme dessa vez.

— Ora, você não sabe do que está falando. Por que acha que pode falar dela desse jeito? — Juan levantou-se, irritado.

A jornalista o encarou, indignada por ver que ele estava realmente brigando com ela por causa de uma vigarista. Sim, como tinha vontade de dizer-lhe claramente: "sua ex-esposa, que você tanto idolatra, era uma vigarista". Mas é claro que se calou. Calou-se porque sabia que estava dominada pelo ciúme do amor que ele sentia pelo fantasma da ex-mulher, calou-se porque sabia que ele estava obcecado e não mudaria de opinião. Mas sofreu, em silêncio, porque doeu se conscientizar de que não havia espaço para mais ninguém no coração do espanhol.

Ele, por sua vez, seguiu defendendo a mulher que o traíra:

— Você não compreende. Ele encheu a cabeça dela de sonhos, a iludiu e a deixou morrer! — Juan se sentou, passando a mão no rosto, angustiado.

Apesar do ciúme e raiva que sentia, Helena teve pena de sua dor e se compadeceu dele, achando que não devia ter provocado. Ele, provavelmente, era menos infeliz acreditando em suas próprias verdades, ou melhor, suas ilusões, pensou.

— Desculpe — ela foi até ele e se abaixou tocando seu rosto.

— Eu não preciso da sua compaixão — ele disse, contraindo a testa de novo.

— Mas eu preciso que me perdoe.

Ela o abraçou e, depois de uns segundos, olharam-se nos olhos, em silêncio. Juan tocou seu rosto também e, mais uma vez, o calor começou a esquentar entre eles. Helena sentia que perdia o juízo de novo, pois tudo o que queria era que ele a tomasse em seus braços e consumasse aquele beijo pelo qual estavam ambos desejosos. Mas ele a afastou de si.

— O que estamos fazendo? — ele se perguntou. — Isso não está certo, tínhamos combinado.

Ela se levantou, sem graça, recompondo-se.

— Você está certo, isso foi ridículo. Você tem que ficar sozinho, com a sua dor, com os seus fantasmas. É infelicidade demais para mim — disse, indignada com tudo aquilo.

— Você está com raiva porque criou alguma fantasia de seduzir o lenhador amargo que encontrou solitário entre as montanhas? — ele tinha um tom que era irônico e, ao mesmo tempo, amargo.

— Eu não tenho interesse em seduzir você — ela se defendeu. — Eu preferia seduzir uma pessoa com mais vida!

— Ótimo, pois siga seu caminho. Há muitos homens cheios de vida e dispostos a amenizar essa sua carência — Juan pareceu irritado.

— Grosso! — ela protestou.

— Qualquer um percebe sua carência, mas eu não quero me aproveitar de você. Devia ser grata pela consideração que eu sinto.

— Consideração? É mesmo consideração o que sente? Ou será que está me evitando com medo de se envolver e ter que sair desse mundo triste e sombrio que criou para si mesmo? — ela o desafiou outra vez.

— Não seja tola. Eu tenho domínio sobre meus sentimentos. Eu poderia me envolver com você e não sentir absolutamente nada, mas eu estaria te usando. Eu não quero isso — ele disse, tentando ser paciente.

— Por que estamos falando de sentimentos? De envolvimento? Deixamos claro que não haveria envolvimento algum. Para mim está ótimo assim, mas perdi o apetite, tem fantasma demais nessa casa — Helena se preparou para sair.

— Você é uma estúpida, julgadora — ele ainda acusou.

— E você é um patético inocente — ela retrucou, sem pensar, antes de sair.

Entrou no carro, irritada. Quando chegou ao chalé, foi direto tomar um banho para esfriar a cabeça. Naquele momento, pensou apenas que logo estaria de volta a Porto Alegre e à sua rotina e, então, não pensaria mais naquele sujeito complicado e seu amor obsessivo e tolo pela ex-mulher.

Mais tarde, decidiu ir a um haras, acreditando que andar a cavalo lhe faria bem naquele momento. Galopar, sentir o vento soprar em seu rosto, ter contato com aqueles animais tão encantadores e aproveitar para tirar mais fotos de pontos de visitação em Monte Verde.

Antes de voltar para o chalé, passou no centro para tomar um café com Bruno e Ana, mas só ele estava trabalhando.

— Achei que Ana estivesse aqui — ela estranhou a ausência da jovem.

— Você não a encontrou no chalé? — Bruno perguntou.

— Eu fui ao haras. Só estive no chalé na hora do almoço.

— Bem, ela foi pegar umas roupas e partiu para o centro de Camanducaia, a irmã está para ganhar neném, talvez ainda hoje, e Ana vai ficar junto para ajudar. Que pena que vocês não conseguiram se despedir, mas ela logo estará de volta.

— Espero que eu ainda esteja aqui quando ela voltar.

— Caso queira, podemos ir visitar minha cunhada e, assim, aproveitamos para ver minha linda namorada — ele sugeriu, faceiro.

— Claro! Não quer ficar longe de sua Ana, não é?

— Realmente não, mas é difícil uma folga aqui no café — ele alegou.

— Esse é o problema de ser seu próprio chefe, tem que acompanhar tudo de perto — a jornalista comentou.

— Isso é verdade, mas, ainda assim, é muito melhor do que trabalhar como empregado e, principalmente, de Flávio Boaventura. Ele, às vezes, é bem exigente.

— Às vezes? — ela brincou. — E olha que optei por não ter mais vínculo com a revista, mas ele age como se eu fosse funcionária exclusiva. Bem, eu vou para o chalé, tive um dia cheio hoje.

— É mesmo? O que fez, além de cavalgar?

— Outra hora te conto com calma — ela disse, querendo esquecer, por hora, o terrível incidente com Francisco Montez. — Até mais.

A Vila dos Camponeses

Chegando ao chalé, ela tomou outro banho e colocou o roupão para atender a ligação de Ana contando que já era tia. As duas não se delongaram muito ao telefone, já que a jovem estava ansiosa para ficar mais com a sobrinha.

A jornalista estava se preparando para organizar novamente seus arquivos e depois dormir, quando alguém bateu à porta. Ficou bem temerosa de que fossem os capangas do Sr. Francisco Montez e permaneceu em silêncio, pois sabia que, como Ana estava em Camanducaia, Bruno não apareceria aquela noite. Engoliu em seco, mas o batido foi insistente.

Ela decidiu abrir e levou um susto ao se deparar com Juan, sentindo-se, ao mesmo tempo, aliviada. Ele estava incrivelmente atraente, com uma camisa branca um pouco aberta, calça preta, um autêntico espanhol de filmes românticos, pensou.

— O que faz aqui? — ela perguntou, estranhando a visita, e abriu a porta para ele entrar.

— Parece assustada. Andou mexendo com algum bandido? — ele provocou, depois de dar uma discreta olhada nela, que ainda estava apenas de roupão.

— Muito engraçado — ela respondeu, séria. — Estou assustada, sim, e tenho bons motivos para isso.

— Se quis se arriscar, tinha que estar preparada — ele a provocou um pouco mais.

— Sim, às vezes nos arriscamos, mas não estamos de fato preparados — ela ironizou. — Mas, a que veio?

— Você saiu tão irritada lá de casa comigo... — ele disse.

— Você também estava irritado comigo — a jornalista rebateu, enquanto se dirigiam à sala e ela lhe mostrou o sofá para que se sentasse.

— Não quero que vá embora com raiva de mim.

Juan continuou em pé.

— Não estou com raiva — ela respondeu. — Não vai se sentar?

— Estou com um pouco de pressa. Na verdade, vim te levar para dar uma volta.

— É mesmo? — ela estranhou. — Você havia dito que não gostava de sair à noite.

— Mas vou abrir uma exceção para você. Vou te levar para conhecer o condomínio Vila dos Camponeses.

— É sério? — ela indagou, surpresa com o convite.

— Gostaria de me acompanhar? — Juan perguntou, tranquilo.

— É claro que sim! Vou me trocar — respondeu rapidamente, já que sempre tivera curiosidade de conhecer o tal condomínio.

— Sim, vá depressa — ele disse, parecendo incomodado com o fato de ela estar tão pouco vestida.

Quando chegaram ao condomínio, Helena logo sentiu a energia do ambiente. Os chalés eram padronizados, com seus telhados de madeira em estilo alemão; os postes de ferro que iluminavam o condomínio, no estilo lampião, faziam parte da decoração e tornavam o ambiente mais aconchegante. Ao centro, havia um pequeno bosque, onde foi instalado um palco, em qual uma banda tocava música de diversos estilos e de vários países. Do lado esquerdo, contornando a pequena pista onde grupos dançavam e movimentavam os visitantes, havia algumas barracas que vendiam comidas típicas e artesanato.

Logo que os viu, um casal se aproximou de Helena e Juan. Estavam vestidos tipicamente a caráter e, com roupas da cultura germânica, faziam a alegria dos visitantes.

— Ora, se não é Juan Berlanga! — a mulher disse, abrindo os braços e o acolhendo num abraço, apesar de certa resistência por parte dele, que tentou logo encurtar aquele contato.

— Como vai, Sara? — o espanhol perguntou, forçando um sorriso.

— Muito melhor agora — ela disse e dirigiu-se ao seu companheiro: — Está vendo isso, Pedro? Quem diria! Juan aqui conosco novamente.

Helena percebeu que ambos estavam muito exultantes com a presença do espanhol. Tinham por volta de seus cinquenta e cinco anos, ela era uma mulher muito bonita, mas o que chamava mais atenção era o sorriso constante em seu rosto. O esposo, alto e magro, era pouco mais contido, mas também com a mesma alegria de Sara.

— Como vai, Juan? É muito bom te ver aqui — o homem o cumprimentou, também fazendo questão de abraçá-lo.

— E essa jovem, quem é? — Sara quis logo saber.

— Essa é Helena, uma amiga, eu a trouxe para conhecer o condomínio — Juan os apresentou. — Helena, esses são Sara e Pedro, velhos conhecidos meus.

— Muito prazer. Que jovem adorável! — Sara a abraçou espontaneamente. — Se é amiga de Juan, é nossa amiga também, seja bem-vinda ao condomínio. E, se conseguiu trazê-lo, somos eternamente gratos.

— Pare com isso, Sara — ele pediu, sem graça, balançando a cabeça.

— Ora, seu ingrato, sabe que sentimos muito a sua falta. Juan era um frequentador assíduo do condomínio, sabia? — Sara contou a Helena. — Ele, inclusive, dança um flamenco como ninguém.

— O quê? Isso é mesmo verdade? — ela perguntou a Juan. — Que outras facetas suas ainda preciso conhecer? — brincou.

— Olá, temos visitantes? — outro homem se aproximou.

Este era mais jovem que Juan, provavelmente da mesma idade de Helena, muito alegre e conversador. Logo foi passando um copo de sangria aos dois.

— Em sua homenagem! — ele disse ao espanhol, erguendo o copo para um brinde depois de cumprimentá-lo. Então se dirigiu a Helena: — Você sabe que a sangria é uma bebida de origem ibérica, não é? Mais especificamente da região da Andalucia. Já disse isso a ela, não? — perguntou a Juan.

— Não, ainda não disse, eu estava ansioso para que você contasse — ele respondeu, mas havia ironia em seu tom de voz.

— Bem, de qualquer maneira, nunca experimentou uma sangria como a nossa. Essa é especialidade da minha família — o homem completou.

— Delicioso — Helena disse, após experimentar a bebida, aprovando o gosto da mesma.

— Obrigado — Ele então riu, como se ela tivesse dito para ele. — Desculpe, eu estou brincando!

Helena e Juan se entreolharam e ela percebeu que o espanhol ergueu os olhos, suspirando meio impaciente.

— Mas, enfim, muito prazer. Eu sou Dominique, mas pode me chamar apenas de Dom — o rapaz se apresentou, por fim.

— Ah sim, Dom e Juan — ela apontou para um e para outro. — "Don Juan", bela dupla — Helena resolveu brincar para irritar o espanhol, ao perceber que ele não parecia nada feliz com a espontaneidade galante de Dominique.

— Muito engraçado — Juan usou o mesmo tom irônico para ela.

Entretanto Dom riu muito, achando o comentário espirituoso, mas principalmente pelo jeito fechado de Juan.

— Juan é muito sério, não é? — ele comentou com Helena. — Com certeza já deve ter notado isso. Mas, agora que já fomos apresentados, então, o que são? Amigos? Namorados? — ele quis logo saber.

— Amigos — foi ela quem respondeu.

— Ótimo! Assim meu colega não vai ficar enciumado com as minhas brincadeiras. Vou buscar alguma coisa para você comer.

— Está bem — Helena concordou, tomando mais um gole de sangria.

— Cuidado, isso é alcoólico — Juan advertiu, ao mesmo tempo virando o próprio copo.

— Não tem problema, não sou eu que estou dirigindo — ela frisou, bebendo mais um pouco.

Logo outras pessoas se aproximam para falar com Juan, inclusive duas belas mulheres que pareciam bem felizes com a presença dele. Um pouco depois, Dom voltou trazendo uma especiaria com salsicha e batata frita, enfeitado com uma bandeirinha da Alemanha.

— Eu trouxe um *Wurst* para você. *Wurst* significa salsicha em alemão e tem origem dos camponeses que usavam as tripas de animais para esconder as partes menos saborosas da carne. Era um jeito de não desperdiçar nada, enfim — ele contou.

— Parece apetitoso — ela aceitou o prato com o petisco.

— Esse é com batata, molho de tomate e maionese. Um pouco calórico, mas você não precisa se preocupar com dietas — disse, galanteador.

— Obrigada — a jornalista respondeu, devorando a especiaria, já que não havia tido tempo de comer nada até então.

— Agora venha, vamos dar uma volta, vou te apresentar a alguns amigos e te mostrar nosso artesanato — ele a puxou em seguida para que o seguisse.

Helena e Juan se entreolharam, mas o espanhol estava muito ocupado falando com alguns conhecidos, de modo que se virou novamente para as pessoas com quem conversava, não lhe dando muita importância. Mais tarde, eles se encontraram, e ela percebeu que havia um novo copo de sangria em sua mão.

— Acho que vou ter que dirigir para alguém — ela comentou.

— Se é que você vai voltar para casa comigo — ele falou, insinuativo.

— O que quer dizer com isso? Por que eu não voltaria com você? —

ela quis saber.

Nesse momento, o espanhol mostrou Dominique, que conversava, perto da banca de bebidas, com conhecidos que acabavam de chegar:

— Talvez tenha outra companhia para te levar, já que estão tão íntimos.

— Não estou íntima de ninguém. Ele apenas me levou para conhecer o condomínio e foi gentil me trazendo algo para beliscar.

— Quem sabe seja esse o *Don Juan* que procura para matar sua carência — o espanhol comentou, sarcástico.

— Por que está incomodado? Você deixou bem claro que não queria nada comigo, além de amizade.

— E é realmente o que quero, só te alerto que do Dominique você terá apenas aventura. Você já deve ter percebido que ele é um galanteador e joga charme para todas as visitantes bonitas que aparecem no condomínio.

— E de que me importa? Talvez minha vida esteja mesmo precisando de mais emoção e adrenalina — ela disse, na esperança de provocar nele um pouquinho de ciúme.

— É bem típico do que as mulheres gostam: uma aventura inconsequente — ele disparou, com uma expressão bem séria no rosto.

Helena se irritou com o seu comentário, pois não queria ser julgada por Juan. Mas o que parecia é que ele estava com ciúme, e foi exatamente por isso que a jornalista resolveu aceitar o convite de Dom para dançar. De vez em quando ela lançava um olhar para o espanhol, que continuava bebendo com uma expressão bastante séria.

Dom praticamente monopolizou a convidada de Juan, até que Sara os chamou para fazer um convite.

— Amanhã estarei comemorando meu aniversário aqui e faço questão da sua presença, Juan, e também da sua nova amiga, a Helena. Aliás, nossa amiga, porque amigos do Juan são nossos amigos também — Sara disse com sua simpatia peculiar.

— Agradeço o convite, Sara, mas não sou mais de festas. Eu só abri uma exceção hoje para nossa visitante que logo estará deixando a cidade, não é Helena? — Juan fez logo questão de explicar.

— É verdade, em poucos dias estarei voltando para o Rio Grande do Sul. Porém vou confessar que tive vontade de conhecer esse lugar desde o primeiro dia em que cheguei à cidade e os observei da janela do hotel.

— Ora, é uma pena que não tenha vindo antes. Então, agora, para compensar, virá dois dias seguidos — Sara sugeriu, olhando novamente para Juan.

— Por mim, eu adoraria — Helena respondeu.

— Eu sinto muito — Juan suspirou. — Eu, particularmente, acho que não virei, mas se Helena quiser...

— Eu terei imenso prazer em te buscar no hotel onde está hospedada — Dom logo se aproximou deles de novo, pegando parte da conversa.

— Seria muito gentil da sua parte, Dom, assim eu não ficaria sem graça de chegar sozinha — Helena lhe respondeu, porém deu uma olhadinha para Juan.

— Seria, sim — Sara afirmou —, se Juan não viesse para trazê-la, mas ele não fará essa desfeita comigo, não é? Eu ficaria imensamente triste com você — disse ao espanhol.

Juan suspirou mais uma vez, vendo o tom apelativo da amiga de tantos anos. Então deu uma olhava novamente para Helena e, depois, para Dom, que esperava ansioso que ele não viesse.

— Está bem, não posso te fazer essa desfeita — o espanhol disse para Sara. — E vou passar aqui te dar um abraço amanhã.

— Ótimo! Não imagina como estou feliz de saber que voltará amanhã — Sara lhe deu um abraço, empolgada.

— Já está bem tarde, acho que vou levar nossa visitante agora — ele disse, por fim, tocando o braço de Helena.

— Mas já? Ainda nem terminamos de dançar — Dominique protestou.

— Pelo que me pareceu, dançaram praticamente a noite inteira — Juan comentou.

— Diante de uma companhia tão agradável, nem vi a noite passar — Dom respondeu, sorrindo para Helena.

Juan desviou o olhar, fazendo cara de entediado com as cantadas de Dominique para sua convidada.

— Podemos ir? — O espanhol a chamou.

— Podemos, sim. Foi um prazer conhecer todos vocês — Ela se despediu dos anfitriões.

— Bem, então te esperamos amanhã — Dominique disse, sorridente.

Ela acenou e seguiu Juan, que já se distanciava a passos largos.

— E, então, está feliz de conhecer o condomínio? — ele perguntou, no carro.

— Muito, era exatamente como eu pensava, um lugar alegre, cheio de pessoas sorrindo, dançando. Parecia um pedacinho de paraíso no meio das montanhas.

Juan deu uma risada gostosa e espontânea dessa vez, como era incomum de se ver.

— Helena, você parece que vive em devaneios. É só um condomínio com um pátio para festas! — ele falou, achando engraçado seus comentários.

— Você tem que olhar o mundo com olhos um pouco mais suaves, assim consegue ver mais encanto nas coisas simples — ela justificou.

Juan lhe deu uma olhada de canto, mas nada disse.

— Eu gostei de tudo — ela acrescentou, por fim.

— Eu percebi — ele disse, com certa ironia. — Você parecia bem encantada dançando.

— Vi que você também estava entretido. Não teve tempo para me dar atenção ou, ao menos, dançar um pouco comigo.

— Eu não danço. Mas você teve com quem rodopiar a noite inteira, não pode reclamar — ele afirmou, já se aproximando do chalé.

Foi nesse instante que ouviram um barulho e viram movimentos na mata. Quando Juan parou o carro, desceu depressa, olhando ao redor, com a impressão de ter visto alguma coisa.

— O que aconteceu? — ela indagou.

— Nada — Ele continuou pensativo. — Pode ter sido impressão minha, mas achei que tinha visto um vulto. Ana está em casa?

— Não, ela foi ajudar a irmã, que mora no centro de Camanducaia e acabou de ter um bebê.

— Você está sozinha?

— Sim — ela respondeu, ainda estranhando tanto questionamento.

— Bem, então não vai ficar aqui, pode ser perigoso — ele decidiu.

Helena riu daquilo:

— Imagina, Ana mora sozinha aqui há anos!

— Ana não andou tirando fotos de bandidos — Ele fez questão de lembrar. — Entra no carro, vamos para minha casa. Não se preocupe, eu tenho um quarto de visitas — avisou, olhando-a depressa, antes que ela imaginasse qualquer coisa.

Ela, porém, não fez o que o espanhol pediu:

— Não tem cabimento, eu não vou dormir na sua casa! Estou bem aqui e nada vai me acontecer — respondeu, achando um absurdo não poder ficar no chalé onde a amiga vivia sozinha há tanto tempo.

— Você me garante? — ele a encarou sério.

— Sim — ela respondeu de impulso.

Juan continuou olhando fixo para ela, de modo que acabou se sentindo apreensiva, pois se lembrou dos bandidos que a perseguiram:

— Quer dizer... acho que sim — a jornalista mudou de ideia e de expressão diante daquele olhar.

— Entra no carro — ele repetiu, firme.

Helena obedeceu a contragosto, depois de pegar umas roupas.

— Eu posso te levar para um hotel, se preferir — ele disse no caminho. — Não quero que pense que estou querendo me aproveitar da situação.

— Não estou pensando nada. Já passa de uma da manhã, será que consigo hotel a essa hora?

— Podemos ligar lá de casa, eu moro quase aqui do lado.

Quando chegaram à casa de Juan, decidiram que ela ficaria por ali mesmo, já que era bem tarde. Pouco tempo depois, Helena estava no quarto de hóspedes de Juan, tentando pegar no sono, o que era praticamente impossível sabendo que ele estava tão perto. Virou-se de um lado e de outro e ficou imaginando o espanhol deitado, sem camisa, parecia que podia sentir seu perfume.

Levantou-se para tomar um copo de água, pois sentia a garganta seca. Percebeu que a porta estava aberta, já que uma brisa fria entrava na casa. Foi em direção à varanda e deparou com o espanhol em pé, sem camisa, com o braço apoiado na pilastra. Era uma imagem bem tentadora, pensou, e deduziu que teria sido ajuizada se tivesse voltado depressa para o quarto antes que ele a visse. Porém não teve tempo, pois ele se virou quando percebeu sua presença.

— Vai pegar uma gripe desse jeito — ela, então, advertiu.

— E você, o que faz aqui? — ele perguntou.

— Eu estava com a garganta seca, vim tomar água, mas já estou voltando — explicou depressa para que ele não achasse que tinha intenção de atrapalhar seu momento solitário.

— Sei... — Juan a examinou da cabeça aos pés descalços sobre o piso frio. — Então volte logo ou será você a pegar uma gripe nesse chão gelado. Se você tivesse juízo, não estaria aqui.

Ela tentou entender se o espanhol falava em relação às fotos de Francisco ou em relação aos dois ali, sozinhos, no meio da noite.

— Você me deixou numa situação constrangedora — Ela se referiu ao fato de estar dormindo na sua casa, quando tinha um lugar em que estava hospedada. — Eu poderia estar no chalé agora.

— Você se colocou nessa situação. Eu te trouxe para cá apenas para te proteger.

— Não sabia que se preocupava tanto comigo.

— Você não sabe se cuidar — ele balançou a cabeça. — Definitivamente, não sabe. Você me preocupa.

— É mesmo? E mesmo assim vai me deixar partir? — ela acabou dizendo.

Juan se aproximou, acariciando seu rosto, enquanto olhava para ela com um leve e discreto sorriso, não nos lábios, mas no olhar. Helena encostou-se na parede, sentindo a respiração mais pesada com aquela proximidade. O espanhol apoiou uma mão na parede e, com a outra, acariciou-lhe o rosto e contornou seus lábios com a ponta dos dedos. Depois tirou uma mecha de cabelos que caiu sobre os olhos dela e a encarou mais uma vez:

— Por que me provoca, Helena Guimarães? — ele perguntou, sério.

Helena não respondeu, mas fechou os olhos quando a mão dele desceu, acariciando sua nuca, tocando-lhe o ombro e descendo levemente uma alça da camisola por baixo do robe. Fez menção de senti-la ainda mais e aproximou o rosto do dela, mas se deteve, dando um profundo suspiro.

— Eu não vou me aproveitar de você — ele disse, por fim. — Não foi para isso que eu te trouxe, foi apenas para te proteger.

— E será que pode me proteger do que estou sentindo? — ela questionou.

— Você não sabe o que está sentindo. Você vai perceber isso em poucos dias, quando retornar a sua cidade. E nós já conversamos sobre isso — Juan disse, passando a mão no rosto, um pouco tenso.

— Eu sei, você está certo. Você se fechou para o mundo e acha que deve viver cultuando o passado.

— E que "presente" você acha que construiríamos juntos? Helena, você é uma sonhadora — ele lamentou. — Mas eu não sei mais sonhar.

Ela olhou triste para o espanhol. Podia ver a amargura e solidão que havia em seu olhar.

— Por que não tenta? Você é tão querido nessa cidade! Eu presenciei a alegria daquelas pessoas no condomínio quando te viram, vi a alegria de Ana quando você a convidou para almoçar no outro dia. As pessoas gostam de você.

— Helena, eu estou bem aqui, estou bem sozinho e é assim que quero ficar. Nada do que disser vai mudar isso — ele afirmou, tentando fazer com que ela compreendesse seu ponto de vista.

— Eu queria ir embora sabendo que você voltou a se misturar com as pessoas, que abriu a porta de sua casa para seus amigos e deixou duas poltronas na varanda para que as visitas voltassem.

— Você me enternece com seus devaneios, sabia? — ele balançou a cabeça, trazendo-a para si. — Você está gelada.

Juan a abraçou carinhosamente, mas ela se desfez daquele abraço. Era embaraçoso sentir um toque de compaixão do homem a quem desejava de forma tão diferente. Ele a olhou, em silêncio, talvez entendendo a sua atitude. Depois de uns segundos, ela desviou os olhos dele, olhou uns instantes para o chão e, devagar, afastou-se, voltando para o quarto de hóspedes.

Foi difícil conseguir dormir aquele resto de noite e ela acabou acordando bem cedo para não ter que encontrá-lo de manhã. Entretanto ele já estava em pé, carregando uma carreta.

— Vou levar umas cadeiras que estou fazendo para um asilo. Venha ver — ele a chamou, mostrando-lhe umas cadeiras de balanço — o que achou?

— Eu adorei! Você quem fez? Eu queria uma dessas para mim! — ela brincou, sorrindo, então olhou para ele de novo: — Você me surpreende todos os dias!

— Eu amo mexer com madeira, Helena. Então, de vez em quando, fico inventando coisas. Quer vir comigo para entregar?

— Claro, eu adoraria ver o rostinho feliz dos idosos — ela não resistiu. — Eles, certamente, ficarão encantados.

— Espero que sim, mas antes vamos tomar um café, eu faço rapidinho.

Helena o acompanhou no café e depois ao asilo, onde ele deixou as cadeiras de balanço e também alguns mantimentos. Mas além dos objetos e alimentos, deixou também um sorriso no rosto de muitos senhores e senhoras, agraciados com a sua gentileza. Ele quis parecer frio, mas Helena o flagrou correspondendo vários sorrisos dos idosos durante sua visita.

A cada instante ficava mais encantada com o espanhol e por todas as coisas que o cercavam. Ele era forte, atraente e tinha um perfume agradável, mas, além disso, tinha um lado humano cativante! Por que um homem como ele se fechara daquele modo para a vida?, perguntava-se. Ele parecia tão mais leve quando fazia suas ações em segredo para ajudar outras pessoas e, ao mesmo tempo, tinha sempre uma expressão angustiada no rosto em seus momentos de silêncio.

Voltaram depois do almoço para Monte Verde e Helena passou o dia no centro. Foi escolher um presente para Sara e, mais tarde, acabou se distraindo com Bruno no Hauser Café.

— Desculpa não poder te dar atenção. O filho de um funcionário meu se machucou e ele teve que correr para casa — ele contou.

— Algo muito grave?

— Espero que não, parece que o garoto se machucou andando de skate. Ele foi levá-lo ao pronto-atendimento e, assim que puder, estará de volta.

— Então deixa o balcão comigo, posso anotar os pedidos ou ficar no

Caixa, o que você quiser.

— Jura que faria isso? Não posso ficar abusando da sua boa vontade! — ele disse, sem graça, enquanto corria de um lado para outro.

Helena sorriu, não lhe dando importância, e já começou a anotar os pedidos dos clientes.

Voltou para o chalé apenas no final do dia a fim de se arrumar para o aniversário de Sara. Quando chegou, um pouco atrasada, Juan já a esperava do lado de fora. Aproximou-se, afobada pelo atraso, mas feliz por deparar com aquele homem tão bonito à porta.

— Prometo que me apronto rapidinho — ela disse. — Bruno ficou sem um funcionário hoje e eu o ajudei um pouco no Café — explicou, enquanto abria a casa.

— Tudo bem, não se preocupe, eu espero — Juan respondeu, tranquilo, entrando junto com ela.

Helena apressou o banho e saiu depressa para não o deixar esperando muito tempo.

— Está muito bonita — ele sorriu. — E perfumada.

— Obrigada — ela agradeceu, feliz com o bom humor do espanhol naquela noite.

Quando chegaram ao condomínio, tudo estava ainda mais colorido. A decoração alegre tinha flores por todos os lados e muitos balões vermelhos em formato de coração para o aniversário de Sara, que parecia ser muito querida no local. Depois de uns instantes, Pedro foi ao palco para fazer uma declaração de amor à esposa:

— Agradeço à presença de vocês nesse dia tão importante para mim. Eu nem preciso explicar por que estou com essa mulher há quase trinta anos, já que todos sabem que ela tem um sorriso apaixonante e um bom humor que contagia. Parabéns, meu amor, que venham muitos anos mais de vida a você, e que todos eles sejam ao meu lado — ele ergueu uma taça de champanhe.

Sara subiu ao palco, emocionada, beijando o esposo. Todos aplaudiam e iniciou-se a dança a seguir.

Helena suspirou, admirada, ao mesmo tempo que se encolheu com o vento gelado que anunciava chuva. Era uma vida a dois assim que sonhara para si. Olhou para Juan com um leve sorriso, ele compreendeu.

— Esses corações e esse clima romântico são mesmo um perigo para uma sonhadora como você, não é? — brincou.

— É verdade, Juan, mas acho que histórias assim não são para mim — ela lamentou.

Juan olhou uns instantes em silêncio para ela, seu olhar era terno e pensativo. Ela correspondeu uns segundos e, então, desviou os olhos sem graça. Nesse momento, Dom se aproximou, tirando-a para dançar, e o espanhol apenas os observou de longe. Então se afastou pegando uma bebida.

O dono da Madeireira Berlanga ainda conversou com algumas pessoas, bebeu outros copos de sangria e, de vez em quando, dava uma olhada discreta para Dom e Helena. Ela conseguiu ficar com ele de novo apenas durante os parabéns.

— Não te vi nem uma vez sem um copo na mão — ela disse.

— E eu não te vi nenhuma vez sem o *Don Juan* grudado em você — ele brincou, tomando mais um gole.

— Eu não tenho culpa se você não dança. Eu estou me divertindo tanto, é quase uma despedida de Monte Verde para mim. Por que não me tira para dançar?

— Não, mas fique aí, vou buscar mais uma bebida — ele falou.

Ela até tentou esperar, mas Dom veio buscá-la de novo.

— Deixa eu descansar mais um pouquinho — ela disse. — Juan foi buscar uma bebida para mim.

Porém viu que uma mulher parou o espanhol no meio do caminho e ele se deteve para conversar com ela.

— Eu posso pegar uma bebida para você, pois Juan está tão entretido com a Sandra que deve ter esquecido. Aliás, duvido que ela o deixe sair tão cedo, ficou toda empolgada ontem quando eu lhe contei que ele viria para o aniversário.

— É mesmo? Por quê? — ela tentou disfarçar, mas já começava a se sentir enciumada.

— Amor antigo — ele disse.

— Sério? Eu achei que o único amor do Juan fosse a ex-mulher.

— Amor antigo dela, eu quis dizer — ele explicou. — Aliás, desde que a Carla se foi o que não faltam são mulheres interessadas em quebrar o gelo do coração do espanhol — ele contou, achando engraçado.

Isso significava que não era a única, pensou, sentindo-se desolada. Com certeza outras mulheres já haviam tentado conquistar um espaço naquele mundo tão fechado de Juan.

— Então ele realmente nunca mais teve ninguém desde que a esposa se foi? — ela quis satisfazer sua curiosidade.

— Bem, depende do que você está falando. Se estiver falando de sentimentos, acredito que não. Mas se estiver falando de outras coisas... — ele disse, insinuativo.

Helena sentiu raiva sem saber exatamente de quê. Olhou mais uma vez para Juan, que seguia conversando com a tal Sandra e ardeu em ciúme só de imaginá-lo na cama com ela ou alguma outra mulher da cidade.

— Mas não vamos perder tempo falando do espanhol, não é? — Dom sugeriu. — Escuta que música boa está tocando, devíamos aproveitar.

Juan olhou novamente para Helena, mas Sandra chamou sua atenção de novo e continuou falando. Então a jornalista decidiu dançar com Dominique.

— Você tem razão, vamos dançar, sim — disse, antes de lançar mais um olhar na direção dos dois.

O conquistador mais uma vez monopolizou a convidada de Juan por um bom tempo, até que o espanhol, depois de muitas sangrias, foi até eles.

— Bem, se você não se incomoda, agora é minha vez de dançar um pouco com a minha convidada — ele disse para Dom.

— Claro — o outro concordou. — Depois continuamos — falou para Helena.

— Vejo que não perdeu mesmo tempo — o espanhol comentou durante a dança.

— O que quer insinuar agora? — ela perguntou depressa.

— Devia ir mais devagar. Ora, que besteira dizer isso, vocês da cidade grande são tão liberais e, como você mesma disse, estava precisando de aventuras na sua vida. Acho que encontrou.

— Você não devia estar incomodado, afinal foi você mesmo quem sugeriu que eu procurasse outra pessoa para me aventurar — Helena lembrou.

— Eu não estou incomodado, já disse — ele tentou demonstrar desinteresse. — Mas, me responda, está realmente procurando outra pessoa para se aventurar?

— Não estou procurando nada. Assim como você, não é? Pelo menos até a volta da tal de Jô — ela acabou falando.

— Isso não te interessa — ele não satisfez sua curiosidade.

— Tampouco te interessa com quem vou devagar ou depressa — ela usou um tom mais ríspido também.

— Estou vendo que está mesmo desesperada por adrenalina — ele a apertou forte contra si.

Helena sentiu o corpo todo arrepiar com o corpo de Juan junto ao seu, ele explorou suas costas com mãos ávidas.

— Eu não devia ter te tocado com tanta ternura ontem, acho que é assim que preferia que eu tivesse feito — ele acariciava suas costas, apertando-a contra si, enquanto giravam pela pista.

— Aonde você quer chegar com essas insinuações? — ela perguntou, confusa.

— Para sentir toda a adrenalina que quer sentir acho que precisa de um homem de verdade e não de um galanteador tolo como Dom.

— Ora, está querendo se desfazer de alguém que demonstrou interesse por mim? É isso mesmo? — ela perguntou, indignada.

— Tolice — ele respondeu, com descaso.

— Está querendo se desfazer de mim — ela comentou, irritada.

O vento soprava cada vez mais forte e algumas decorações já voavam pelo pátio, bem como farpas entre os dois.

— Eu devia ter saciado logo a sua sede — ele sussurrou ao seu ouvido.

Apesar de se arrepiar com os lábios dele tão próximos, ela se irritou com o seu comentário, mas percebeu que ele provavelmente bebera além da conta, pois nunca havia visto o espanhol agir daquele modo.

— Acho que você bebeu demais — ela acabou dizendo.

— Não está gostando? — ele a apertou um pouco mais. — Isso não mexe com sua adrenalina?

Na verdade, ela estava completamente fragilizada e entregue. Precisava fugir da presença tão perturbadora do espanhol.

— Vamos voltar — ela pediu, perturbada.

— É a ele que prefere? Estava mesmo interessada nas investidas do nosso colega conquistador? — ele questionou.

— Isso não te interessa. Além disso, estava bastante entretido com sua amiga, até se esqueceu de me trazer a bebida.

— Eu não esqueci, apenas não conseguia sair porque ela não parava de falar. Entretanto você não perdeu tempo e logo voltou para a pista com seu *Don Juan*.

— Achei que você estava ocupado demais.

— Pois eu quero que me responda agora — ele pediu, firme. — Você estava mesmo interessada nas investidas dele? Aposto como iria com ele para casa, não é?

— Tolo. Não estou interessada no Dom! — ela protestou.

— Vocês mulheres são mentirosas — ele disse, impulsivo.

— Não me julgue por sua Carla.

— Você quer que eu faça a sua adrenalina subir? Eu vou fazer a sua adrenalina subir. Diga que quer, vamos, diga que é isso que quer — Juan sussurrava ao seu ouvido, enquanto, durante a dança, discretamente a afastava da multidão.

— Não estou te reconhecendo — ela comentou, atordoada.

Ele estava ousado, sensual e ardente. Ela sabia que provavelmente era efeito do excesso de sangrias.

— Mas vai me conhecer agora — ele afirmou.

Dizendo isso, o espanhol a puxou para trás das árvores no bosque que tinha ao fundo do condomínio, onde a beijou com volúpia.

— Eu quero você agora, eu vou te ensinar o que é estar com um homem de verdade. Vamos para minha casa — ele disse, puxando-a pelo braço e fugindo com ela.

— Com certeza você bebeu demais. O que está fazendo? Temos que pegar o carro — ela ainda tentou dizer.

— Eu conheço um atalho para chegar à minha casa. Vamos fugir, é mais divertido.

Helena se divertiu com Juan fazendo loucuras e mostrando uma face dele que nunca vira. Quando chegaram à sua casa, ele a beijou com desejo enquanto a levava para seu quarto, tocando-a com ânsia e prazer. Ela queria ser forte e racional o suficiente para não se entregar, pois sabia que ele provavelmente estava agindo daquele modo por estar alterado pelo excesso de álcool. Mas havia um desejo tão intenso em seus olhos, seus gestos, suas mãos... Como resistir? Como dizer que era tudo fruto da sangria?

Ela deixou que Juan a despisse e sentiu, extasiada, as mãos ávidas que percorriam seu corpo já fragilizado ao toque ousado dos lábios do espanhol roçando-lhe ombros e pescoço. Recebeu-o dentro de si, ansiosa, apertando-o ainda mais, enquanto deliciava-se com o roçar dos corpos nus no movimento intenso de prazer.

Instantes depois, eles estavam deitados, lado a lado, em silêncio. Ele nada dizia, mas depois de algum tempo, somente ela estava acordada, ainda confusa com tudo o que acontecera. Quis tanto estar daquela forma tão entregue a ele! Desejou o espanhol desde o primeiro dia que o viu. E ali, naquele momento, deitada ao seu lado, percebeu com imenso temor que não sentia apenas desejo, mas queria estar com ele todos os dias. Por outro lado, sabia que não podia esperar nada, porém não iria se arrepender, pensou. Já havia sido sensata demais a vida toda, tinha direito de sentir algo mais intenso ao menos uma vez.

Helena demorou a pegar no sono, o dia estava claro quando ela acordou, mas Juan ainda dormia. Decidiu ir embora caminhando, já que o chalé de Ana não ficava tão longe, pois precisava andar um pouco para pôr os pensamentos em ordem e se preparar para a despedida.

Procurou sair sem fazer barulho, imaginando que ele dormiria mesmo até mais tarde depois de tantas sangrias. Durante a caminhada, respirou com satisfação o ar puro das montanhas mais uma vez, pensando no quanto seria difícil despedir-se de Monte Verde e de tudo o que vivenciara ali. Certamente aquela viagem seria inesquecível, pois experimentou o dia a dia do local, soube como era morar num chalé nas montanhas e trabalhar num Café numa cidade turística em dia de movimento. Viveu a amizade e um sentimento que ainda não definira...

Apesar da nostalgia que sentia, estava tranquila. Entretanto, quando chegou ao chalé, levou um susto ao ver que a porta estava arrombada. Entrou atordoada dentro de casa, olhando seus pertences revirados e jogados pelo chão, sua câmera fotográfica e o notebook estavam destruídos. Sabia que tinha sido alguém a mando de Francisco e se sentiu aliviada por não estar ali no momento em que o chalé fora invadido.

Despedida conturbada

Entendeu que Francisco lhe mandara uma mensagem e ainda se sentia confusa sobre como agir diante do que ocorrera. Estava ajeitando a bagunça que deixaram quando alguém entrou e ficou ansiosa, na esperança que Juan tivesse vindo atrás dela. Porém o homem que a aguardava era o mesmo cujo olhar cruzou com o seu na manhã em que tirara as fotos flagrantes do carregamento ilegal.

— Alguns homens meus vieram entregar um recado a você ontem à noite, mas parece que você não estava — ele disse. — Resolvi vir pessoalmente.

— Francisco Montez — ela disse seu nome, bastante temerosa do que pudesse acontecer.

Olhou para o celular que acabara de deixar sobre a mesa, pensando se conseguiria filmar ou pedir socorro, mas o olhar sério dele deixou bem claro que não teria chance de fazer nada.

— Eu acho que você não sabia com quem estava mexendo quando resolveu se aventurar nas minhas terras — ele falou, tranquilo e frio.

— Aquelas terras não são suas, são áreas protegidas — ela disse.

— Você devia pensar melhor antes de agir, antes de falar, porque cautela salva a vida de muita gente, sabia?

Ele tinha um jeito sinistro de falar e seu olhar era realmente ameaçador. Era mais velho que Juan, quase a mesma estatura, pele clara e frios olhos verdes. Não havia nenhum aspecto agradável em sua aparência, tal era a repugnância em seu olhar.

— O que vai fazer? — ela perguntou, por fim, já que não teria mesmo como fugir daquele sujeito.

— Quero todas as fotos — ele falou em tom bem sério.

— Você já destruiu meu notebook, minha câmera, foi o que fizeram, quebraram tudo — ela argumentou.

Ele, então, pegou o celular dela.

— Quero suas senhas, suas contas. Quero ter certeza se enviou para alguém.

— Eu não tive tempo de enviar para ninguém, o que eu tinha estava na minha câmera.

— Você não é boba, é claro que salvou as fotos. Por que está querendo me subestimar, Helena Guimarães? — ele quis deixar claro que sabia quem ela era.

— Seus homens já destruíram tudo. Pegue o celular, se é o que veio buscar, e me deixe em paz.

— Te deixar em paz para que vá correndo mostrar as fotos para alguém? Acho que seria mais prático simular um pequeno acidente nas montanhas. Nós vamos dar uma voltinha agora — ele avisou.

— Eu não vou a lugar algum com você. Se vai me matar de qualquer jeito, faça aqui.

Ela respondeu, ciente de que não teria como escapar, ao mesmo tempo em que seus olhos nervosos tentaram avistar algum objeto com o qual pudesse se defender.

— Infelizmente você não tem escolha. Eu sou mais forte e estamos isolados. Além disso, eu sei que sua amiguinha está viajando. Você vai sair daqui bem tranquila ao meu lado e vamos conversando no caminho — ele disse, recolocando o aparelho sobre a mesa.

Ele se aproximava devagar, enquanto ela se retraía, tentando fugir da sua presença.

— Por favor, me deixe em paz. Se fizer alguma coisa, vai ser pior — ela o alertou.

— Você está me ameaçando? — ele tinha uma bengala na mão e a usou para bater com força na mesa, quebrando o celular dela.

Helena se assustou com o barulho e tentou argumentar com ele:

— O que você faz é ilegal! Você está destruindo o meio ambiente — ela alegou.

Francisco, porém, riu alto, debochando do seu argumento, e depois voltou a ficar sério:

— O que me importa o meio ambiente? Não seja tola, acha que vai me comover com esse argumento? De que mundo você veio?

Ela se lembrou de Juan e constatou que era mesmo muito ingênua. Mas o homem à sua frente não tinha ingenuidade nem compaixão nenhuma nos olhos.

— O que prefere, vamos direto ao nosso passeio ou nos divertimos aqui primeiro? Podemos brincar um pouco, já que gosta de perigo — o contrabandista se aproximou, acariciando seu rosto.

— Me deixa em paz!

Ela o empurrou, mas ele a segurou com força e iniciaram uma luta, caindo os dois no chão. Ela conseguiu atingi-lo no rosto, o que o deixou ainda mais furioso. Os dois se debatiam, enquanto ela tentava se livrar dele, que tentou imobilizá-la.

Foi nesse momento que Juan entrou depressa, depois do susto que levou ao se deparar com a porta arrombada e ouvir os gritos.

Assim que os viu, o espanhol partiu imediatamente para cima de Francisco, puxando o bandido e lhe desferindo um golpe no rosto. Francisco caiu, mas sacou um revólver, atirando contra o Juan antes de fugir. Helena gritou assustada quando ouviu o barulho e viu Juan caindo e, mais desesperada ainda, quando viu sangue escorrendo pelo chão. Gritou o nome do espanhol, desesperada, abaixando-se até ele:

— Juan, fala comigo — gritou em pânico.

Olhou o celular quebrado no chão e sentiu o corpo inteiro estremecer sem saber como pedir ajudar. Estava tão atordoada que levou alguns minutos para se lembrar do telefone fixo, o qual finalmente usou para chamar uma ambulância. Abaixou-se novamente até Juan, aflita, tentando despertá-lo, ao ver que ele não tinha reação:

— Juan! Juan! — ela chamava em vão. — Me responde, por favor, me responde — As lágrimas já escorriam de seu rosto. — Eu não quero te perder, por favor, eu não posso. Me responde — pedia, aflita.

Bruno chegou junto com a ambulância e a polícia. Tentou acalmá-la, enquanto ela contava tudo o que acontecera e prestava depoimento. Recusou-se a ir à delegacia até ter certeza do que tinha acontecido com Juan e seguiu direto ao hospital, onde ficou aguardando notícias. Ficou mais aliviada quando confirmou que o tiro fora de raspão, mas ainda estava assustada porque o que o levou a perder a consciência foi ter batido a cabeça na mesinha de centro no momento da queda.

Depois de saber que o estado do espanhol estava mais estabilizado é que foi à delegacia, ainda com muito medo, registrar uma queixa formal. Contudo soube que Francisco já estava foragido.

Mais tarde, novamente no hospital, Helena esperava que Juan despertasse. Ele já havia recebido o atendimento e descansava no quarto. Helena ainda estava no quarto quando ele acordou.

— Como você está?

Ela perguntou, assim que ele abriu os olhos. Na verdade, estava há horas ao seu lado esperando que ele despertasse.

— Acredito que estou bem — ele disse, um pouco confuso. — Nem sei ao certo o que aconteceu.

— Você levou um tiro de raspão no ombro, mas, com o impacto, caiu e bateu a cabeça na mesinha de centro.

— Agora eu me lembro — ele parecia voltar à consciência aos poucos. — Mas e você? Ele te fez alguma coisa?

— Não, ele se assustou quando você caiu e fugiu. Na verdade, ele não foi encontrado até agora.

— Você deu queixa? — ele quis saber.

— Sim, mas ele está foragido. Eu estou tão assustada, fiquei com tanto medo de te perder — ela disse, sentindo-se ainda muito angustiada.

Juan permaneceu em silêncio.

— Eu me sinto culpada — ela desabafou.

— O importante é que todos estamos bem. Agora deixe de arrumar encrencas e volte para sua casa — ele pediu.

— Eu vou ficar no hotel hoje. Bruno vai consertar a porta e ainda está tudo bagunçado no chalé.

— Eu disse para sua casa, para Porto Alegre — ele explicou e tinha uma expressão muito séria no rosto.

— Eu vou pedir mais uns dias e vou ficar aqui até que se recupere — ela avisou. — Não vou sair de perto de você até ter certeza de que está bem.

— Eu não preciso de babá e eu posso me virar sozinho — ele usou um tom seco.

— Por que está falando assim comigo? — ela perguntou, confusa. — Deve estar cansado, é isso. Vou deixar você repousar, logo vai estar de alta. Eu fiquei tão angustiada quando te vi sangrando...

Juan desviou os olhos dela.

— Você está com raiva de mim? — ela quis saber. — Não foi minha culpa, como eu iria saber que você chegaria?

— E se eu não chegasse? Você tem consciência do que teria acontecido? — ele questionou.

— Ao menos não estaria com raiva de mim agora — ela acabou dizendo.

— Eu não estou com raiva.

Então por que tanta frieza? Ela queria saber, mas algo dentro dela já sabia e, por isso, se calou não querendo que ele confirmasse que tinham errado.

— Eu só queria que soubesse que estou muito feliz que esteja bem, você não imagina como me deixou aflita — a jornalista sentia um misto de alívio e inquietação.

— Vá descansar, Helena — ele pediu.

Ela fez um sinal afirmativo e deixou o hospital, indo para o hotel, onde só conseguiu pegar no sono vencida, de fato, pelo cansaço. Ainda estava angustiada com todos os últimos acontecimentos e sentia um incômodo aperto no peito só de rever em sua mente a imagem de Juan sangrando no chão do chalé. Não sabia, porém, se aquele aperto era apenas porque o susto ainda era recente ou se tinha relação com a forma fria com que ele a tratou, como se a quisesse evitar.

De qualquer maneira, estava muito ansiosa para encontrá-lo novamente e ter certeza de que estava bem. Entretanto, no dia seguinte, quando foi visitá-lo no hospital, ele já havia ido para casa, por isso foi direto para lá. Juan repousava em sua poltrona no quarto.

—Juan, por que não me esperou? Eu teria te trazido — ela protestou, sem compreender, sentando-se na cama para ficar perto dele.

— O motorista da loja me trouxe — ele respondeu apenas.

—Sei que está com raiva de mim pelo que aconteceu. Eu fui irresponsável colocando sua vida em risco no dia das fotos, mas não ontem. Eu não esperava que você aparecesse — ela tentava justificar.

—Não estou preocupado com isso, foi sorte eu ter ido até lá. Do contrário, algo muito ruim poderia ter te acontecido. Eu não quero que nada de ruim te aconteça, não quero que se machuque.

—Eu estou bem e ele não vai fazer mais nada — ela argumentou.

—Não estou me referindo apenas a Francisco. Você sabe do que estou falando, nós dois erramos por ter misturado as coisas de novo. Aliás, a culpa foi toda minha, eu não devia...

—O que vai dizer? Que ficou comigo porque tinha bebido demais? — ela falou, decepcionada, contudo era mesmo o que temia.

—Eu não vou dizer que foi uma coisa que eu não quis. Sim, eu quis estar com você, mas, é claro que se eu estivesse sóbrio, eu teria me controlado.

—Você ficou com o ego ferido porque outra pessoa estava interessada em mim, então quis provar que era a você que eu queria — ela acabou dizendo.

—Não fale desse jeito, eu não sou assim. Eu também queria você, mas não devíamos ter ido tão longe — ele pareceu aflito.

—Eu não acredito em tudo o que estou ouvindo — ela se levantou, descontente.

— Helena — ele se levantou também.

—Isso é ultrajante — ela disse, com raiva. — Eu odeio você, Juan Berlanga — disse, preparando-se para sair.

Juan a segurou:

— Por que está tão nervosa? O que esperava que eu dissesse?

— Você nunca vai ter algo diferente para dizer. Você é frio, não pode oferecer nada mesmo além de uma noite.

— Por favor, me ouve — ele pediu. — Tenta ser racional.

— Eu não sou racional! Eu sou uma tola. E eu te odeio, te odeio — ela dizia, de impulso, nervosa.

— Para de dizer besteira — ele a trouxe para si segurando-a com o braço bom e acariciando seu rosto. — Eu lamento…

— Por que está me evitando de novo? Fugindo de mim mais uma vez? — ela perguntou, inconformada.

— Eu não estou fugindo de você, é você que estará indo embora em breve, esqueceu? Aliás, se eu estou certo, você tinha dito duas semanas e meia, parece que seu prazo acabou.

— Mas...

— Mas o quê? O que você vai fazer? Largar o seu emprego e sua vida de mulher independente em Porto Alegre para se isolar numa cidadezinha pequena? Vamos, pare com isso! Nem quem nasceu aqui quis ficar! — ele se lembrou da ex-mulher.

Helena suspirou naquele momento, sabia que ele estava certo. Não entendia o que estava acontecendo, tinham vidas tão diferentes, nem ela queria largar a carreira e a independência que tinha conquistado com trabalho duro, nem ele trocaria a vida sossegada que tinha em Monte Verde pela cidade grande. O que ela pensava, afinal, que estava fazendo? Perguntou-se. Estava delirando. Juan tinha razão quando dizia que era uma sonhadora, sempre achando que podia se dar ao luxo de circular em devaneios para remendar sua insossa realidade.

— Você não entende, o que estou sentindo é tão verdadeiro! Você não pode fingir que não percebe — ela disse com olhos tristes.

— Não, eu não percebo. Aliás, eu não quero perceber nada — Juan respondeu. — Eu só quero que você vá embora sem que nenhum de nós saia machucado dessa aventura.

— Mas eu não consigo sentir como uma aventura. O que eu sinto é muito mais que isso, é algo que eu nunca senti antes por ninguém — ela acabou dizendo, angustiada por ver que ele queria fazer daquele momento uma despedida.

Juan se calou e desviou os olhos dela, sentando-se na poltrona novamente.

— É claro que é besteira achar que o que você sente também é diferente, não é? — ela estava triste, pois sabia que ninguém substituiria o lugar de Carla na vida de Juan. — Eu vou preparar algo para você comer, então vou embora.

Ela o deixou no quarto, onde ele repousava em sua poltrona, e foi para a cozinha, mas ao passar pela porta sempre fechada no corredor, não resistiu e a abriu. Quando entrou, mal acreditou no que via, era praticamente um memorial que Juan mantinha da ex-esposa: fotos, objetos e muitos quadros que provavelmente ele mesmo pintava do rosto dela. Sentiu-se muito entristecida e ardendo de ciúmes. Como alguém que nem existia mais conseguia ter tanta influência sobre a vida deles e ser sua maior rival?, perguntou-se.

— O que faz aqui? — ele abriu a porta e a questionou, nada contente. — Com que direitos você invade a minha casa desse jeito? Essa porta não estava fechada? — ele parecia bem irritado.

— Eu não imaginava que a sua obsessão chegasse a esse ponto — ela disse, absorta.

— Você é mesmo uma estúpida. Sempre se metendo onde não é chamada, sempre emitindo seus julgamentos!

— Sim, eu sou mesmo uma estúpida de me sentir culpada quando você diz que eu não trocaria a vida em Porto Alegre por uma vida pacata em Monte Verde. Mas, na verdade, devia admitir que essa sua paixão obsessiva é que não te deixa abrir seu mundo para ninguém.

— E se for? Por que não aceita isso? Não é mais fácil você aceitar que nunca vou gostar de outra pessoa?

— Devia ter falado. Chegou a fazer eu me sentir culpada por gostar tanto da minha vida em Porto Alegre — ela desabafou.

— Pense o que quiser, mas pare de se meter na minha vida. Eu não te autorizei a entrar nessa sala, ninguém é autorizado a entrar aqui — ele pareceu indignado com a sua intromissão.

Ela se calou alguns segundos, sentindo muita raiva da forma como ele idolatrava a mulher que o tinha abandonado. Uma angústia coxeava entre a dor da rejeição, a pancada do despeito e a pulsação do apego. Porém temeu a simplicidade do nome, não era simples apego, chorou consigo mesmo e percebeu que tinha que partir:

— Tudo bem, fique no seu delírio, na sua fantasia doentia. Eu vou te deixar em paz — decidiu.

Helena saiu, muito entristecida, muito machucada. Não tinha como não se ferir, pois estava envolvida desde o primeiro dia em que colocou os olhos no espanhol arisco. Era difícil admitir que ele sempre tinha uma desculpa para afastá-la de si, mas ali, diante daquela sala, ela se conscientizou de que nunca significaria nada para Juan.

À tarde foi verificar com Bruno os estragos no chalé de Ana e providenciar os reparos. Decidiu organizar suas coisas, já preparando seu retorno a Porto Alegre.

— Já que a porta está consertada, eu poderia ficar aqui — ela disse.

— Não acho que seja seguro — Bruno alertou. — É melhor que fique no hotel.

— E como vou ficar segura sabendo que Ana estará sozinha aqui?

— Não se preocupe, ele não fará nada contra ela. Na verdade, eles têm um parentesco distante, são primos de terceiro grau, mas ela não queria que ninguém soubesse, pois se envergonha dessa parte da família. Eles nem têm muito contato, mas se ele fizesse alguma coisa contra um, compraria briga com toda a família.

— Bem, mas isso significa que eu não devo denunciar o que vi? Sobre o tráfico ilegal de madeira? — ela quis saber.

— Tenho certeza de Ana não se importaria, pois não concorda com as atividades ilícitas do primo. Você não tem como esconder isso mais, é a sua consciência agora.

— Eu vou organizar algumas coisas e depois vou para o hotel — ela avisou.

À noite, mais uma vez, no quarto imenso e vazio, ela se colocou de frente para a varanda, observando a Vila dos Camponeses enquanto devorava um pote de doce, depois de tirar um champanhe do freezer. Devia comemorar sozinha sua solidão, seu fracasso no amor, pensou, amarga.

O telefone da recepção tocou e ela se surpreendeu quando perguntaram se Juan Berlanga podia subir. Helena abriu a porta apreensiva:

— Aconteceu alguma coisa? Você está bem? — perguntou, preocupada.

— Sim, eu estou bem, você sabe que o tiro foi só de raspão — ele disse, entrando. — Vim saber de você.

— Eu estou bem — ela respondeu, sem entender o porquê da sua preocupação.

— Eu soube que iria embora amanhã de manhã, quis me despedir — o espanhol disse, por fim.

— Pensei que já tínhamos nos despedido hoje de manhã — ela falou, aborrecida, ao se lembrar da discussão que tiveram.

— Aquele episódio foi muito desagradável para uma despedida. Preferia que não tivesse aberto aquela porta — Ele se referiu à sala onde guardava os pertences de Carla. — Preferia que tivesse ido embora apenas porque é o certo a se fazer, você sabe que não vai ficar.

Pela primeira vez ela desejou que ele se afastasse depressa para não sofrer ainda mais:

— Tudo bem, então se queria apenas se despedir, já pode ir.

— Não quero que vá embora aborrecida comigo — ele afirmou.

Naquele momento, Juan parecia doce de novo e não frio e amargo como se mostrara pela manhã.

— E de que importa? — ela perguntou. — O que eu sinto é indiferente para você.

— Isso não é verdade, eu me importo com você, por isso estou aqui. Eu fui rude, mas não tive a intenção de te machucar. Você só não devia ter mexido naquela sala, a minha dor é um problema meu, você não vai arrancar isso.

Helena o olhou, aflita. Ele havia mesmo se entregado, pensou.

— Quer dor é essa que não tem fim, Juan? — ela indagou com tristeza nos olhos.

— Você não vai entender. Mas não vim aqui para falar de mim — Ele então se distraiu com o pote de doce que ela deixara sobre a mesa. — Hum, doce de leite, eu adoro — disse, ao mesmo tempo a analisando. — Se não arrumar um namorado depressa, vai acabar engordando.

— Veio até aqui para me ironizar? — ela demonstrou irritação com aquele comentário.

— Não, eu vim pedir para me acompanhar nessas cervejas — ele mostrou as cervejas artesanais que ela lhe levara outro dia. — Não é bom beber cerveja sozinho; um vinho ainda vai, mas cerveja é bom beber com um petisco e bons amigos.

Ela lamentou mais uma vez que o espanhol só sentisse amizade por ela que, por sua vez, queria ter despertado muito mais nele.

— Tudo bem — ela pegou dois copos e uns amendoins do frigobar.

— Esse quarto é muito aconchegante — ele disse, caminhando pela suíte. — É quase o tamanho da minha sala. Agora entendo por que se sentia solitária nesse hotel — Ele foi até a janela. — Então é daqui que observa o condomínio? Minha casa não fica longe, está logo atrás daquelas grandes árvores, está vendo? — ele lhe mostrou.

Ela se aproximou tentando acompanhar o lugar para onde ele apontava.

— Sim, agora vejo. Não tinha me dado conta de que dava para ver sua casa daqui.

Ele se distraiu em seguida com a grande banheira de hidromassagem:

— Olha isso! Você usa essa banheira?

— Às vezes — ela deu de ombros, não querendo lembrar quantas vezes ficou ali, imersa, pensando nele.

— Isso é muito tentador — ele comentou, antes de se dirigir até a mesinha onde colocara as bebidas.

— Poderia ser tentador se estivesse bêbado — ela ironizou, amarga, e se sentou, desviando o olhar dele.

Juan abriu uma cerveja, enchendo os copos que ela dispusera sobre a mesa, e se sentou, fazendo sinal para que ela se sentasse também.

— Era sobre isso que eu queria falar. Não fiquei com você porque estava bêbado e, aliás, eu não estava bêbado, apenas tomei um pouco demais e fiz somente o que queria fazer se estivesse sóbrio. A bebida só foi uma desculpa.

— Então ao menos não sou tão desinteressante assim — ela disse, sem muita empolgação.

— Eu nunca disse que era.

— Sou interessante, mas não sou uma loira linda como Carla.

— Carla está morta e, se quer saber, desde que você chegou eu não havia entrado naquele quarto. Você é bonita, você é doce, e é óbvio que foi bom estar com você, queria que você soubesse disso.

— Essa sua conversa é ridícula! Parece que está tentando me consolar — Helena protestou, incomodada. — Eu sei de tudo isso, você já disse que sou uma boa amiga — Ela mostrou o copo de cerveja, lembrando que ele dissera que era bom beber com amigos.

— Sim, é verdade, você foi uma pessoa que mexeu comigo, me cutucando, insistindo em me despertar para a vida. Mas amanhã você estará indo embora e não poderá fazer isso outras vezes.

— Então foi tudo em vão — ela lamentou.

— Não, eu acho que você realmente me deixou mais suave em relação às pessoas.

— Que bom que fiz alguma coisa útil em minha atrapalhada estadia em Monte Verde — ela continuava seca e havia um tom amargo naquele comentário.

Juan curvou-se mais para ela, tocando delicadamente sua mão:

— Helena, fizemos uma grande besteira nos entregando, sim, porque, afinal, você está indo embora. Mas fizemos somente o que nós dois desejávamos, não vamos nos culpar por isso.

— Quer dizer que, se eu não fosse embora, alguma coisa teria sido diferente? — ela questionou.

— Você sabe que não iria ficar, pare de ficar devaneando com suposições. Você tem uma carreira bem-sucedida em sua cidade, tem um trabalho onde é bem paga e faz coisas bacanas como conhecer o país. Você realmente não pensou que nosso envolvimento não ia terminar em lugar algum? — ele foi quem a questionou dessa vez.

Helena suspirou. Sim, ela já havia pensado sobre isso, mas, ainda assim, quis fugir da realidade, quis brincar de viver um amor intenso. Ela se sentiu aturdida com os próprios pensamentos, não podia dizer que aquilo era amor! Conheciam-se há tão pouco tempo e, no entanto, parecia que ele já fazia parte de sua vida.

— Você está certo, Juan, eu pensei sobre tudo isso, mas quis me iludir — ela admitiu. — Quis acreditar que tiraria você do seu mundo sombrio e te veria sorrindo.

— Você me viu sorrindo — ele acariciou seu rosto. — Você me viu sorrindo várias vezes! Você não pode dizer que não tivemos momentos agradáveis. Eu diria até agradáveis demais, de modo que eu... lamento ter bebido demais aquela noite.

— Aonde você quer chegar com essa conversa? — ela se levantou e, afastando-se dele, foi até a varanda.

— Eu estou triste por você estar indo embora e, pode não acreditar, mas vou sentir sua falta, nem que seja xeretando na minha vida e nas minhas coisas. Eu lamento não ter te sentido completamente sóbrio para não esquecer nenhum detalhe — ele se levantou também, indo até ela.

Helena engoliu em seco quando ele se aproximou. Juan pegou o copo da mão dela e depositou sobre o balcão. Então fez com que ela o olhasse:

— Quando se aproximou de mim, quando me provocou no clarão naquelas duas noites... você sabia que estava procurando apenas momentos. Você tinha consciência de que iria embora, não tinha? — ele quis saber.

— Eu não parei para pensar nisso — ela respondeu, confusa.

Na verdade, ela o procurou completamente dominada pela emoção, pelo desejo de estar perto dele mais uma vez. Não foi sensata, não analisou os prós e os contras de sua atitude, não foi nem um pouco racional. Por outro lado, não buscava uma aventura, buscou suprir a necessidade de arrancar dele um pouco de vida, sem saber se aquilo significava arrancá-lo de seu mundo sombrio ou trazê-lo à força para o seu.

— Quando me cercava, você também não se preocupou se estaria ou não me envolvendo para depois partir — ele alegou.

— Não havia a menor possibilidade, você só pensa na sua Carla. Não existe espaço para mais ninguém na sua vida — Helena desviou o rosto dele.

— De qualquer maneira, você também me usou para satisfazer uma atração física. Afinal, você estava sozinha e carente. Você sabe que não estou mentindo.

Não é só isso, ela sentiu vontade de dizer. Era loucura, estava apaixonada, pensou mais uma vez, extasiada diante daquele olhar e voz grave. Entretanto, calou-se, seria mesmo insensato dizer aquilo.

— Deve ser...

Ela preferiu dizer, achando que talvez fosse melhor que ele pensasse que ela sentia apenas atração física mesmo.

— Então *"no te hagas la inocente"*... — ele sussurrou em seu ouvido, pousando a mão em sua cintura.

Ela se arrepiou com aquela proximidade e a voz quase rouca no sotaque irresistível.

— Não estou me fazendo de inocente. Mas e você? Veio aqui para me seduzir? — ela se afastou dele novamente, sem saber como agir. — Nunca te vi agir de forma tão direta assim.

— Então não pode dizer que estou bêbado agora — ele fez questão de dizer. — E, sim, eu te seduziria se não tivesse medo de te machucar. Na verdade, vim apenas me despedir. Entretanto, não posso negar que sinto desejo por você, mas não vou me aproveitar dessa situação — ele admitiu. — Me desculpe.

Helena continuou em silêncio, pois ainda estava aborrecida. Foi nesse momento que ele viu a garrafa de champanhe que ela tinha deixado no balde de gelo pouco antes de ele chegar.

— Talvez... esteja esperando alguém — o espanhol deduziu, pensativo.

— Quem eu estaria esperando? — ela perguntou. — Quem eu estaria esperando com um pote de doce de leite na mão? Eu iria apenas curtir minha solidão — ela deu de ombros, sorrindo sem graça.

— Você me fragiliza com essa sua carência — Juan disse, surpreso.

— E você me constrange quando fala isso! — a jornalista retrucou, nada contente com sua observação.

— Está bem, não vamos brigar. Se não está esperando ninguém, vamos brindar à nossa solidão.

Juan abriu o champanhe e serviu duas taças. Apesar da nostalgia e tristeza que ela sentia, acabou rindo com ele. Dois solitários, sim, mas por razões diferentes, pensou. Ele porque se fechara para o mundo, e ela porque não encontrava quem lhe despertasse um sentimento que fosse correspondido.

— A diferença é que eu não gosto de ser solitária, eu apenas convivo bem com isso. E tampouco acho interessante a forma solitária como você vive — ela acabou dizendo.

— Pode ser que eu não viva de forma tão solitária assim — ele a alertou.

— O que quer dizer com isso? — ela quis saber.

— Vamos fazer um brinde aos dias agradáveis que passei ao seu lado — ele ergueu a taça. — E, então, eu vou te deixar em paz.

Helena brindou com o espanhol, o lenhador rústico que, naquela noite, estava mais sedutor do que nunca. Mas, na verdade, não era o que queria, brindar e se despedir, queria ficar com ele para sempre. Também não era apenas o apetite físico que desejava dele, ansiava por algo mais profundo, o que nunca teria.

— Bem, agora eu vou te deixar descansar — ele depositou a taça sobre a mesa, preparando-se para se despedir.

Ela sentiu um pulsar angustiado dentro de si, não queria que ele partisse. Desejou intensamente o espanhol mais uma vez. Porém não pediria que ele ficasse, a não ser que sentisse a ardência do seu desejo e incendiasse também. Incendiasse num último grito insano de uma insensatez que seria bem-vinda naquele momento.

— Está certo. E eu acho que vou aproveitar para imergir naquela hidromassagem e aproveitar mais um pouco dessa suíte maravilhosa antes de partir — ela respondeu tranquila.

Juan olhou novamente para ela. Helena sabia que não tinha sido nada inocente naquele comentário, mas a verdade é que ambos pareciam brincar de um velado joguinho de sedução.

O espanhol se aproximou, encarando-a, enquanto ela deu um passo para trás e acabou literalmente sendo encostada contra a parede.

— Você está querendo me provocar novamente, Helena Guimarães? — ele perguntou, olhando-a nos olhos, a voz quase rouca que era como uma carícia.

Ela apenas mordeu o lábio inferior, sentindo que sua respiração ficava mais pesada, sabia que não estava sendo nada racional. Juan a apertou contra si, tocando seu rosto e pescoço com os lábios.

— Pois eu acho que já fez isso, está com um perfume irresistível — ele disse.

— Você sabe ser um sedutor, quando quer — ela declarou, já se sentindo frágil demais para resistir.

Entretanto ela sabia que doeria mais ainda se despedir depois, caso se entregasse a mais momentos de prazer ao lado do espanhol. Por outro lado, sabia que não teria dele nada além de momentos. Engoliu em seco, confusa, sem saber se deixava que ele pensasse que queria apenas prazer ou se o espantava declarando o que estava sentindo.

— Por que me provoca e depois me olha com esse olhar inocente? — ele questionou diante do seu silêncio. — Se não quiser, é só me dizer não — sussurrou ao seu ouvido. — É só me pedir e eu vou embora. Por favor, me diga — ele pediu enquanto passeava os lábios pelo pescoço dela e as mãos apertavam firmemente suas costas.

Porém, a jornalista sabia que já era tarde demais para dizer qualquer coisa. Não conseguiu falar mais nada, apenas fechou os olhos sentindo o hálito quente e bom do espanhol. Entreabriu os lábios para que ele, finalmente, a beijasse, mergulhando no prazer daquele contato. Quando ele deslizou as mãos explorando cada curva do seu corpo, ela teve certeza de que não queria mesmo se negar àquela entrega. Despiram-se depressa e mais uma vez, entre sussurros e delícias, o quarto ficou pequeno para tanto desejo. Pela primeira vez aquela cama tão grande foi digna de seu tamanho e o quarto, de seu conforto.

Ela o apertou ainda mais forte depois do último gemido quase contido de prazer. Sentiu-se tão intensa que quis ficar assim para sempre, refazendo-se na respiração que se acalmava como um sopro suave na alma. Eu te amo, ela sentiu vontade de dizer, talvez pela felicidade plena do momento, como um entorpecente do qual despertaria tensa e solitária depois da despedida. Virou-se para o outro lado e deixou que ele a abraçasse por trás, assim seria mais fácil quando ele saísse para não ver seus olhos em tristeza profunda. Apenas se sentiram, cada um em seu silêncio, até serem vencidos pelo sono.

Tinha sido uma despedida maravilhosa, pensou, não melhor nem pior que a primeira vez, pois cada momento com o espanhol era especial. Na noite da festa de Sara, era o Juan irreverente, talvez mais solto pelo efeito das sangrias. Ali no hotel, o espanhol sedutor e experiente. Pena que, quando acordou, estava sozinha novamente.

Não podia culpar Juan, entretanto, pelo que estava sentindo. Estava triste, desiludida e carregando uma paixão não correspondida a qual seria difícil superar depois que voltasse a sua cidade.

Nunca havia experimentado uma atração assim tão forte, embora sempre tivesse sido uma incorrigível sonhadora. Talvez por isso se apaixonara tão rapidamente pelo ex-marido. No entanto aquele sentimento era suave como uma água mansa, enquanto o que sentia pelo espanhol era intenso e tempestuoso. Mais que isso, uma mistura de ânsia e prazer, como a sensualidade envolvente do flamenco, desenhou em sua mente, imaginando algo relacionado à origem de Juan. Cada olhar era uma palma, cada espera um sapateado, e o toque da guitarra era o sussurro de sua voz na dança do prazer a cada entrega.

Estava tão envolvida que decidiu que deveria contar a Juan sobre seus sentimentos. Tinha ficado muito tempo para viver algo tão intenso e deixar acabar assim de repente. Achou que, se pudesse ficar mais tempo com ele, poderiam descobrir o que sentiam. Podia ser mais um momento de seus delírios, mas estava disposta a qualquer coisa, até a largar tudo e vir para Monte Verde, só não queria perder o espanhol de vez.

Chegou à conclusão de que ele não era tão indiferente a ela. Talvez se lhe dissesse o que sentia, de fato, ele concordasse e lutassem juntos para construir uma relação. Tanta insistência de Juan em lembrar que era ela quem estaria, em breve, indo embora só podia significar que talvez quisesse que ela ficasse.

Na manhã seguinte, Helena pegou suas malas e fez o *check out*, deixando o hotel. Passou no Hauser Café, despedindo-se de Bruno e de Ana, que acabara de retornar. Porém, antes de pegar a estrada, decidiu passar na madeireira para comprar a moldura da qual havia gostado e falar com Juan. Ele havia ido almoçar em casa, então colocou o embrulho no carro e foi até lá.

Helena chegou ansiosa na propriedade do espanhol, tão ansiosa que apenas deu uma batida rápida na porta e já foi adentrando a casa. Se ele estivesse disposto, daria um jeito de ficar mais tempo com ele para descobrir o que sentiam, pensou.

— Olá — ela sorriu, feliz de deparar com o espanhol na cozinha, recuperando-se bem.

— Olá — ele pareceu surpreso com sua visita.

Era quase hora do almoço e ele colocava a refeição na mesa.

— Estava esperando por mim? — ela brincou, vendo que havia dois pratos postos.

Foi nesse momento que uma mulher se aproximou, de roupão, secando os cabelos com uma toalha.

— O cheiro está bom — ela dizia antes de silenciar ao se deparar com Helena.

A jornalista olhou com muita raiva para Juan, que pareceu um tanto sem graça diante da situação.

— Joana, essa é Helena, ela é jornalista e está visitando a cidade — Juan as apresentou.

— Muito prazer. Minha irmã me contou rapidamente sobre o incidente envolvendo você e Francisco Montez — a loira comentou.

Helena, por sua vez, não conseguiu dizer nada, não tinha estômago para esconder o que estava sentindo. Saiu depressa, querendo sumir daquela casa e de Monte Verde o mais depressa possível.

Juan veio atrás dela, segurando-a antes que entrasse no carro.

— Helena, espere — ele pediu.

— Então essa é a Jô? Bem que eu desconfiei. Como deixei você me convencer de que Dominique era o galanteador? Você é um cínico.

— Não é nada disso — ele tentava explicar.

Entretanto, a jornalista estava muito nervosa e não queria ouvir nenhuma explicação:

— Como eu pude acreditar em você, com aquela história tola de que eu é que estava partindo, de que nenhum de nós abriria mão de sua vida para viver com o outro. Isso é imoral! — ela acusou, transtornada.

— Isso não é verdade. Me escuta — ele pediu mais uma vez.

— Com você pôde ser tão cafajeste? Você estava deitado há poucas horas comigo! — ela dizia, indignada. — Que tipo de pessoa é você?

— Helena, por favor, me deixa falar — ele insistiu, tentando ser paciente, pois sabia que ela tinha bons motivos para estar tão nervosa.

— Eu não quero te ouvir, o que precisa ser dito? Eu devia desconfiar que queria se livrar de mim porque havia outra pessoa. Você é um covarde, o pior tipo de pessoa que já conheci.

Helena entrou muito nervosa no carro e se dirigiu para o aeroporto. Sentia-se extremamente infeliz, porém não podia reclamar de nada, já que sabia desde o início que não deveria ter se envolvido com Juan. Sabia que ele era seco, solitário e complicado, mas não sabia que era tão hipócrita.

Enquanto dirigia até o aeroporto em São Paulo, Helena remoía a raiva de si mesma, sentia-se usada. Toda aquela conversa sedutora no quarto do hotel e tudo o que ele queria era dormir mais uma vez com ela. Por várias vezes, durante o percurso, ouviu o celular tocar, mas se recusou a atender qualquer ligação, aliviada de, ao menos, não ter tido tempo para revelar tudo o que estava sentindo.

Aos poucos Monte Verde foi ficando para trás, a pequena vila cada vez mais distante não faria mais parte da sua vida, bem como o lenhador, que não era nada arisco e sim um sedutor barato. Não, não era, pensou, lembrando-se de como ele tentou fugir dela desde o início. Por que não lhe deu ouvidos?, ela se cobrava então. Por que não entendeu quando ele disse que não podia e não queria se envolver?

Já estava no avião quando começou a admitir a si mesma que pediu por tudo aquilo e era mesmo culpada pela decepção que sofrera. Em nenhum momento Juan lhe dera qualquer ilusão, no entanto ela achava que ele devia ter lhe contado sobre o que havia entre ele e Joana. Sentia-se tão tola, uma ingênua sonhadora, como ele mesmo dizia. Queria se esconder de si mesma e não ter que se lembrar de como agira como se fosse uma inexperiente adolescente acreditando que viveria um grande amor de primavera! Quando aprenderia a ser mais realista?, perguntava-se. Quando deixaria de criar expectativas estúpidas?, ela ainda se questionava, indignada com o que tinha vivido.

De volta ao Sul

De volta a Porto Alegre, Helena mergulhou no trabalho. Terminou de organizar seus arquivos, entregou as fotos do carregamento ilegal de madeira e a matéria sobre Monte Verde para Flávio. Com o passar dos dias, a vida começou a voltar ao normal, apesar desse recomeço mais agitado para colocar tudo em dia.

Francisco havia se apresentado para alegar legítima defesa em relação ao atentado contra a vida de Juan. Obviamente ele negou a tentativa de estupro alegando que a jornalista o havia chamado para uma entrevista e tentou seduzi-lo. Segundo a versão que ele deu, Juan os flagrou juntos e partiu para cima dele. O empresário ainda a chamou de golpista, insinuando que a visitante procurava um homem rico para se envolver. Sugeriu que Helena provavelmente estava saindo com Juan, mas também tento seduzilo, já que sabia que ele tinha uma condição financeira ainda melhor que a do madeireiro.

Depois de dar sua versão mentirosa e suja dos fatos, protegido por três advogados, Francisco foi para casa responder em liberdade para indignação de todos os envolvidos. Entretanto, quando foi denunciado por crime ambiental, chegou a ser preso, mas depois de três dias, pagou fiança e saiu, passando a ficar à disposição da justiça enquanto o processo corria por tráfico ilegal de madeira. O delegado até pediu a prisão preventiva de Francisco, mas os advogados conseguiram um habeas corpus e ele passou a responder o processo em liberdade

Ciente da dificuldade de se fazer justiça no país, Helena não esperou muito em relação à punição do contraventor. Contudo ao menos fizera a sua parte e a matéria sobre o tráfico ilegal de madeira ganhou um bom destaque na revista e na mídia, o que lhe rendeu boas propostas de trabalho.

Fora isso tudo, quando entrava em seu apartamento, o que encontrava era solidão. À noite, sempre silenciosa, ela se colocava diante da janela, ainda devorando uns doces que restaram das compras que fizera em

Monte Verde. Não tinha a visão da Vila dos Camponeses, mas apenas de prédios, onde outros solitários provavelmente também se fechavam. Não tinha as montanhas, apenas o vai e vem de carros.

Sentiu falta de Monte Verde e, de vez em quando, falava com Bruno ou Ana, por meio das redes sociais. Porém nunca perguntava de Juan que, obviamente, não participava de rede social alguma.

Tentou retomar sua rotina e até aceitou um convite insistente de suas colegas de trabalho para sair à noite a fim de se distrair um pouco. Sentiu-se, contudo, um pouco deslocada naquele ambiente em que as pessoas falavam alto e riam muito. Suas amigas brincavam e arriscavam algumas trocas de olhares com outros solteiros presentes, mas Helena não se sentia atraída por ninguém.

— Vamos, Helena, bebe mais um pouco — insistiu Adriana, que era secretária de Flávio Boaventura.

— Eu estou bebendo — ela disse, mesmo sabendo que estava apenas disfarçando com seu copo.

— Olha, tem um sujeito bem interessante te olhando lá do bar — Renata, que também era jornalista, chamou sua atenção.

Helena deu uma olhada discreta, era um homem não muito alto, mais ou menos da sua idade, olhos claros e cabelos castanhos. Ele ergueu o copo, sorrindo para ela quando flagrou seu olhar, a jornalista sorriu sem graça e olhou para o outro lado. Ele parecia interessante, mas, depois de conhecer Juan, não conseguia se sentir atraída por ninguém da sua idade, pensava no espanhol com seus traços marcantes. Aliás, não tinha sequer interesse em se envolver com ninguém, achava que havia sofrido o suficiente. Não era romance que buscava, tinha que dar um tempo para si mesma e amadurecer ainda mais, pensou.

— E daí? — Renata quis saber.

— Interessante, mas não estou buscando romances.

— Quem falou em romance? — Adriana riu. — Acorda, Helena, é só uma aventurazinha — ela brincou.

Helena sorriu, sem graça. Sentiu-se mais uma vez deslocada. Ficou casada tantos anos, isolou-se um pouco depois da separação e, portanto, estava desatualizada sobre a vida noturna. Chegou a se achar um pouco tola perto das colegas que pareciam tão liberais e mais experientes, apesar de mais novas. A única mais séria do grupo era a Fernanda, que trabalhava na revisão da Ventura, era divertida como as outras, mas era casada e não misturava as brincadeiras, apenas se distraía com as garotas.

Adriana encheu novamente o seu copo:

— Quem pensaria em romance depois de quase dez anos de casamento? Você nunca aproveitou a vida, que tal começar agora? — a secretária sugeriu.

— Quem sabe...

A jornalista bebeu mais um pouco e ficou pensando se Adriana não estava certa, afinal nunca soube o que era viver despreocupada. A única vez que se sentiu atraída por um desconhecido, em Monte Verde, acabou se apaixonando! Definitivamente, não sabia se aventurar como as mulheres modernas, pensou, pois sempre misturava sentimentos.

Ela deu o primeiro bocejo e ainda não era meia-noite, de modo que começou a se achar uma péssima companhia. Helena não tinha mais visto o jovem do balcão, até porque nem quisera mais olhar naquela direção, com "preguiça" de se envolver com outra pessoa depois da última desilusão.

— Bem, a companhia de vocês está ótima, mas tenho que ir embora ou meu marido não me dá mais carta branca — Fernanda avisou.

Helena aproveitou a oportunidade e levantou-se também.

— O que é isso, Helena? — Adriana reclamou. — A noite mal começou! A Fernanda, tudo bem, que é casada, mas você vai fazer o que em casa?

— Vou fazer o que estou morrendo de vontade de fazer nesse exato momento: dormir! Me desculpem, acho que tenho que me acostumar aos poucos a essa vida noturna — ela disse, levantando-se.

— Tudo bem, Helena, vamos te ensinar — Adriana brincou.

— Diga tchau a Renata por mim, nem vi aonde ela foi.

— Deve ter ido ao toalete, eu digo a ela. Até a próxima.

Helena seguiu Fernanda, que já disparava na frente. Quando passou por um corredor que levava à saída, uma cena chamou sua atenção, de modo que não resistiu a virar o rosto duas vezes para confirmar. Ficou surpresa com o que viu, era mesmo Renata que estava aos beijos em um cantinho com o homem que mostrara a Helena há poucos instantes.

Renata não a viu, e a jornalista nem fez mesmo questão de que visse, seguindo seu caminho. Ficou pensando sobre aquele acontecimento, não porque estivesse interessada no tal sujeito, pois não estava. Porém achou interessante que em um instante a colega de trabalho tentou incentivá-la a correspondê-lo e, no momento seguinte, ela mesma estava aos beijos com ele.

Talvez o que aquilo indicasse era que as amizades daquela noite eram apenas amizades rasas. Renata não seria exatamente uma companhia, se é que era isso que buscava, bem como Adriana, que só queria curtir a vida e provavelmente não compreendia a forma sutil como Helena via os relacionamentos. Talvez Fernanda fosse uma pessoa de quem valesse a pena se aproximar para não se sentir tão sozinha, já que parecia alguém que ainda valorizava os relacionamentos.

A verdade era que, em Monte Verde, se sentia feliz em poder ir ao Hauser Café conversar com Bruno ou ficar até tarde conversando com Ana no chalé. Mas ali, naquela noite, apesar de estar rodeada por tantas pessoas, sentira-se totalmente só.

Os dias seguiram e ela achava que a atração, ou paixão efêmera, por Juan já deveria ter amenizado, porém, quanto mais o tempo passava, mais ela sentia sua falta. De vez em quando parecia sentir seu cheiro, ouvir sua voz ríspida, seu jeito seco. O que mais a incomodava, entretanto, era saber que ele não estava só, mas que outra mulher dormia em sua cama. Como fora tola, é claro que um homem atraente como ele não ficaria tanto tempo sem ninguém, pensou.

Contudo não seria tão simples tirá-lo da sua vida, pois cerca de três semanas depois do seu retorno a Porto Alegre, Helena recebeu uma intimação e ficou sabendo que teria que voltar a Monte Verde para dar um novo depoimento. O pior de tudo era saber que, como estavam ela e Juan no dia do incidente, seria inevitável não encontrá-lo. A única coisa boa desse retorno foi que, cientes da data, Ana e Bruno resolveram antecipar o noivado para a mesma semana a fim de que Helena pudesse estar presente na comemoração com eles.

Assim, poucos dias depois, lá estava ela de novo, fazendo o mesmo percurso. Admirou mais uma vez a estrada cercada de verde e o envolvente ar das montanhas. Passou em frente à casa onde viu Juan pela primeira vez, lembrando-se do espanhol cortando lenha e da primeira sensação perturbadora que teve ao se sentir hipnotizada com a cena. Aquele homem tão rústico, de expressão dura no rosto e braços perturbadoramente bem desenhados.

Ela chegou à delegacia e se sentou na sala de espera. Quando o espanhol entrou, minutos depois, tudo o que desejou foi que seu coração não tivesse disparado tanto. Engoliu em seco, mas se esforçou para parecer natural.

— Bom dia, Helena, como vai? — ele a cumprimentou.

— Bom dia, Juan. Estou bem, obrigada — ela não quis dar prosseguimento à conversa.

— Vi o destaque que a matéria sobre desmatamento ilegal recebeu. Parabéns! Aliás, Ana me mostrou também o rascunho da sua matéria sobre Monte Verde e ficou muito bem elaborada. Se eu não morasse aqui, iria ficar curioso para conhecer o lugar. Quando a revista estará disponível?

— Dentro de alguns dias. Mas você pode ler o artigo no site da revista também — disse apenas, sem querer estender muito a conversa.

— Eu não tenho tempo para internet, gosto de coisas rústicas, como ler no papel, por exemplo. Vou esperar então.

— Como quiser — ela não lhe deu importância.

Para seu alívio, eles logo foram interrompidos para dar início aos novos depoimentos. Durante todo o tempo, Helena evitou o olhar de Juan e, quando foram liberados, tentou sair depressa, mas ele a alcançou.

— Eu posso te levar para almoçar? — ele perguntou.

— Na verdade, eu iria almoçar com Ana e Bruno — ela tentou escapar daquele compromisso, pois não queria, de fato, nenhuma aproximação com o espanhol.

— Vamos almoçar juntos — ele disse, decidido.

Helena suspirou fundo e o acompanhou, um pouco a contragosto. Estava com gana de si mesma por saber que a raiva que sentira por Juan não era tão forte quanto o desejo que a dominava naquele momento. Tentava, porém, evitar seu olhar para fugir de tudo o que sentia.

— Talvez sua namorada se incomode de nos ver juntos — ela não resistiu àquele comentário, assim que se acomodaram no restaurante.

— Jô é uma amiga. Bem, eu não vou dizer que nossa relação sempre tenha sido estritamente de amizade...

— Então você confessa... — ela sentiu raiva de novo.

— Helena, eu sou um homem! — ele argumentou. — O que queria? O fato de eu não ter tido nenhum relacionamento sério não significa que eu não sinta desejos.

— Mas, então, você se aproveita mesmo das mulheres que seduz — ela afirmou, indignada.

— Eu seduzo? Obrigado por me achar um sedutor — ele brincou.

E como não seria?, ela pensou. Juan seduzia até sem querer seduzir, seduzia até quando tentava evitar qualquer contato.

— Você devia ter me contado sobre vocês dois e ter me poupado daquele flagrante constrangedor — ela disse.

— Eu te dei algumas dicas, sim, você é que fingiu não entender. Entretanto, especificamente naquele dia você não flagrou nada!

— Como não? Ela tinha acabado de sair do banho, estava de roupão. Provavelmente vocês tinham acabado de... — ela se calou, sentindo-se irritada só de pensar no que havia acontecido.

— Bem, Helena, não há nada sério entre Jô e eu. Não há compromisso sério, nunca houve, a não ser... encontros casuais, se é que você me entende.

Helena sentia-se cada vez mais indignada conforme ele falava.

— E você fala isso, assim, com essa naturalidade — Ela mal conseguia esconder sua ira.

— Somos dois adultos sem compromissos — ele justificou,

explicando a relação com Joana.

— Foi o mesmo que teve comigo... — ela lamentou, quase que consigo mesma.

— Com você é diferente, por isso eu não queria me envolver. Você é ingênua, você é sonhadora! Sempre me olhando com olhos apelativos...

Ele pareceu um pouco hesitante em seus comentários e ela não conseguia entender o que se passava na mente do espanhol.

— Eu tive medo de te ferir — ele disse. — Você sabe que tentei te evitar.

— Olha, está certo, eu já entendi tudo — ela quis encerrar de vez aquela conversa. — Você não quis me iludir nem me machucar, a culpa foi toda minha mesmo. Afinal, o que devo sentir? Gratidão porque você teve medo que eu me apaixonasse? — ela indagou.

— Não foi só isso, tive medo de me apaixonar também, justamente porque você é diferente.

Ele a olhou nos olhos, tinha um ar sereno aquele dia, mas a testa tensa como era comum em sua expressão.

— Foi por isso que me deixou no hotel e correu para os braços de outra? — ela questionou, ainda inconformada com o que tinha acontecido.

— O que eu queria te dizer é que, aquele dia, especialmente, não houve nada entre eu e Joana. Ela havia chegado de viagem e parou direto lá em casa porque estava sem as chaves de seu apartamento. Jô pediu para tomar um banho e se trocar antes de almoçarmos juntos, já que eu estava cozinhando e a convidei para me acompanhar. E isso foi tudo o que aconteceu aquele dia — ele explicou.

— Quer que eu acredite nessa inocente história? — ela perguntou ironicamente.

— Não quero que acredite em nada. Estou apenas relatando o que aconteceu — ele respondeu, tranquilo.

— E o que eu tenho a ver com isso, afinal? — ela deu de ombros, querendo parecer indiferente.

— Eu só queria que soubesse que, com certeza, eu não sairia da cama com você para me jogar na cama com outra. Eu havia acabado de explicar a Jô que estava me envolvendo com outra pessoa.

— E estava? — ela se surpreendeu.

— Sim, eu estava, mas agora não importa mais. Você foi embora, nem ao menos quis me ouvir — ele afirmou, em tom bem contrariado com a forma como ela agira.

Ela o encarou, atordoada:

— Mas o que queria que eu pensasse? — perguntou.

— Queria que fosse menos imatura e tivesse me ouvido. Apenas isso — ele respondeu, sério.

— Mas... por que não tentou falar comigo depois? Por que não me ligou, então, se queria tanto que eu soubesse o que aconteceu?

— Eu te liguei várias vezes, mas você não me atendeu — ele lembrou.

— Por que não me ligou em Porto Alegre? Podia ter me explicado isso depois, quando eu já estivesse com a cabeça mais fria — ela ainda argumentou.

— Se quer saber, eu achei melhor que tivesse sido assim. Não haveria futuro entre nós e você sabe disso. Desse modo, foi mais sensato mesmo você partir e voltar a pisar os pés no chão.

— Você é tão racional, não é? — perguntou, sentindo raiva da forma como ele pensava a respeito do que aconteceu entre eles.

— E você não seria? Não está colhendo os frutos do seu trabalho lá no Rio Grande do Sul? A sua vida está lá, suas histórias, suas conquistas. Estamos muito distantes um do outro, foi só uma aventura. Acho que não devíamos nos culpar por isso — ele, mais uma vez, falava ponderadamente.

Se foi só uma aventura, por que não tiro você do pensamento?, ela teve vontade de perguntar. Por que meu coração está disparado e estou com esse nó na garganta e aperto no peito de vontade de pular em seus braços? Helena divagava consigo mesma, segurando o que queria dizer ao espanhol. Por que meus lábios estão secos e sedentos dos seus?, ela lhe perguntou em seus pensamentos...

— Claro, Sr. Juan, apenas uma aventura — ela repetiu, porém, contendo certa irritação. — Podemos ir agora?

— Você volta hoje? — ele quis saber.

— Não. Ana pediu que eu ficasse para a festa de noivado dela, que será hoje à noite no pátio de festas da Vila dos Camponeses. Obrigada pelo almoço — ela disse, querendo se despedir depressa.

— Parece que está com tanta pressa de se livrar de mim — Juan observou.

— Talvez eu esteja mesmo. Afinal, a "aventura" acabou e você já racionalizou sobre tudo o que aconteceu — disse irônica, não escondendo a raiva que sentia.

— Estou tentando ficar bem com você, mas continua marrenta — o espanhol comentou, irresignado.

— Olha quem está falando! E, depois, eu não quero ser confundida com uma de suas "amigas".

— Você está sendo tão irônica e amarga comigo desde que chegou. Eu já te expliquei o que aconteceu aquele dia.

— Que motivos eu tenho para acreditar em você? Afinal, como você mesmo disse, você tem os seus desejos — ela se levantou, preparando-se para sair.

— Mas não sou nenhum cafajeste — ele disse, segurando seu braço para que ela o ouvisse.

Helena suspirou, confusa, e seguiu seu caminho depressa, pois não queria mais ficar perto de Juan e sentir o que estava sentindo. Ele percebeu a sua urgência em deixá-lo, mas nada disse, apenas a acompanhando até o carro.

A jornalista passou em seguida no Hauser Café para conversar um pouco com Bruno e Ana. Ficou feliz em abraçá-los de novo e sentir que a alegria era recíproca.

— Você faz falta em Monte Verde — Ana disse —, principalmente quando ficava até tarde conversando comigo.

— Isso logo vai acabar. Assim que se casarem não vai mais sentir falta de alguém para conversar à noite — a jornalista brincou.

— Sempre vou sentir sua falta. Agora vou deixar meu quase noivo sozinho porque tenho hora no salão, preciso estar bonita para a noite. Quer me acompanhar?

— Acho que estou mesmo precisando dar uma ajeitada no visual — Helena brincou. — Vou com você, sim.

— Isso tudo porque é apenas o noivado, imagina no dia do casamento — Bruno comentou.

— E você trate de fechar o Café mais cedo — Ana lembrou. — Quero todos na festa.

— Sim, senhora — ele respondeu.

Ana e Helena riram com ele e saíram de braços dados, colocando a conversa em dia.

— Eu convidei o Juan para o meu noivado. Mas, pela expressão do rosto dele, já sei que dificilmente vai aparecer — Ana comentou no caminho.

— Melhor assim.

— Aliás, até agora você não me explicou o que ele foi fazer no chalé no dia em que levou o tiro — a jovem quis saber.

Helena pensou um pouco, na verdade, não sabia. Contudo, tendo em vista a conversa que tiveram mais tarde, ele, com certeza, tinha ido até lá para colocar um ponto final na história entre eles.

— Nem eu sei, não deu tempo de perguntar, esqueceu? — respondeu, apenas.

— É verdade. Mas foi uma visita iluminada, o que seria de você se ele não tivesse aparecido? — Ana comentou, aliviada.

— Eu sinto muito que aquele sujeito seja seu parente — A jornalista desculpou-se pela denúncia, referindo-se ao primo da jovem, mas obviamente não estava arrependida.

— Apenas laços de sangue que, aliás, eu prefiro nem lembrar que existem — Ana respondeu, com ar de desprezo pelo contraventor.

Helena aproveitou para tentar descobrir alguma informação sobre o que havia de fato entre Juan e Joana:

— Você conhece uma tal de Joana, amiga de Juan? Você a convidou para seu noivado?

— Você está com ciúmes da Joana com o Juan? — Ana contraiu a sobrancelha. — Helena, está me escondendo alguma coisa? Bem... alguma coisa de que eu já desconfie...

Ana tinha uma expressão insinuativa. Helena sorriu, balançando a cabeça.

— Se está achando que temos alguma coisa, está enganada, até porque ele já tem alguém — ela afirmou.

— Está falando de Joana? Eles não têm nada além de uma amizade colorida e casual, pelo que sei.

— E você acha isso normal? — ela perguntou, estupefata.

— Helena, ele é um homem bonito, solteiro e mora sozinho. Ela é solteira e independente e foi a única pessoa que insistiu em continuar visitando o espanhol quando ele fechou as portas para todo mundo. E olha que foi difícil ela conseguir se aproximar no começo! Mas o que você acha? Uma hora ou outra iria acabar acontecendo algo entre eles.

— Você acha que ele gosta dela? — Helena ficou curiosa para saber a opinião de Ana, que o conhecia há mais tempo.

— Eu acho difícil, ele só tem pensamentos para Carla, acredito que Joana já se acostumou com isso. Não sei o que ela sente por ele, o que sei é que, se ele gostasse dela, provavelmente já teria assumido um relacionamento.

— A verdade é que ele nunca vai gostar de outra pessoa pelo que vejo — ela afirmou, com um olhar distante.

— Hum... esse seu olhar me preocupou — Ana disse, desconfiada. — Você foi a única pessoa, fora Joana, que conseguiu uma aproximação do Juan, a ponto de ele ir até a minha casa! Será que está envolvida por ele ou é impressão minha?

— No momento, estou envolvida apenas com o noivado dos meus amigos de Monte Verde — ela quis mudar de assunto. — O que será que eu posso fazer no meu cabelo?

Ana percebeu que a jornalista se esquivava da conversa e apenas sorriu, concentrando-se com ela nos detalhes para o noivado. A partir dali, não tocaram novamente no nome de Juan. Mais tarde, a jornalista deixou a amiga e voltou ao hotel para se trocar.

Helena ficou feliz por estar no condomínio novamente. Era um lugar aconchegante, que a atraía mais ainda pelo fato de as festas serem ao ar livre. Ainda estavam na primavera e o ar deveria estar mais ameno. Apesar disso, havia um vento insistente, de modo que temiam que uma chuva surpreendesse a qualquer momento do evento.

No entanto a surpresa mesmo foi ver que Juan, sempre avesso a festas, aceitara o convite de Ana para o noivado. Assim que a viu, ele fez menção de se aproximar, porém Dominique chegou primeiro.

— Mas que bela surpresa! — disse ele. — Se não é a gaúcha que fugiu de mim da última vez que esteve aqui! Onde foi parar, afinal, na noite do aniversário de Sara?

— É... eu, não me lembro bem, acho que Juan teve um mal-estar e eu fui levá-lo.

Ela inventou uma desculpa qualquer para não dar muitas satisfações, até mesmo porque não iria contar que ela e Juan haviam fugido da festa para uma inconsequente noite de amor. Ela deu um rápido suspiro ao se lembrar daqueles momentos tão extasiantes que ainda tentava esquecer.

— Olá — Juan se aproximou, ouvindo parte da conversa.

— Ah, então foi você que sumiu com nossa visitante — Dom disse, bem-humorado.

— Sim, mas, se bem me lembro, fomos embora por uma outra razão — ele comentou, com um olhar enigmático para a jornalista.

Helena ficou totalmente sem graça com o que ele dissera. Dom os olhou, tentando entender o que, de fato, havia ocorrido.

— Bem, vocês... vocês dois... — ele tentava perguntar algo, mas parecia um pouco confuso.

— Somos bons amigos — ela disse, por fim, encarado o espanhol muito séria.

— Ah, que bom — Dom sorriu, aliviado. — Eu não quero encrencas com um homem desse tamanho — brincou. — Vou buscar uma bebida para nós.

— Foi rápida em dizer que somos bons amigos. Está querendo se livrar logo de mim para iniciar uma nova aventura? — ele perguntou, assim que ficaram a sós.

— Está sendo grosseiro. Foi você quem falou que o que houve entre nós foi apenas uma aventura. Então por que não me deixa em paz? — ela disse, impaciente.

— Não quero que se iluda com um galanteador como o Dom, que seduz todas as viajantes descuidadas.

— Assim como você faz?

— Eu, ao menos, não iludo ninguém. Nunca iludi você e você sabe disso — ele afirmou, olhando firme para ela.

Helena olhou tristemente para o espanhol. Queria ser racional como ele e, se fosse, se jogaria em seus braços, vivendo instantes de intenso prazer, e depois iria embora de novo para sofrer longe dali. Sabia que não podia acusá-lo de nada, pois ele tentou evitar um envolvimento desde o início. Tampouco a iludiu de que poderia lhe dar mais do que momentos. Quando se entregaram, eram dois adultos cientes do que estavam fazendo e cientes, também, de que não haveria nenhum compromisso depois daquilo.

— Onde está a sua namorada? — ela tentou mudar de assunto.

— Já disse que Jô não é minha namorada, por que você fica insistindo nisso? — ele questionou.

— Ah sim, só um passatempo para quando precisa de prazer.

— Pare de me provocar — ele disse, firme, aproximando bem o rosto dela.

Helena engoliu em seco diante daquela proximidade e se afastou.

— Por que está tão irritado? Não é essa a história entre vocês? Você mesmo disse — ela alegou.

— E você? Quer que eu te dê um pouco de prazer também? Eu posso te satisfazer essa noite se quiser — ele resolveu provocá-la também.

— O que eu quero é muito mais do que isso — ela acabou dizendo.

— Do que está falando?

— Eu quero você. Eu quero você só para mim — confessou, não contendo mais o que sentia.

— Você não sabe o que está falando. Eu sou incapaz de fazer alguém feliz, por que não aceita apenas o que eu posso te dar? Ou melhor — ele pareceu mudar de ideia de repente —, por que não esquecemos tudo isso e voltamos a ser apenas bons amigos? Por que não podemos passar alguns momentos agradáveis juntos, conversando, como fizemos outras vezes?

Helena ainda tinha o olhar triste para ele. Juan jamais entenderia o que se passava com ela. O vento soprava forte e brincou com seus cabelos, enquanto ela tentava encarar aquele olhar tão angustiado do espanhol.

— Você quer dançar? — Dom os interrompeu.

Desligado, Dominique nem havia se dado conta do clima pesado entre eles quando se aproximou.

— Eu adoraria — ela respondeu, querendo sair depressa dali.

De onde dançava com Dom, ela podia avistar o olhar extremamente sério de Juan, que ainda os encarava. Mais tarde, eles interromperam a dança para brindar com os noivos. Dom falava de pertinho com Helena no momento em que Juan se aproximou:

— Você monopoliza demais a nossa visitante, Dom — ele disse. — Ela vai dançar um pouco comigo agora — avisou, trazendo-a para a pista.

Helena nem teve tempo de dizer sim ou não, já que ele simplesmente a conduziu, enquanto Dom ficou com um ar desapontado perto do palco.

— O que você está querendo? — Helena perguntou, irritada.

— Te proteger — respondeu, com um olhar bastante sério.

— Não preciso que me proteja, sei me cuidar sozinha — ela protestou.

— Não, você não sabe. Você é uma ingênua. Se tivesse me ouvido desde o início, teria se afastado de mim — ele lembrou.

— Então por que não deixa que eu me afaste agora? — ela perguntou, com olhos aflitos.

— Não para ficar com Dom, você merece algo melhor.

— Como você, por exemplo? — ela ironizou.

Ele a encarou com olhos angustiados mais uma vez:

— Não, não como eu. Eu não faria você feliz, Helena. Não consigo me entregar a outro amor, não quero nenhuma nova história na minha vida. Mas te quero bem, sinto carinho por você, tenho medo que se machuque.

— Para de falar que sente carinho por mim. Isso é embaraçoso. Talvez eu quisesse um pouco mais que carinho.

— O que você quer? Um conto de fadas? Está vendo, você é uma ingênua, uma sonhadora. Já se desiludiu uma vez no seu casamento, o que ainda procura? — ele perguntava, atordoado.

— Procuro um amor de verdade.

— Você enlouqueceu? Acha que vai encontrar um amor de verdade no *Don Juan* que está te cercando, o Dominique? — ele balançou a cabeça, indignado com a ideia de que ela pudesse estar esperando algo sério do conquistador do condomínio.

Helena suspirou, Juan não entenderia mesmo.

— Eu não te entendo. Não pode ficar comigo porque moramos longe, temos vidas e projetos distantes. Então por que não assume seu relacionamento com Joana? — ela quis saber.

— Talvez você tenha razão, talvez eu devesse mesmo tentar. Eu poderia me apaixonar por ela, se quisesse, não é? Quem é que pode prever os sentimentos? A questão, porém, é que não quero — ele enfatizou. — Não quero me apaixonar, não quero viver um novo amor, nem com ela, nem com ninguém, será que pode entender isso? É por isso que não posso me envolver também com você.

— Então você também tem medo de se apaixonar por mim.

— Talvez eu já tenha me apaixonado por você — ele a olhou nos olhos ternamente e a soltou devagar. — Mas eu não vou viver essa paixão, não é mais o sentimento que me domina. Sentimentos não me trouxeram nada na vida, exceto decepções.

Ele a deixou perto do palco e se afastou, indo em direção à saída.

— Juan.

Ela o chamou, confusa, mas ele se foi, voltando a demonstrar a mesma expressão angustiada que tanto a comovia. Helena ficou olhando para ele, enquanto se distanciava. Ficou imóvel, sem ação, prendendo a vontade de gritar para que ele não fugisse mais dela, mas o espanhol arisco partiu mais uma vez.

Não conseguiu mais enxergá-lo porque Dom logo se colocou diante de seu ponto de visão, com mais duas taças de champanhe, chamando-a para servir-se da mesa de doces.

Doce chuva de primavera

Helena não conseguiu mais aproveitar a festa e logo deu um jeito de sair dali, despistando Dom para que não ficasse fazendo perguntas. Nem mesmo se despediu dos noivos, estava aflita e precisava falar com Juan. Assim, sem pensar mais, foi até a casa dele; porém, para sua decepção, tudo estava apagado e silencioso. Bateu na porta, mas não havia nenhum barulho vindo do interior da casa.

O céu estava cheio de nuvens de chuva se formando e o vento já soprava mais forte, mesmo assim ela caminhou sozinha pela mata. E, instigada pelo desejo que a perturbava, foi até o clarão entre a casa de Juan e o chalé de Ana.

Sentado sobre a grande pedra, Juan contemplava o nada, mergulhado em seus pensamentos. Ela aproximou-se devagar:

— Vai passar a vida inteira fugindo?

— Pode entender que estou bem assim? — ele questionou, tentando fazer com que ela o compreendesse.

— Não é o que os seus olhos me dizem — Helena firmou.

— E o que os meus olhos te dizem, "doce sonhadora"? — ele questionou, com ironia na voz. — Você não passa de uma garota ingênua à procura de um grande amor, cairia na minha conversa, cairia na conversa de Dom. Aliás, eu tinha deixado o caminho livre para vocês — ele lembrou.

— Tinha mesmo? Era com ele que queria que eu estivesse agora? — ela quis saber.

— Não me importa — Juan fugiu da resposta.

— Pois eu não quero o *"Don Juan* de Monte Verde" — ela se referiu, ironicamente, a Dominique. — Eu quero o espanhol arisco, rústico e grosseiro — confessou.

— Está sendo injusta, não tenho sido grosseiro com você, não com você — ele tocou seu rosto. — E me desculpei pelas vezes em que fui. Eu já te disse, sinto um grande carinho por você.

— Eu não quero carinho — ela o olhou mais uma vez nos olhos, sem medo de se abrir e expor o que sentia.

— E o que você quer? — ele a apertou contra si. — O que você quer, sua tola? — Juan acariciou suas costas com volúpia. — Você sabe que eu não posso te dar mais do que momentos, sabe que você também não pode me dar mais do que momentos.

Juan dizia, entre sussurros, enquanto os lábios exploravam seu pescoço e ombros. Não somente o desejo entre eles se intensificou como o vento soprou mais forte e pingos de chuva começaram a cair sobre os dois nesse momento. Ele a apertou ainda mais.

— É desejo o que quer? Porque é o que eu estou sentindo agora — ele disse.

Juan a beijou intensamente mais uma vez, enquanto a chuva também aumentou sua intensidade. Ele explorou seu corpo com os olhos vendo que a água colava o vestido dela, marcando o contorno dos seios. Ávido de desejo, encostou-a sobre a pedra, levantando seu vestido. Mais uma vez, ela perdeu o juízo e se perdeu nos braços do espanhol.

A chuva ficou mais intensa e eles correram juntos em direção a casa dele. De vez em quando, trocavam um olhar, rindo juntos daquela cena. Entraram em casa afobados e, em poucos segundos, as roupas molhadas estavam espalhadas pelo chão e ela esqueceu completamente de qualquer racionalidade ou sensatez.

Helena acordou com o dia quase claro, estava com a cabeça sobre o peito de Juan. Ela sentiu mais uma vez o seu cheiro, tão agradável, e deduziu que era hora de ir embora e apagar de novo o gosto bom que ele tinha.

Tentou levantar sem o acordar, mas ele a segurou.

— Vai fugir de mim de novo? Saindo furtivamente... — ele brincou, ainda de olhos fechados, um pouco sonolento.

— É você que sempre foge de mim — ela lembrou.

— Estou desarmado agora — o espanhol respondeu com um leve sorriso nos lábios.

— Você quer que eu fique? — a jornalista arriscou, querendo que Juan demonstrasse, de alguma forma, que ela importava para ele.

— Você sabe que não vai ficar.

— Podíamos namorar à distância — ela sugeriu.

— Eu não confiaria em você — ele riu. — Sou um rude, Helena, não sei viver relacionamentos modernos.

— Não é o que vive com Joana? — a jornalista questionou.

— Não temos um relacionamento, é apenas... você sabe, é apenas ocasional. Ninguém cobra nada de ninguém e eu não me importo com o que ela faz quando não está comigo — Juan explicou.

— É, eu também não confiaria em você, principalmente com ela por perto — ela foi categórica.

— Se um dia eu assumisse um novo relacionamento, eu não me dividiria entre duas pessoas — ele afirmou.

— E eu, por acaso, faria isso? — Helena o questionou novamente.

— Eu não sei. Carla fez, enquanto esteve comigo e com o amante antes de fugir com o maldito — Havia certa revolta contida em seu tom de voz.

— Você odeia tanto esse homem... e quanto a ela?

— Ela era uma sonhadora que foi iludida — ele justificou.

— Ora, me poupe! Eu odeio quando a defende dessa forma — disse irritada, preparando-se para se levantar.

Mas Juan a puxou de novo e deitou-se sobre ela, fazendo com que estremecesse novamente com aquele contato, mais uma vez ficando frágil diante dele.

— Me desculpe por não poder dar o que espera de mim — ele disse em tom suave.

— Por que não podemos manter isso? Eu viria sempre que pudesse, você iria me ver — ela disse, na esperança de prolongar um pouco mais aqueles momentos de felicidade tão intensa.

— Esquece isso. Eu odeio aquele lugar e eu não teria alguém tão longe. Quem me garante que você e seu ex-marido...

— Não me desabone — ela pediu. — Além disso... ele já tem outra pessoa. Estão pretendendo se casar, inclusive.

— Eu sinto muito.

— Sente por quê? Nem eu sinto — Ela deu de ombros, estranhando o seu comentário.

— Ele foi seu grande amor, é difícil perder um grande amor — ele supôs.

— Eu já não sei mais o que eu sentia desde que... desde que passei a sentir o que eu sinto por você — ela revelou.

— O que você sente por mim é compaixão, Helena. Se comoveu com a minha história e quer me obrigar a ser feliz de novo. É também coisa de pele, você está carente, solitária. Talvez esteja até tentando, desesperadamente, buscar um novo amor para esquecer o seu ex, principalmente agora que o novo casamento dele indica que tudo acabou de verdade — Ele tentava definir o que ela sentia.

— Você fica sempre tentando adivinhar o que eu sinto, pois está enganado — a jornalista afirmou.

— Você é jovem, merece alguém que vá atrás dos seus sonhos com você, que esteja ao seu lado te apoiando. Eu devia ter te deixado sair furtivamente mesmo, mas olha o jeito que você me deixa! Eu podia fazer amor com você agora de novo, se você não viesse com essa história de sentimentos.

— Você repulsa só o que eu sinto ou o que sente também? — ela o desafiou.

— Eu não sinto o mesmo que você. Lamento, é isso que quer ouvir?

— E o que eu sinto? — ela questionou.

— Não me interessa, não é o que importa para o que estamos vivendo — Juan saiu de cima dela, sentando-se na cama.

— Eu te amo — Helena disse, angustiada com o que sentia.

— Não diga tolices, não quero que repita isso — ele balançou a cabeça, levantando-se.

— Eu te amo, é difícil para você ouvir? — ela repetiu, levantando-se também.

— É melhor mesmo que você vá — o espanhol pediu, evitando olhar para ela.

Ela, porém, o questionou mais uma vez:

— Por que é tão difícil para você aceitar o amor de alguém?

— Eu não acredito em amor — ele afirmou, enrugando a testa de novo. — Eu não quero mais esse sentimento tolo em minha vida. E, se é isso que você procura, eu sinto muito, mas escolheu a pessoa errada. Venha, eu vou te levar.

— Eu não quero que me leve — ela disse, com os olhos lacrimejantes, enquanto se trocava, vestindo as mesmas roupas ainda úmidas, pois queria sair depressa dali.

— Você não vai voltar sozinha.

— Já está amanhecendo e eu posso ir andando — ela avisou, querendo sair dali depressa para poder chorar bem longe dele.

— Eu vou te levar e isso foi apenas um comunicado — ele completou, firme, antes de segurá-la de novo para que o escutasse. — Para com isso, por que você complica as coisas? Com Joana é tudo tão mais simples — acabou dizendo.

Helena o empurrou com raiva ao ouvir o nome de sua rival, saindo na frente. Juan terminou de se vestir e a alcançou no jardim.

— Já disse que vou te levar.

Ele tentou segurá-la, mas ela o empurrou de novo.

— Me solta! Me deixa em paz! — pediu, exaltada.

— Eu não quis te magoar, não quis te ferir. Você não pode me culpar, eu nunca te dei ilusões — ele tentava detê-la. — Por favor, me ouve.

Juan a segurou para que ela o escutasse.

— Eu não quero te ouvir — repetiu, debatendo-se contra ele.

— Não foi minha intenção te magoar. Eu não tenho nada para te oferecer, me perdoa, eu não tenho nada para te oferecer — ele repetiu, aflito, encostando a testa na dela, enquanto a segurava.

Helena acariciou seu rosto, também angustiada.

— Me deixa te ensinar a ser feliz de novo — ela pediu. — Não foge de mim, por favor.

Helena dizia, enquanto, em meio a lágrimas que escorriam de seu rosto, seus lábios buscavam encontrar com os dele, que já procuravam os dela também. Abraçaram-se silenciosos e ficaram assim uns instantes e, por alguns segundos, pareceu realmente que ele queria que ela ficasse.

A noite fugia devagar... um pouco das montanhas, um pouco de dentro deles, mas ainda havia muita noite a ser dissipada no coração arredio do espanhol. Um coração aflito, amargurado pela dor da decepção, endurecido pelo golpe de ter sido traído e obsesso pelo espectro da culpa que no fundo carregava. Culpa por não ter percebido as necessidades da ex-esposa, culpa por não tê-la ajudado a evitar o final trágico.

Sentada, instantes depois, na mesa da cozinha de Juan, ela lhe sorriu enquanto o observava preparar o café para os dois. Ele correspondeu seu sorriso, um pouco receoso.

— E agora? — ele perguntou, sentando-se ao seu lado. — Fingimos que vamos ficar juntos para sempre? Eu desaprendi a acreditar numa vida a dois.

— Vamos apenas deixar as coisas acontecerem — ela sugeriu.

— Até quando? Até domingo, quando estará voltando para Porto Alegre? — ele questionou.

— Eu vou pedir mais uns dias. Então, ficaremos mais um pouco juntos.

— E depois? — ele ainda insistiu.

— Para de pensar no depois, vamos viver um dia de cada vez. Eu venho passar uns dias em Monte Verde, e vou te ensinar a amar de novo, a acreditar de novo nas pessoas — ela disse, feliz por ele ter sinalizado alguma abertura em sua vida.

— Toma o seu café antes que esfrie — Juan decidiu encerrar o assunto.

Helena se serviu, ainda olhando encantada para ele. Não cansava de admirar aquela beleza tão rústica, e mesmo as rugas de tensão na testa o tornavam ainda mais atraente.

Ela deveria retornar no domingo, mas ficaria um pouco mais, inventando novas desculpas para adiar sua volta. E, apesar dos planos que Flávio tinha para a jornalista, ela não fez questão de partir, queria mergulhar naquela aventura sem sentido, talvez sem futuro. Queria se dar o direito de viver, ao menos uma vez na vida, um amor intenso e insensato.

Helena voltou para o hotel e mergulhou na banheira, sentia-se exultante. Fechou os olhos e ficou se lembrando das últimas horas passadas com Juan, desde o banho de chuva até a noite de amor. Ela sorriu consigo mesma, lembrando-se do sorriso cúmplice que trocaram enquanto fugiam da chuva e ele pareceu sensualmente divertido. Lembrou-se do seu rosto sereno lhe sorrindo na hora do café…

Teve certeza, mais do que nunca, de que não queria desistir dele. Não sabia ainda se tinham ou não futuro juntos, sabia apenas que não queria abrir mão do que estava sentindo. E a verdade era que estava se sentindo plena! Tudo o que queria era estar com ele de novo.

Saiu ao final do dia e foi caminhar pelo centrinho para fazer umas compras ou simplesmente olhar as agradáveis vitrines tão delicadamente arrumadas.

— Olá — ela entrou sorridente no café de Bruno, mais tarde.

— Olha só quem apareceu! Pensei que tivesse ido embora sem se despedir de nós — ele comentou.

— Imagina. Eu disse que ficaria até domingo, vou aproveitar mais uns dias — ela avisou.

— E deve estar aproveitando mesmo, parece bem feliz — o noivo de Ana observou.

Helena apenas sorriu, sem graça.

— Onde está a noiva mais linda de Monte Verde? — ela quis saber de Ana.

— Foi a Camanducaia fazer uma prova do vestido de noiva. Não deve demorar muito. Quando chegar, podemos te levar para jantar. O que você quer comer hoje? — ele perguntou.

— Que tal uma *paella* campeira? — Juan os interrompeu, mostrando as sacolas de mercado. — Acabei de comprar os ingredientes.

— Juan — ela sorriu, surpresa.

O espanhol se dirigiu ao dono do Hauser Café:

— Olá, Bruno. Será que pode liberar sua convidada essa noite para jantar comigo?

Bruno contraiu as sobrancelhas, estranhando um pouco.

— Como vai, Juan? — ele cumprimentou o dono da madeireira Berlanga.

— O que tem aí? — Helena deu uma espiada na sacola. — Pinhão, salame, pimentão...

— Frango, lombo... Essa receita vai muita coisa boa, aposto como essa *paella* você nunca provou. Te espero às oito?

— Claro, estarei lá — ela confirmou.

— Então até mais.

Helena ainda tinha um sorriso no rosto enquanto o observava afastar-se.

— Estou vendo coisas ou você está dobrando o espanhol? Não entendo... — Bruno comentou, pensativo.

— O que você não entende? — ela quis saber.

— Nada. Bem, parece que não ouviu meus conselhos, eu o considero complicado demais para você. Ele sabe que trabalha para a Ventura Magazine?

— Claro que sim, bem, eu acho que sim — ela estranhou aquela pergunta. — Afinal, eu já o entrevistei.

— Ok, bom jantar então para vocês.

— Até mais, diga a Ana que amanhã almoçamos juntas — ela avisou, retirando-se.

Helena caprichou para se encontrar com Juan mais tarde. Quando chegou, a mesa estava posta e ele lhe servia um vinho.

— Vou ficar mal-acostumada — ela brincou, sentando-se com ele.

— Eu não me importo. Quem sabe assim queira ficar.

— Quer que eu fique? — ela perguntou mais uma vez, curiosa para saber se ele estava apenas brincando ou se tinha algum fundo de verdade naquela frase.

— Você sabe que não vai ficar — ele deu a mesma resposta novamente. — E não iríamos falar disso — ele respondeu, tranquilo. — Experimente.

— Hum... que sabor é esse? Maravilhoso! — ela disse, depois de provar a *paella* preparada pelo espanhol.

— Está querendo me agradar?

— Você sabe que cozinha bem. Esse é um segredo de sedução? — ela brincou com ele. — Um bom tempero, um bom vinho...

— Não estou querendo seduzir ninguém.

— Você já seduziu...

Ele apenas sorriu e terminaram de jantar. Depois da sobremesa, Juan a trouxe para a sala, colocando uma música, que dançaram juntos. Helena embalou lenta e entregue, abraçada a Juan, sentindo o calor do seu corpo. Ficaria assim para sempre, pensou.

De madrugada, porém, quando despertou, estava sozinha no quarto e levantou-se para procurar Juan. Ele estava na varanda, sem camisa, pensativo.

— Olá, aconteceu alguma coisa? — ela perguntou, curiosa, ao ver o espanhol acordado no meio da noite.

— Não, está tudo bem — ele respondeu, tranquilo.

— Quer ficar sozinho?

— Desculpe, é que às vezes eu ainda acho estranho e fico apreensivo sobre nós.

Helena o olhou, apreensiva também, temerosa de que ele tentasse se afastar dela de novo. Percebeu que o fato de ela estar dormindo ali, pela segunda noite consecutiva, podia parecer uma invasão ao espaço que até, então, era somente dele e de sua solidão. Exceto pelas eventuais visitas de Joana, é claro.

— Acho que sou muito complicado para você — ele disse, sentando-se na varanda.

— Então para de pensar — Ela sentou-se no seu colo, de frente para ele, olhando-o nos olhos. — Estava tão bom dormir com você.

— Só dormir? — ele provocou, apertando-a contra si.

Helena mordeu os lábios, estremecida toda vez que ele a apertava daquele jeito.

— Veio aqui só de camisa me provocar? — Juan sorriu, abrindo devagarinho os botões da camisa dele que ela vestira.

— E você, veio posar sem camisa aqui para que eu ficasse sem ação quando te visse? — ela brincou também.

— Vamos descobrir isso.

Ele disse, apertando-a contra si novamente antes de fazerem amor na varanda, sob a luz da lua e ao som dos grilos que quebravam o silêncio da noite nas montanhas.

— Bom dia — ela acordou mais cedo para lhe servir o café.

— Bom dia — ele respondeu, olhando para a mesa posta. — Está ficando bom! Seria bom ter alguém para cozinhar para mim.

— Machista — ela brincou, sentando-se para o acompanhar. — Mas estou tão feliz que posso cogitar a ideia.

— Mesmo? Até se cansar e partir para a cidade grande de novo — ele ficou sério quando disse aquilo. — O que você quer fazer hoje? Tenho o dia livre — o espanhol mudou de assunto.

— O que você sugere?

— Posso te levar à Trilha do Pinheiro Velho, é um passeio bem tranquilo por uma área preservada de mata nativa. Lá existem araucárias centenárias e um pinheiro com mais de quinhentos anos de idade, talvez você queira ver.

— Adoro esse tipo de passeio — ela disse, aprovando. — Já ouvi falar desse lugar, mas não fui quando estive aqui da última vez.

— Então está combinado. Te pego logo após o almoço, a não ser que queira almoçar comigo — ele sugeriu.

— Eu adoraria, mas fiquei de almoçar com Ana, ainda não tivemos chance de conversar com calma. Você me pega no restaurante?

— Pode ser.

Mais tarde, quando Helena se encontrou com a noiva de Bruno, tentou esconder um pouco que estava rindo à toa e, na verdade, não via a hora de estar com o espanhol de novo.

— Helena, o que está acontecendo com você? Parece que não está me ouvindo. Não vai comer sua sobremesa? Acho que seu sorvete está derretendo.

— Desculpe, Ana, eu só estava distraída, mas estou te ouvindo, sim — ela disse, despertando de seus pensamentos.

— Sei... — Helena sorri. — Está conferindo as horas o tempo todo, você tem algum compromisso?

— Não, quer dizer, não tenho um horário específico marcado. É que o Juan vai me levar para uma caminhada na Trilha do Pinheiro Velho.

— Eu bem que desconfiei que você estava interessada no espanhol — a outra comentou, satisfeita. — Bruno me contou que ele te convidou para jantar ontem... E ele, que costumava ser tão irredutível, parece está se encantando por você.

— Você acha? — ela quis saber.

— Até aceitou o meu convite de noivado! E você parece tão encantada! Nem quando falava de seu ex-marido esse brilho aparecia em seu olhar.

— Fiquei pensando naquilo que você me disse, sobre o coração disparar e ficar estremecida.

— Uau, então é assim que se sente? — a amiga brincou, abanando-se. — Eu te disse! Eu te disse! Mas... você não tem medo de se envolver com Juan? Ele é tão fechado... Bruno estava preocupado com você.

— Ora, por quê? — ela quis saber.

— Certamente porque ele não sabe das nossas conversas sobre o que é estar apaixonada — Ana disse, rindo muito com Helena. — Se você sentiu todos aqueles sintomas, sinto muito, não vai ser fácil se desligar dele, agora é tarde. Eu te diria para aproveitar.

— Quando me lembro daquele sotaque no meu ouvido e os braços fortes me acolhendo, não consigo pensar em outra coisa — Helena também se divertiu. — Ah, Ana, só você mesma para me fazer dizer tanta bobagem.

— O que tem de mal falar bobagens de vez em quando?

— É que eu sempre me comportei tão seriamente. Casei cedo, me formei cedo, comecei a trabalhar muito nova. Enfim, acho que nunca me comportei de um modo mais leve e despreocupado — Helena contou.

— É verdade. Quando você chegou aqui, te achei um pouco solitária, mas não agora que você tem e a mim e ao Bruno — Ela deu uma olhadinha cúmplice. — E o espanhol, eu espero. Isso significa que meus problemas estão resolvidos porque eu estava procurando um parceiro para poder te chamar para minha madrinha.

— Jura? Está me convidando para sua madrinha? Ficarei honrada — ela respondeu, feliz com o convite.

— Que bom! Agora vai depressa aproveitar seu espanhol antes de ir embora.

Helena aceitou a sugestão de Ana e avisou Juan que podia vir buscá-la. Não demorou para a caminhonete estacionar em frente ao restaurante e ela se despediu da noiva de Bruno, partindo com Juan.

Seguiram de carro até a primeira entrada, perto da antiga máquina a vapor. Dali iniciaram a caminhada na trilha, praticamente plana e de nível fácil, o que a tornava ideal para se conhecer a mata original da região. Percorreram tranquilamente algumas passarelas e pontes rústicas durante o percurso, que dispunha de corrimões nos pontos mais difíceis. Acompanhando o Córrego do Cadete, apreciaram as corredeiras do Itapuá, onde fica a Fonte do Pinheiro Velho, uma árvore antiga de 1,64 metro de diâmetro. Ali, dispuseram a câmera no tronco que serve como base e tiraram uma fotografia juntos, fazendo a clássica pose do abraço no pinheiro de mais de quinhentos anos.

A natureza, a mata, o cheiro das folhas e o barulho das águas. Tudo era propício para uma tarde aprazível. Porém o mais deleitoso foi fazer o retorno abraçada ao espanhol.

À noite, aproveitaram o frio para tomar um vinho em frente à lareira e dormiram juntos novamente.

No dia seguinte, Helena adiou mais uma vez seu retorno e foi visitar com o espanhol a cachoeira do rio Jaguaribe. A vista do rio não podia ser mais bonita. Juan segurou sua mão para ajudá-la a caminhar perto das pedras, o que tornou a caminhada ainda mais prazerosa. Como era segunda, não havia passeio de boias e também não havia muito movimento. Bem que diziam que o clima de Monte Verde era propício para romance e, por isso, muito procurado por casais em lua de mel. Helena teve certeza disso naquele dia encantador ao lado do espanhol.

A água onde molharam os pés estava gelada, no entanto era extasiante tocá-la, sentir o cheiro da mata e até a brisa um pouco fria parecia uma carícia. Mas o frio daquela manhã não era problema para ela, aconchegada nos braços de Juan. Sentia-se a cada momento mais envolvida por ele, de modo que já deveria ter voltado no domingo, mas, sem querer ser racional, desmarcou o voo. Quem sabe o juízo lhe mandasse voltar no final do dia, mas não ouviria nenhuma voz da razão. Tampouco atendeu às ligações do editor chefe da Ventura.

Sentaram-se mais tarde sobre uma toalha para fazer um lanche.

— Nunca imaginei aquele lenhador tão ríspido sentado comigo, fazendo um piquenique — ela comentou com ele enquanto arrumavam o lanche.

— Não sou ríspido com você — ele se defendeu.

— Não mesmo. Você é uma pessoa encantadora. Por que não vem passar uns dias comigo em Porto Alegre? — ela arriscou.

— Você sabe que não há a menor chance de eu ir para sua cidade — ele alertou.

— Nem para me ver?

— E vamos namorar à distância? — ele perguntou, curioso.

— Estamos namorando? — ela respondeu com outra pergunta.

Juan riu com Helena.

— Às vezes você parece uma garotinha falando, Helena Guimarães — ele acariciou seu rosto.

— Acho que estou mesmo me portando como tal, fugindo das ligações do meu chefe, matando serviço em plena segunda-feira.

— Está fazendo isso? De fato, isso é feio, com um currículo assim eu não te contrataria para trabalhar na minha madeireira — ele brincou.

— Não é bem assim. Eu me desliguei da empresa oficialmente quando me separei e, então, decidi ficar como autônoma porque, depois do divórcio, precisei tirar um tempo só para mim. Tive que ficar um pouco sozinha, fui viajar.

— Parece coisa de madame, não é? Leva um fora e vai viajar — Ele tinha um tom bem-humorado. — Por outro lado, eu me afundei no trabalho.

— Eu trabalhei muito, senhor Juan! Mas, no começo, precisava pensar um pouco sobre mim mesma. Fiquei tentando entender o que fiz de errado e me libertar da culpa.

— Talvez não tenha sido culpa sua — ele sugeriu.

— Você tem razão, agora vejo que eu, talvez, tenha me cobrado demais. Assim como você — observou.

— Bem, quando você praticamente cresce com uma pessoa, você acha que sabe tudo a seu respeito — Juan disse.

— Nem sempre.

— Às vezes eu também me culpo por não feito nada para ajudar a Carla quando ela foi enganada. Talvez se eu tivesse percebido que ela estava sufocada numa cidade pequena...

Helena suspirou, olhando triste para Juan. Jamais seria amada por ele da forma como Carla fora, e talvez ainda fosse, amada. Ele parecia nunca ter deixado de sentir sua ausência. Sentiu vontade de sair correndo para não ver a tristeza nos olhos dele quando falava da ex-esposa.

Ele lhe explicou que Carla descobriu que estava grávida pouco depois que fugiu, mas que o amante não quis assumir o filho, obrigando-a a fazer aborto.

— Eu confesso que até hoje tenho dúvidas se o filho era meu — admitiu, porém. — Mas, segundo ela, o crápula a forçou aborto porque eu era o pai, foi então que ela teve várias complicações. Tanto sonho para nada — ele lamentou.

Juan contou que se sentia um pouco culpado por não ter percebido que ela estava infeliz, por não ter percebido que ela tinha sonhos que iam além dos limites de Monte Verde.

— Sinto um pouco de culpa porque não percebi seu olhar distante — completou. — Lamento pelo fim que ela teve. Sinto tristeza e sinto raiva também. Sei que ela não foi justa comigo, mas talvez eu não tenha sido bom o suficiente.

— Você não precisa mais sofrer por isso. Eu vejo tanta angústia nos seus olhos quando fala nesse assunto.

— Eu não estou sofrendo — ele respondeu. — Apenas me questiono sobre o seu final trágico porque a conhecia desde a nossa adolescência! Sinto culpa, assim como você, por não ter feito algo dar certo — ele contou, ainda com um olhar triste.

A diferença, entretanto, para Helena era saber que o que sentia por Juan era muito mais intenso do que o sentira por Henrique. Enquanto que, para Juan, parecia que ninguém ocuparia o lugar de Carla. Helena não sabia, de fato, se suportaria conviver com o fantasma da ex-mulher de Juan o tempo todo entre eles. Quis muito experimentar aquele amor intenso que estava sentindo, mas também quis que esse amor fosse correspondido.

Pensou, descontente, que talvez não tivesse nascido para receber tal sentimento, já que, da mesma forma, não fora amada intensamente por

Henrique. Se tivesse sido, ele não teria desistido dela, não teria fingido, junto com ela, não se dar conta de que o amor se tornava, aos poucos, amizade e convivência.

Juan acariciou seu rosto, ao perceber que estava pensativa.

— Eu te aborreço com esse assunto, não é? Me desculpe — ele disse, amenizando o olhar tenso no rosto.

— Tudo bem, eu prefiro que desabafe a que se feche.

— Eu não gosto de falar sobre isso, mas você tem estado tão presente. Sinto que posso confiar em você.

— Que bom que eu sou uma boa companhia — ela foi um pouco irônica, mas tentou não perder o bom humor.

— Tolinha — ele brincou. — Gosto da sua companhia e gosto de outras coisinhas que fazemos juntos também — ele disse, com delicada malícia.

Juan a puxou, acolhendo-a de costas para si, entre suas pernas, enquanto apreciavam a paisagem aconchegante ao redor.

— Aposto que é muito melhor do que estar trancada em uma editora — ele a enlaçou, encostando o rosto no dela.

Helena fechou os olhos, gostando de sentir Juan tão acessível. Era muito melhor, com certeza! Juan mudou um pouco de assunto, querendo saber sobre sua viagem após o divórcio e ela lhe contou sobre a visita que fez ao Peru, para conhecer Machu Picchu, visitando a cidadela Inca e alguns sítios arqueológicos.

— Você me surpreende! Podia apostar que você iria dizer que foi a Miami fazer compras.

— Você não sabe nada de mim mesmo — ela sorriu, balançando a cabeça. — Se quer saber, eu nunca estive nos Estados Unidos, ainda que eu sonhe em conhecer alguns parques nacionais, como o exótico Yellowstone, por exemplo. Eu gosto de natureza, gosto de viajar pelo Brasil fazendo minhas matérias, principalmente de lugares pequenos e aconchegantes, como Campos do Jordão, por exemplo, que é tão parecida com Monte Verde.

— Sim, eu já estive lá, é muito agradável — ele concordou.

— Eu também adoro Gramado, e foi onde eu comi o melhor fondue do Brasil.

— Bem, eu discordo — ele logo respondeu. — Porque ainda não experimentou o fondue de Monte Verde, mas vou te levar hoje à noite.

— É mesmo? — ela perguntou, surpresa.

— Sim, acabei de decidir. Não vou admitir que você diga que o melhor fondue não é o nosso. E o que mais gostou do Brasil?

— Também fiz uma matéria nos cânions gaúchos, em Cambará do Sul, e é um lugar lindo. Já esteve lá? Ah, sim, eu esqueci que nunca sai de Monte Verde.

— Eu realmente não conheço, mas é um lugar para onde eu iria — ele admitiu.

— Puxa, já é bem mais perto da minha cidade — ela sorriu, satisfeita. — Também visitei outra cidade serrana em Santa Catarina, Urubici. Montanhas, chalés rústicos...

— Acho que você deveria conhecer a Suíça — ele sugeriu.

— Certamente seria um sonho. Depois de conhecer todas as cidades consideradas "Suíças brasileiras", conhecer a original não seria nada mal.

— Sim, não seria, mas quem sabe seu chefe te manda para lá um dia — ele disse.

— Não acredito que ele seria tão generoso assim. Porém, se fosse, essa matéria você poderia cumprir comigo, não é?

— É bem tentador — ele respondeu. — Mas acho que você sabe que não tenho muita disposição para sair de Monte Verde, então... — Juan sorriu, fazendo um ar de quem lamenta.

— Está bem, Sr. Juan — ela apenas balançou a cabeça, sorrindo com ele.

— Você está gelada.

— Está ficando mais frio mesmo — ela disse.

— Vamos voltar, então. Se esse lugar estivesse um pouco mais deserto, eu daria outra sugestão, mas acho que não será possível — ele brincou, ao ver um pequeno grupo de visitantes se aproximando.

Helena aceitou a sua ajuda para levantar e foram conversando mais um pouco durante o caminho de volta, enquanto ela se aconchegava em seu abraço.

À noite, não poderia haver ambiente mais romântico do que o local escolhido por Juan. Sentiu-se sozinha muitas vezes fazendo reportagens em lugares aconchegantes e convidativos assim. Naquela noite, porém, deleitava-se com a companhia do espanhol.

Por alguns momentos chegou a esquecer que o amor de Juan não era apenas seu. Chegou a esquecer de tudo, pois ali, naquele instante, não havia fantasmas do passado ou presente, havia apenas os dois, aconchegados numa mesinha perto da janela, saboreando um delicioso fondue e um bom vinho. Pareciam um verdadeiro casal e Juan estava mais tranquilo, conversando com uma expressão leve no rosto, inclusive perguntava mais sobre ela e também falava um pouquinho mais sobre si mesmo.

— Acho que não vai querer voltar para o hotel, vai? — ele perguntou.

— Não sei, esse vinho me deixou um pouco sonolenta.

— Então vamos para minha casa, eu tenho outro vinho especial para abrirmos. Mas, não se preocupe, não vou te deixar sentir sono — Juan prometeu.

— E como vai fazer isso? — ela brincou.

— *Déjame mostrarte* — ele sussurrou em seu ouvido, dessa vez usando sua língua materna como arma de sedução.

Helena sorriu, sabendo que não conseguiria mesmo resistir a estar com o espanhol, e deixou que ela a conduzisse. Novamente ele ligou a lareira e, em frente a ela, apreciaram uma boa taça de vinho. Mais tarde, deitados juntos, ela ainda não tinha pegado no sono, relembrando aquele dia e os momentos tão especiais que tinha vivenciado. Parecia que já fazia tanto tempo que estava em Monte Verde, mas haviam se passado apenas quatro dias, os quatro dias mais maravilhosos de sua vida. Percebeu que Juan também demorara para adormecer, pois continuava acariciando seus braços, em silêncio.

De manhã, depois que tomaram o café juntos, eles partiram para colher algumas frutas e dar uma rápida ajeitada no quintal. Ela ficou na propriedade enquanto ele foi para a madeireira. Aproveitou para dar uma organizada na casa, enquanto o esperava.

Sem resistir novamente à sua curiosidade, ela tentou abrir a porta onde ele guardava os pertences e quadros dedicados a Carla para ver, se porventura, ele conseguira se desfazer de alguma coisa, mas a porta estava trancada. Procurou esquecer aquele assunto e foi para a cozinha fazer o almoço para esperá-lo. Já estava terminando de colocar a mesa quando ouviu barulho.

— Juan?

Ela veio até a porta, confirmar se era ele, mas não era.

— Então é mesmo verdade!

Helena se surpreendeu ao deparar com Joana.

— Bom dia — ela a cumprimentou. — O que é mesmo verdade?

— Que está aqui, passando dia e noite com o meu espanhol — a loira respondeu, tranquila.

— Ah, ele é mesmo seu? — Helena ironizou.

— Sim, desde que Carla foi embora, mas parece que agora é você quem o está satisfazendo na cama. Não tem problema, é só para isso que ele quer as mulheres depois do que a Carla lhe fez. Você pode aproveitar um pouquinho.

— Do que você está falando? — ela perguntou, irritada com aquele comentário.

— Bem, você sabe que ele só está te usando, não é? Você sabe que ele nunca vai te dar mais do que bons momentos na cama. Juan está fechado para o amor e é bom que você tenha consciência disso.

— Eu não sei do que você está falando e também não me importo — ela disse, mesmo sabendo o quanto se importava com o fato de não significar o que Carla significou para ele.

— Bem, se não se importa, então está tudo bem. As garotas da cidade grande gostam de vir aqui e se divertir com os moradores, mas elas sempre vão embora.

— Pode ser que eu não queira ir embora — Helena comentou.

— Sei que é uma jornalista bem requisitada. Quando se cansar, você vai voltar para o seu mundo e, então, eu vou voltar a ocupar o meu lugar de sempre, aquela que lhe dá prazer de verdade.

— Você quer parar com essa conversa? — a jornalista pediu. — Isso é ridículo.

— Olá — Juan tinha acabado de chegar e se aproximava naquele momento. — Está tudo bem? — ele perguntou, receoso.

— Ah, está tudo bem, sim, meu querido — Joana foi quem respondeu. — Eu só vim confirmar que você andava mesmo se divertindo com outra.

— Joana, não quero que fale desse jeito, eu e a Helena...

— Estão se divertindo, eu sei exatamente o que está acontecendo — Jô o interrompeu, séria, não deixando que ele falasse.

— Não é bem assim, nós estamos nos conhecendo e...

Ele tentou falar, mas foi interrompido novamente:

— E, meu querido, não seja tolo, você sabe que logo ela vai embora — Joana o interrompeu outra vez, não querendo ouvir o que ele tinha a dizer. — Eu sou a única que sempre fico e, então, quando ela finalmente cansar dessa vidinha de cidade pequena, eu volto para ocupar o meu lugar na sua vida.

Joana disse, querendo parecer tranquila e despreocupada, retirando-se em seguida.

— Eu sinto muito — ele disse, sem graça.

— O que existe entre vocês? — ela, então, perguntou.

— O que existia — ele frisou —, você sabe, era apenas sexo.

— Desde quando? — ela pareceu insatisfeita de saber que ele se encontrava há tanto tempo com Joana.

— Eu devo te explicar sobre esses assuntos tão pessoais? — ele questionou.

Helena ficou pensativa sobre Joana. Ela, no fundo, tinha sentimentos por Juan ou não aceitaria estar há tanto tempo com ele apenas por sexo. Helena refletiu bem sobre aquilo, achando que seria, provavelmente, alguém como Joana na vida de Juan, outra apaixonada tentando fazê-lo se apaixonar também.

— Mas o que é isso? Você fez almoço para mim? — ele decidiu mudar de assunto para evitar novas discussões.

— Bem, eu... fiz para nós, já que eu estava aqui.

— Confesse que você quis me agradar, fingir que sabe se comportar como uma boa dona de casa — ele a provocou.

— Não sou uma dona de casa — ela protestou.

— Eu sei, mas posso brincar que você viria viver comigo e me faria esses agrados todos os dias, não posso?

O que ele quis dizer com aquilo, afinal?, a jornalista se perguntou. Com certeza estava apenas brincando, pensou. Seria maravilhoso te servir todos os dias, ela lhe disse em pensamento, se eu suportasse a ideia de não ser amada de verdade.

Helena se entristeceu com aquela constatação, mas o abraço surpresa de Juan a deixou sem ação.

— Obrigado, Helena — ele lhe deu um beijinho no rosto. — Agora vamos comer e esquecer esse episódio chato com Joana.

Ela adorou a sugestão e sentou-se com ele para almoçarem juntos.

— Helena, confesso que estou gostando de passar esses dias com você, mas sei que tem o seu trabalho em Porto Alegre. Até quando vai ficar fugindo do seu chefe? — ele perguntou durante o almoço.

— Eu vou entrar em contato com ele hoje e dizer que preciso de mais alguns dias. Agora volta na primeira parte e repete o que disse — ela pediu.

— O que eu disse? — ele contraiu as sobrancelhas.

— Que está gostando de passar esses dias comigo.

— Sim, eu estou gostando muito, por isso vou te dar mais um bônus. Vou te levar na Vila dos Camponeses hoje — ele prometeu.

— Jura? Eu gosto tanto daquele lugar!

— Eu sei disso. Bem, até queria ficar mais um pouco, mas tenho um cliente marcado para atender à tarde — ele disse, ajudando a tirar a louça da mesa.

— Pode ir, eu ajeito tudo aqui.

— Eu vou te ajudar, assim conversamos mais um pouco e você me fala sobre esse novo trabalho que seu chefe pediu.

— Na verdade ele quer me mandar para Portugal — ela contou.

— Então é isso, vai ficar bem mais longe de mim, quero dizer, de

Minas, Monte Verde... — ele corrigiu.

— Bem, eu ainda não assinei o contrato com ele para esse trabalho. Você sabe que, com a situação atual do país, muitas pessoas estão partindo para Portugal para investir o dinheiro, então ele quer que eu entreviste brasileiros por lá. Algo do tipo "Turismo ou negócios? O que está levando tantos brasileiros a Portugal?" E, atrelado a isso, é claro, vou indicar pontos turísticos, gastronomia, bons vinhos.

— Ah claro, não será tão chato — ele deduziu.

— Acredito que não. A ideia é, ao final, concluir que, se você não tiver dinheiro para se mudar e investir, não deverá perder a oportunidade de se divertir, ao menos — ela explicou.

— E vai ficar quanto tempo visitando os portugueses? Vai se comportar direitinho? Você sabe, os portugueses são muito elegantes...

— Vou ficar uns quinze a vinte dias e não me importam os portugueses. Mas por que não vem comigo? — ela arriscou.

— Olha, é bem tentador, já que fica ao lado da minha terra natal, mas... eu não tenho vontade de sair daqui.

— Tomaríamos um bom vinho do porto — ela procurou deixá-lo mais tentado a viajar.

— Em algum restaurante à beira do rio Tejo — o espanhol completou.

— Então você gostou da ideia.

— Não é de todo ruim — ele admitiu.

— E daríamos uma escapada até a Espanha. Então eu ouviria o seu castelhano o tempo todo.

— Não sabia que gostava de me ouvir *"hablar espanhol"* — ele brincou.

— Eu adoro... Então, o que acha da ideia? Eu a você, na Espanha?

— Se você pensar bem, não vou poder te acompanhar em todas as suas viagens, e o seu trabalho é esse: viajar e escrever sobre lugares. Além, é claro, de arriscar a própria vida de vez em quando para conseguir algum furo ou denúncia — Juan lembrou.

— Não farei isso de novo — ela prometeu.

— Eu espero que não.

— Pelo menos não agora...

— Tenho que ir — ele disse, por fim, dando-lhe um beijo na testa.

Helena não gostou daquele toque tão distante e sútil. Na verdade, sentia-se incomodada quando ele a tratava de um jeito que parecia mais carinho do que o que realmente queria receber.

— Tudo bem — ela mal conseguiu esconder seu desaponto e

continuou terminando de ajeitar a cozinha.

— Mas se eu não for a Portugal, você me traz um bom vinho — ele, então, sugeriu.

Helena sorriu, entendendo que ele queria que retornasse a Monte Verde. Porém deu outra sugestão:

— E, se você for, você pode me ensinar a degustar um bom vinho.

— Tenho medo de não corresponder às suas expectativas — Juan disse, ficando sério novamente.

E pode ser que eu não tenha expectativas, ela pensou, fingindo não se importar. Abaixou-se para guardar um utensílio na pia e, quando se levantou, deu de cara com Juan, que a enlaçou pela cintura.

— Mas eu posso tentar — ele acrescentou, parecendo um pouco arrependido pelo que falara antes. — Obrigado pelo almoço. — disse, beijando seus lábios, dessa vez, e saiu.

Helena terminou de ajeitar tudo e, antes de deixar a casa, ainda olhou mais uma vez para a salinha fechada. Odiava aquela porta e tudo o que havia ali dentro e, mesmo sem ter conhecido, odiava a ex-mulher de Juan.

Do hotel, Helena enviou uma mensagem a Flávio, dizendo que tinha uns assuntos particulares a resolver e ficaria mais uns dias. Não retornou nenhuma de suas ligações e saiu para encontrar Juan.

Na Vila dos Camponeses a música já atraía de longe. As lamparinas, as barracas de comida e artesanato, tudo era atraente, inclusive o modo como alguns se caracterizavam para tornar o local mais peculiar.

— Olha quem está de volta! — Sara veio logo os encontrar. — Que bom ver vocês de novo, não sabe a alegria que me proporciona quando aparece de surpresa, meu querido. E essa jovem, que bom que está de volta.

Dominique também apareceu e Juan aproveitou para enlaçar a cintura de Helena.

— Acho que vou ter que deixar bem claro que você não quer mais sangrias do *Don Juan* — ele brincou, falando baixinho para ela, enquanto a apertava mais contra si.

— Olá, nossos ilustres visitantes hoje de volta! — Dominique brincou ao mesmo tempo que deu uma discreta olhada para os braços do espanhol ao redor da cintura de Helena. — Vejo que foi mais rápido do que eu — brincou.

— Desculpe, mas não entendi o seu comentário — Juan disse, tranquilo.

— Esquece — Dom sorriu, balançando a cabeça. — Afinal, eu sei ser paciente.

— O que quer dizer com isso? — ele perguntou.

— Se não quis compromisso com ninguém até agora, não será dessa vez com uma "forasteira" que breve estará longe, não é? Eu, por outro lado, adoro viajar.

— Sabe, Dominique, às vezes seus comentários são um tanto inconvenientes — Juan sugeriu.

— Está certo, você tem razão — Dom sorriu. — Eu fiquei com um pouquinho de inveja, afinal eu era o único *Don Juan* por aqui — ele brincou. — Você sabe que eu te quero muito bem, Juan, desejo muita sorte aos dois.

Ele deu um abraço no amigo e um beijo no rosto de Helena.

— Obrigado — Juan balançou a cabeça, sorrindo.

— E para provar que somos todos amigos, você pode me conceder uma dança com...

— Não, eu não posso — Juan interrompeu o jovem conquistador e respondeu por Helena. — Mas, se quiser, pode nos trazer dois copos de sangria.

— Tudo bem! Eu entendi! — Dom resolveu levar tudo com bom humor. — Estou indo.

Juan e Helena se olharam, rindo juntos. Ele a trouxe para si, beijando seus lábios, o que causou surpresa, já que nos últimos anos todos o viram se isolar em sua propriedade, não assumindo nem mesmo o relacionamento casual que tinha com Joana.

Quando Dom voltou com as bebidas, não conseguiu entregar aos dois que, então, dançavam juntinhos na pista. Dom fez cara de surpresa e ficou "plantado" com os copos na mão, enquanto Sara achou aquilo muito divertido.

— Eu tinha que viver para ver isso — disse a simpática moradora do condomínio. — o *Don Juan* perdeu justo para quem? O menos galanteador da Vila.

— Ora, Sara, não me provoque. Ela logo verá que fez uma péssima escolha, Juan é um bruto, mal-humorado, isso não vai durar muito.

— Eu não diria isso, ele parece muito feliz.

— Apenas porque é novidade, daqui a pouco ele se tranca em seu mundo de novo e o caminho fica livre para mim, não sou de desistir tão fácil.

— Deixe de tolices e tome juízo — ela lhe deu um tapinha carinhoso no ombro e foi dançar com o esposo.

Mais tarde, Sara chamou Helena para lhe entregar um presente.

— Helena, achei que ficaria encantadora nesse vestido. Sou eu mesma que faço.

Helena abriu o pacote e se deparou com um vestido evasê de

delicada estampa florida.

— É lindo, Sara! Obrigada, é muito gentil da sua parte. Eu adorei! — ela agradeceu com um abraço.

— Que bom que gostou! Eu estou tão feliz com o que tem feito a Juan, há tanto tempo eu não o via sorrindo, com uma expressão tão menos pesada no rosto — Sara disse.

— Você achou?

— Sim, me lembrou um pouco o que ele foi um dia, um sujeito alegre e sorridente. Ele e Carla sempre se reuniam conosco, e às vezes davam uma palinha dançando flamenco, embora ela não gostasse tanto quanto ele.

— Não consigo imaginar Juan dançando sorridente.

— Era lindo de se ver. Eles pareciam tão felizes e ele estava ansioso por um filho, mas ela começou a ficar distante lembrando-se de antigos sonhos: ser modelo, morar numa cidade grande. Ela se encantou pelo forasteiro e suas promessas.

— Você também acha que ela foi ingênua?

— Não, ingênua ela não foi. Carla sabia o que estava fazendo, mas ela foi covarde fugindo daquele modo e o envergonhando diante de toda a cidade. Juan a amava muito, foi um choque para ele. Mas agora, depois de muito tempo, eu o sinto mais leve.

Helena suspirou, sorrindo.

— Juan é uma pessoa muito especial, pena que não se desliga nunca da ex-esposa, é como se o fantasma dela estivesse sempre entre nós — a jornalista comentou.

— Pois eu diria que ele gosta de você. Talvez nem ele saiba...

Helena a abraçou de novo, num impulso, querendo que estivesse certa. Virou-se para procurar o espanhol com os olhos, então deparou com seu olhar na direção dela. Trocaram um sorriso mais uma vez e Helena percebeu, talvez um pouco apreensiva, o quanto estava apaixonada por ele.

— Que tal terminarmos aquela garrafa de vinho lá em casa? — ele sugeriu, mais tarde. — Podíamos degustá-lo em frente à lareira de novo.

— Seria uma ótima ideia.

Aproveitaram a apresentação que estava acontecendo de uma dança folclórica da Alemanha e saíram à francesa. Em frente à lareira, após degustarem uma taça de vinho e conversarem mais um pouco, ela sentiu os lábios dele junto aos seus novamente. Mergulhou mais uma vez na fantasia que estava vivendo, fechou os olhos e o apertou com força, segurando a vontade de dizer que o desejava mais que tudo.

Não queria que aquele momento acabasse nunca. E quando,

finalmente, deram um último suspiro de prazer, ela observou o peito nu do espanhol mais uma vez, lembrando-se da primeira vez que o vira. O dia que ficara hipnotizada ao observar o lenhador de braços fortes partir a tora de madeira ao meio com tanta intensidade. Paixão, amor ou apenas uma atração? Tinha medo de pensar sobre o que sentia, pois a única coisa que sabia é que era simplesmente intenso e diferente de tudo o que havia sentido.

Helena acordou com o café da manhã na cama.

— Estou sonhando? — brincou. — O lenhador rude me trazendo café na cama?

— Você tem sido tão doce comigo desde que chegou aqui. Não sei exatamente o que está querendo de mim, mas vou te servindo enquanto isso — ele disse, bem-humorado.

— Eu quero você, simplesmente. É tudo o que eu quero — Helena acabou dizendo.

Juan suspirou, ainda um pouco confuso, mas não disse nada, colocando uma geleia no pão para ela, talvez para fugir mesmo de respostas.

— Vou passar no chalé para conversar um pouco com Ana — ela avisou.

— Certo, mais tarde combinamos o que vamos fazer hoje, se é que não vai fugir ainda.

— Não! Vou adiar minha volta ainda um pouco mais, hoje resolvo isso — ela prometeu.

Juan saiu antes dela e foi para a madeireira. Helena ainda ficou um pouco mais e aproveitou para recolher a louça do café e tirar as taças de vinho que ficaram na sala, já que a diarista não viria aquele dia. Estava olhando uns livros na estante, quando uma revista jogada ao fundo, e provavelmente esquecida por ter ficado imprensada entre uma das prateleiras, lhe chamou a atenção. Era uma edição antiga, de sete anos atrás, e estava toda amassada, mas o nome lhe chamou a atenção, pois não era estranho, Zack Magazine. Começou a folhear suas páginas e então viu o nome do editor chefe.

Helena pegou o exemplar, bastante apreensiva e partiu, dirigindo-se ao Hauser Café.

— Bom dia — Bruno a recebeu com um sorriso. — Um macchiato?

Porém Helena nada disse, simplesmente colocou a revista em cima do balcão, olhando fixo para o colega. Bruno desfez o sorriso.

— O que significa isso? — ele perguntou.

— Eu é que gostaria de saber. Você sabe por que Juan tinha uma cópia da extinta Zack Magazine em sua casa?

Bruno chamou seu assistente.

— Assume aqui para mim — pediu e, então, dirigiu-se a Helena, apontando uma mesa. — Vamos nos sentar.

Helena o acompanhou, bastante apreensiva.

— O que você não me contou sobre o meu trabalho em Monte Verde? — ela lhe perguntou.

— Na verdade, eu não tinha que te contar nada, Helena, quem tinha que ter feito isso era o Flávio.

— E, como ele não fez, você se eximiu da responsabilidade, mesmo sendo meu amigo? Será que é isso mesmo que estou pensando? O Flávio já esteve em Monte Verde, não é? Ele me falava sobre sua estadia em Minas Gerais, mas não dizia exatamente onde.

— Sim, ele já esteve aqui, há sete anos, quando levou a mulher de Juan para Porto Alegre — Bruno disse, por fim. — E o resto você já sabe.

Helena passou a mão no rosto, muito tensa com aquela revelação.

— Você sabia e não me disse nada? — ela quis confirmar.

— Olha, Helena, não foi à toa que nunca apoiei esse seu relacionamento com o espanhol. E eu achei muito estranho que você não soubesse, tanto que liguei essa semana para Flávio, questionando isso.

— E...?

— Ele me fez prometer que eu não falaria nada até que vocês conversassem. Eu achei que era ele realmente quem devia te contar toda a história, já que, inacreditavelmente, você não sabia de nada.

Helena baixou a cabeça, apoiando-a nas mãos. Minutos depois, saiu do Café, ainda um pouco atordoada e seguiu para almoçar com Juan, conforme tinham combinado. Entretanto, durante o almoço, ela estava um pouco mais silenciosa.

— Falou com seu chefe? — ele perguntou.

— Sim, quer dizer, eu mandei recado — ela respondeu. — Essa carne está muito macia — quis mudar de assunto.

— Como é mesmo o nome dele? Do seu chefe? — ele perguntou.

Ela pensou um pouco, enquanto terminava de mastigar.

— Fábio — respondeu, mudando de assunto novamente. — Me passa a salada, adoro rúcula.

— Você está estranha — ele observou.

— Estou preocupada porque fiquei de passar no chalé para conversar com a Ana e esqueci completamente, por isso não vou me demorar muito.

— Tudo bem, eu também tenho umas coisas a resolver na loja hoje à tarde. O que você quer fazer hoje? — ele quis saber.

— Vou deixar que você escolha.

Ela respondeu, ansiosa para se afastar dele e pensar em como lhe contaria o que acabara de descobrir. Tinha que falar com Juan o mais depressa possível, mas antes precisava digerir melhor todas as informações e preparar o espanhol a fim de que não interpretasse nada errado.

Um encontro indesejado

Logo após o almoço, eles se despediram e ela seguiu para o chalé de Ana, querendo conversar com a jovem sobre o ocorrido. Para sua surpresa, porém, não era a jovem que a esperava, e sim Flávio Boaventura.

— Você por aqui? — ela perguntou.

— Eu vim te trazer a edição da revista com sua matéria sobre Monte Verde, que saiu hoje. E também saber o que estava acontecendo, você desapareceu! — ele explicou.

— Não é bem assim, eu te mandei mensagem, avisando que ficaria mais uns dias.

— Sim, mas você não atendeu meus telefonemas. Sabe o que eu pensei? Que o tal Francisco tinha feito alguma coisa a você.

— Que exagero! Se tivesse acontecido algo de ruim, a notícia já teria chegado até você. Além disso, você falou com Bruno e sabia que estava tudo bem comigo — ela observou.

— Eu falei com o Bruno, mas ele me pareceu tão impreciso. Então, agora, finalmente, eu entendi o que está acontecendo — ele afirmou.

— É mesmo? Porque eu também acabei de entender muitas coisas que eram desconhecidas para mim.

Ela o encarou bastante séria para ouvir o que ele tinha a lhe dizer, mas nesse momento foram interrompidos pela visita de Juan:

— Helena, eu tenho uma surpresa para... — ele se calou, quando deparou com os dois na sala.

Helena o olhou verdadeiramente assustada, mas tentou disfarçar.

— Oi, Juan! — ela tentou sorrir. — O que você iria falar?

— O que esse sujeito está fazendo aqui? — Juan enrijeceu a face.

— Esse é Flávio Boaventura, o dono da revista para a qual eu presto serviços.

Helena esperou que eles se cumprimentassem, mas ambos se olhavam calados, até que Juan se manifestou, depois de circular os olhos entre o dono e editor chefe da Ventura Magazine e a edição da mesma sobre o balcão.

— Eu sei quem ele é — Juan disse quase entredentes. — Eu sei muito bem quem é esse sujeito, eu só não esperava que vocês estivessem juntos nisso.

— Juntos em quê? Do que você está falando? — Helena contraiu as sobrancelhas.

Juan dirigiu-se ao editor:

— O que faz em Monte Verde? Já não fez estragos suficientes por aqui?

— Calma, Juan, vamos conversar como pessoas civilizadas. Sei que pode estar ainda magoado comigo, mas... — Flávio começou a falar, mas foi interrompido.

— Cala a boca, seu traste. Sujeitinho podre, você e o seu dinheiro. Quem é você para falar de civilidade? — ele pareceu um tanto exaltado.

— Vocês querem, por favor, parar com isso? — Helena pediu, confusa e assustada com o tom do diálogo entre eles.

— Ah, então você está nervosa? — Juan, de repente, gritou com Helena. — Sua hipócrita! Eu devia saber que você não era diferente.

— Juan, por que você está falando assim comigo? — ela perguntou, assustada com o tom que ele usara.

Juan, porém, continuou com uma expressão nada contente:

— Tudo não passou de um plano sórdido, não é? Se aproximou, dissimulada, para conseguir suas reportagens e todas as informações para essa revista nojenta.

— Você pode me deixar explicar? — Ela estava sem ação.

— Para de falar, sua fingida. Como você pôde fazer isso? Mau-caráter — o espanhol ainda dizia coisas que, para ela, não tinham sentido, mas ele parecia transtornado.

— Juan, por favor, me escuta — Flávio tentou falar.

— Cala a boca — Juan deu de dedo no editor, aproximando-se bem dele. — Cala a boca, antes que eu faça o que devia ter feito há sete anos, quando percebi o jeito que olhava para minha esposa. Eu devia ter acabado com você naquela ocasião.

— Calma, vamos conversar civilizadamente — o dono da Ventura pediu mais uma vez.

— Você não é civilizado, você é um traste, um lixo de gente. Mas eu não vou sujar minhas mãos com você.

Juan se virou para sair.

— Juan, me espera — Helena o segurou. — Não pode sair assim, eu preciso...

— Me solta — ele disse, firme. — E se tiver o mínimo de dignidade, não me procure mais.

— Juan! — ela chamou novamente, mas ele não voltou mais.

A jornalista ainda tentou alcançá-lo, mas ele travou a porta do carro assim que entrou. Helena bateu na janela para que Juan abrisse, mas ele saiu em disparada, não parando para ouvi-la. Desolada, ela voltou para o chalé, olhando para Flávio, confusa, e foi nesse momento que tudo se esclareceu definitivamente na sua mente.

— É claro, há sete anos... A revista Zack Magazine, de qual Juan e Ana me falaram era a sua revista, Zack é seu nome do meio. Você trocou o nome da revista na mesma época em que trouxe aquela mulher... Aquela mulher que abortou e... Meu Deus, eu estou ficando louca? Agora eu estou me lembrando dessa história.

Ela finalmente se deu conta dos fatos, já que, quando começou a trabalhar na Ventura, havia um comentário sobre uma jovem recém-contratada, com quem diziam que o chefe tinha um caso. Então, ela própria estivera com Carla e nem sabia que se tratava da mesma pessoa, pois, na época, ninguém teve certeza se a história era verdadeira ou não passava de boatos, já que Flávio conseguiu abafar tudo.

— É, é isso mesmo — Flávio confirmou. — Esse é o tal marido enfurecido que eu disse que não podia encontrar em terras mineiras.

— Então você é mesmo o homem que destruiu a vida dele! — ela disse, atônita. — É claro que Juan deve estar com ódio de mim, ele acha que eu sabia de tudo. Você mentiu para mim! Por que não me contou a verdade sobre o que eu podia encontrar aqui?

— Se eu te contasse, você não viria, e o nosso principal patrocinador queria de qualquer jeito essa matéria sobre Monte Verde — Flávio se justificou. — Eu me envergonho muito do que fiz, fui inconsequente de ter levado Carla comigo, mas na época eu fiquei realmente interessado nela.

— Você não pode ser assim — Helena balançou a cabeça. — Você era um homem casado, com dois filhos, todos nós na redação conhecíamos a Vivian, sua esposa, uma mulher decente que te ajudou a vencer na vida. Não era essa a história que você contava?

— Sim, era e ainda é. Vivian é uma mulher maravilhosa e eu devo tudo a ela. Acontece que eu realmente me apaixonei por Carla e ela por mim. Nós nos encontramos algumas vezes clandestinamente, mas eu tinha que voltar para Porto Alegre e queríamos mais, então ela aceitou fugir comigo.

— Você destruiu a vida de uma pessoa, você o fez infeliz por anos! Além disso, você traiu sua esposa, você enganou uma mulher honesta que pensa que você é um excelente marido — ela disse, com desprezo. — Que tipo de pessoa é você? Levou uma amante para trabalhar com você na empresa que você e sua esposa construíram?

— Eu sei, você está certa, pode dizer o que quiser de mim, eu sou realmente um canalha, mas me arrependi do que fiz. Não sabia que iria terminar daquele jeito, só quis me divertir um pouco e fui inconsequente.

— Só quis se divertir um pouco? Destruindo a vida de outras pessoas? Você disse que ela quis fazer o aborto porque estava grávida de outro, mas não pode... — ela começou a duvidar de toda a história.

— Ela contou que, pelo tempo, o filho não era dele, e sim meu. Então, eu disse que não assumiria filho algum e que as chances de ela se tornar uma estrela seriam mínimas com um filho, tendo em vista que ela já estava com quase trinta anos na época. Eu não pedi a ela que fizesse aborto nenhum, mas sei que, indiretamente, contribuí para sua decisão — ele admitiu.

— Então ela mentiu, inclusive, que o filho era dele quando queria que ele a buscasse — ela deduziu.

— Olha, Carla podia ter sido qualquer coisa, menos inocente. Ela me correspondeu desde o primeiro dia em que nos vimos. Além disso, ela foi atrás de mim no hotel, depois que eu disse que ela tinha um rosto muito bonito e teria ótimas chances de trabalho na cidade grande.

— Não precisa falar mais nada — a jornalista pediu.

— Helena, eu vim porque fiquei preocupado quando Bruno me contou sobre vocês dois. Jamais imaginei que você se envolveria com um homem bruto como Juan.

— Um homem maravilhoso como Juan, você quer dizer — ela o corrigiu.

— Ela me dizia que ele tinha uma mente fechada, que jamais apoiaria seus sonhos de ser famosa e de trabalhar na mídia. Fugimos porque ela tinha medo que ele fosse violento se pedisse divórcio.

— Violento? Juan é uma das melhores pessoas que já conheci. E o admiro ainda mais por não ter agido como um selvagem para acabar com você agora que teve oportunidade.

— Como assim? Você nunca foi a favor de violência.

— Pois era o que você merecia dele: uma boa surra. É o que um sujeito que se envolve com uma mulher casada merece, mas ele foi muito superior a você — ela o olhou com desprezo.

— Mas não era o que Carla me dizia na época, ela teve medo de lhe contar.

— Você quer justificar o que você fez, dizendo que salvou a inocente sonhadora de uma vida pacata e sem fama numa cidade pequena? — Helena o encarou, irônica.

— Não, não quero justificar o que nem tem justificativa. Nós erramos gravemente e eu juro que me arrependi — o editor confessou.

— Tanto que me usou para vir até aqui e me aproximar inocentemente dele para conseguir as matérias que você queria sobre Monte Verde e o furo sobre extração ilegal de madeira. Você mentiu para mim, você me usou.

Flávio deu um suspiro profundo, ainda tentando se justificar:

— Eu não quis te contar porque iria ficar me julgando, como, aliás, está fazendo. E, além disso, iria acabar entregando que a Ventura Magazine era a antiga Zack e colocaria tudo a perder. Veja, se você soubesse, nunca alcançaria os resultados que tem alcançado com essa matéria. Se sentiria como se o estivesse enganando, já que ele jamais admitiria conceder uma nova entrevista se soubesse que era para a minha revista.

— Bem que Juan me disse uma vez que eu devia ficar atenta com um chefe que colocava minha vida em risco por uma boa reportagem — ela lembrou —, como aconteceu quando fui espionar Francisco Montez.

— Eu não sabia que você se arriscaria tanto para fazer aquelas fotos, achei apenas que arrancaria as informações de Juan, que era o maior antagonista de Francisco. E, se eu fosse tão egoísta como você diz, não teria vindo até aqui com medo de que o Sr. Montez tivesse feito algo para você.

— Você não se preocupa com ninguém, apenas consigo mesmo — ela o olhou com desprezo mais uma vez.

— Não seja injusta comigo. E o que te deu na cabeça? Se envolver com esse sujeito. O que estava buscando, afinal? — Flávio chamou sua atenção. — Olha, vamos voltar para Porto Alegre. E, se quer saber, eu tenho boas notícias: Henrique saiu de casa, talvez seja a chance de você reatar o seu casamento.

— Para de falar besteira! Por que quer arranjar alguém para mim? Não há a menor chance de eu reatar meu casamento! Além disso, você não tem que se incomodar com minha vida amorosa.

— Eu só quero que você se relacione com uma pessoa bacana, que te faça feliz — ele justificou. — Quero que você volte à revista e dê continuidade ao belo trabalho que tem feito. Você ganhou tanto destaque na sua última matéria, está fazendo seu nome. Que falta de juízo é essa que te fez quase abandonar tudo isso?

— Você não entenderia. Você não sabe o que são sentimentos verdadeiros.

— Espera um pouco, Helena, do que você está falando? Não pode estar mesmo apaixonada por esse homem rústico que nada tem a ver com o seu mundo. Nós temos convites para coquetéis, eu já tenho outras ideias interessantes fora a viagem a Portugal e...

— E está na hora de começar a procurar outra jornalista para trabalhar para você — ela avisou.

— Não diga tolices, você sabe que eu te ajudei todos esses anos. Eu te dei muitas oportunidades, te ajudei a crescer. Você também me deve isso — Flávio cobrou.

— Eu não te devo nada e estou aliviada por não ter contrato fixo com você.

— Você acha que está podendo rejeitar trabalho, mas não está fácil para ninguém. Há muitos jornalistas desempregados, pessoas talentosas como você, mas você tem seu lugar garantido — ele argumentou.

— Eu não quero lugar garantido perto de você. Você é uma pessoa repugnante — a jornalista respondeu, ressentida.

— Helena, nós sempre fomos amigos, eu sempre te ajudei e só errei com você dessa vez. Por que tem que ser tão rude comigo?

— Não, nós não somos amigos, eu nem sei quem você é — ela afirmou, com repulsa.

— Eu vou deixar você esfriar sua cabeça e voltar a agir coerentemente. Você sabe que, mesmo que queira levar isso adiante, vocês vivem em mundos diferentes. Você está crescendo agora, precisa aparecer e não ficar escondida nesse fim de mundo vivendo um romance impossível.

— Eu não quero seus conselhos.

Helena pegou sua bolsa para sair de novo, sem querer ouvir mais nada de Flávio Boaventura. Dirigiu de volta à casa de Juan, mas quando foi entrar, não foi por ele que foi recebida, e sim por Joana.

— Olá, eu posso te ajudar? — a loira perguntou, tranquila.

— Eu preciso falar com o Juan.

— Só que ele não quer falar com você. Pediu para eu ver se posso te ajudar em alguma coisa.

— Você sabe que não pode, eu preciso falar com ele agora.

Porém Joana continuou diante da porta.

— O que você ainda pode ter para falar com ele depois do que fez? — ela perguntou, quase como uma intimação.

— Ele te contou? — Helena quis saber.

— Não foi preciso. Eu vi o Flavio Boaventura entrar na cafeteria do Bruno na hora do almoço te procurando e eu jamais esqueceria aquele rosto. É claro que não foi difícil descobrir com o noivo de Ana que se tratava da mesma pessoa que levou a Carla. Então, eu vim depressa a fim de estar aqui quando Juan descobrisse quem você era.

— Saia da frente. Me deixa entrar — ela pediu, irritada com o modo que Joana falava.

Mas a outra continuou:

— Aliás, eu te disse que logo ele se decepcionaria e, então, eu estaria aqui para ocupar meu lugar de novo, não disse? No final de tudo, ele sabe que é apenas comigo que pode contar, eu sou a única que sempre estou aqui. Agora vai embora, acabou teu prazo de diversão — ela mudou o tom irônico, ficando séria dessa vez.

— Eu não estou me divertindo! — Helena protestou, indignada. — O que eu sinto é muito sério.

— É, eu percebi — respondeu, irônica, descendo os degraus da escada, obrigando Helena a se afastar também. — Agora desaparece que eu preciso consolar o meu espanhol. Coitado, enganado por mais uma golpista mentirosa.

— Eu não sou nada disso e eu vou falar com ele, sim — a jornalista afirmou, cruzando os braços.

— Mais cedo ou mais tarde ele enjoaria mesmo de você, tão magrinha, você não faz o tipo dele. Juan gosta de loiras como eu e a Carla, que fazemos o tipo, sabe, mulherão! — Joana riu, cínica. — Ele só se divertiu um pouquinho com você enquanto eu viajava para a Itália, eu não sou ciumenta.

— Para com esse cinismo, eu não vou cair na sua armadilha e não vou sair daqui — ela começava a se exaltar.

— O que está acontecendo aqui? Será que podem parar com esse bate-boca na minha porta? — Juan apareceu, irritado.

— Eu preciso falar com você — Helena disse, aflita para que ele a ouvisse.

— Eu acho que a gaúcha não acreditou que era a mim que você queria que ficasse — Joana comentou, com ar de descaso.

— Vamos conversar, por favor — a jornalista dirigiu-se ao espanhol, insistindo.

— Eu disse a ela que era hora de ir embora da sua vida — Joana se intrometeu novamente, cruzando os braços, e a olhou com desprezo.

— Juan... — Helena tentou falar.

— Joana estava certa, já passou da hora de você ir embora — ele disse.

— Por favor, me ouve. Pede para ela nos deixar a sós só alguns minutos, eu preciso muito falar com você — ela pediu novamente.

— Eu não tenho nada para falar com você e não quero que Joana vá embora. É você quem deve ir — o espanhol respondeu, sério, entrando novamente em casa.

Joana a olhou com um leve sorriso e um olhar vencedor, seguindo Juan. Helena olhava ainda sem ação para a porta que se fechou, trancando o espanhol com outra mulher dentro da casa em que há poucas horas haviam passado momentos tão agradáveis juntos.

Ela voltou desolada para o hotel, onde ficou na varanda ainda pensando em tudo o que acontecera. Mais tarde, ligou outra vez para Juan na esperança que ele atendesse, mas novamente foi a voz de Joana que ouviu.

— Alô — a outra respondeu com voz entediada, certamente sabendo que era Helena ao telefone.

A jornalista desligou, pois tinha ciência de que Jô não passaria o telefone a Juan. Naquela noite foi difícil pegar no sono, era como se a vida lhe tivesse pregado uma peça, estivera tão extasiante num dia e, no outro, a felicidade parecia que lhe era arrancada.

Na manhã seguinte, foi cedo ao Café de Bruno.

— Flávio foi embora? — perguntou.

— Sim, ontem mesmo — Bruno respondeu, servindo-lhe uma xícara de café.

— Por que você não me disse nada? — ela perguntou novamente, inconformada.

— Desculpe, Helena, mas eu realmente achei estranho que você não soubesse. Eu perguntei ao Flávio, quando percebi que você estava se envolvendo com o espanhol, mas ele me fez prometer que não te falaria nada e disse que viria para conversar pessoalmente com você. Eu fiquei sem ação porque também devo muito a ele. Afinal, ele me ajudou quando eu precisei.

— É, enquanto eu e você nem éramos tão amigos assim — ela lamentou.

— Isso não é verdade, você é nossa amiga e eu te conheço desde quando estagiei na Ventura. Sei que você é uma ótima pessoa e tive o maior prazer de te receber aqui. Era por isso que eu não fui muito a favor do seu relacionamento com o espanhol. Eu temia que isso acontecesse e temia que você se machucasse — ele tentou explicar.

— Mas não me falou nada — ela lembrou mais uma vez.

— Eu nem sabia que vocês estavam se envolvendo! Foi só quando ele apareceu aqui com as sacolas te chamando para almoçar que eu realmente me dei conta. Fiquei sem saber o que fazer, por isso liguei para o Flávio.

— Juan me acusou de traição, mas eu só fiquei sabendo disso ontem, quando vim aqui confirmar a história com você, um pouco antes de o Flávio chegar. Eu nem tive tempo de contar primeiro porque foi tudo muito rápido — ela lamentou.

— E eu fiquei muito aborrecida com meu noivo — Ana acabava de chegar, em tempo de ouvir parte da conversa — porque, se eu soubesse dessa história, teria te contado.

— Bem, agora é tarde. Ele não quer nem me ver e já está com Joana de novo, inclusive devem ter passado a noite juntos — a jornalista contou, magoada.

— Esse não é o perfil de Juan, ele deve ter recebido Joana como uma amiga. Afinal, ela sempre esteve persistente ao lado dele — Ana o defendeu.

— Você sabe que eles não são só amigos — Helena rebateu.

— Eles não passaram a noite juntos, eu a vi quando chegou em casa ontem — Bruno contou. — Eu estava fechando o café quando ela passou em direção ao apartamento onde mora com a irmã.

— Por que não tenta falar com ele de novo? — Ana insistiu.

— Para de instigar Helena a se machucar ainda mais, Ana — Bruno aconselhou, chateado. — Você conhece o espanhol, você sabe como ele é — alertou.

— Você não pode desistir — Ana disse, contrariando o noivo. — Eu sei que o que você sente é verdadeiro.

— Digo isso porque sei o quanto Juan é uma pessoa difícil de lidar — Bruno explicou. — Veja, ele se isolou de todos por sete anos, que pessoa tem um comportamento tão radical assim?

— Alguém que foi muito ferido — Ana o defendeu.

— Só não quero que você se machuque mais — o noivo de Ana ainda disse a Helena, antes de sair para atender um cliente.

A jornalista, porém, decidiu ir até a casa de Juan novamente. Afinal, não podia admitir que ele nem mesmo a ouvisse antes de julgá-la.

— Será que pode me ouvir agora? — ela perguntou.

Ela lançou o mesmo olhar sério e não pareceu disposto a voltar atrás:

— Você veio se despedir? Porque é a única coisa que pode ter vindo fazer aqui — disse seco, sem demonstrar disposição para conversar.

— Eu preciso que me ouça.

— Eu acho que você não entendeu mesmo o que eu te disse ontem, não é? — ele continuava irredutível.

— Entendi que está com raiva de mim e me acusando de uma culpa que não tenho. Quando eu vim para cá, eu não sabia que Flávio Boaventura era o mesmo jornalista que teve um caso com sua ex-esposa.

— É mesmo? Você trabalha há sete anos com um homem que te manda entrevistar o marido de sua ex-amante e você realmente não sabe de nada? — ele perguntou, cético. — Foi por isso que me disse ontem, enquanto almoçávamos, que seu chefe se chamava "Fábio"?

— É isso que eu queria te falar, Juan. Sei que é difícil acreditar em mim, mas eu tinha acabado de descobrir essa história, eu estava atordoada, sem saber como te contar.

— O quê? Você quer mesmo que eu acredite nisso? Que tipo de pessoa é você? — ele perguntou, irritado.

— Eu juro que é verdade. Eu estranhei quando encontrei uma revista Zack nas suas coisas e...

— Espera aí, esteve mexendo nas minhas coisas de novo? — o espanhol a interrompeu, indignado. — O que foi que vasculhou dessa vez? Você é pior do que eu pensava — disse, com desprezo.

— Juan, por favor, me escuta, eu estava ajeitando a sala para você! Quando eu vi o nome do Flávio naquela revista, fui imediatamente até o centro confirmar essa história com Bruno e, quando soube de tudo, fiquei sem ação. Eu não sabia como te contar — a jornalista repetiu.

— Então até o noivo de Ana sabia? Vocês devem ter rido muito pelas minhas costas, não é? Aliás, todos vocês.

— Eu nunca faria isso! Flávio não me contou quem você era, eu juro, ele sabia que eu não pactuaria com isso — ela tentou explicar.

— Você foi tão cínica, aproximando-se de mim, sorrateiramente, preocupada com a minha história, arrancando informações sobre Francisco Montez, agora eu vejo tudo com clareza. Só não entendo o que veio fazer aqui dessa vez, que outras informações você desejava ou se, como Joana disse, queria apenas dar um golpe, afinal eu sou um tolo rico e solitário, não é?

Helena sentiu raiva de sua adversária tentando envenenar Juan contra ela, insinuando coisas para fazê-lo acreditar que era uma pessoa ainda pior.

— Você não pode ter deixado isso passar pela sua cabeça! Como seria mentira tudo o que eu senti? Você teria percebido se não fosse verdadeiro! — ela dizia, indignada. — Você sentiu tudo aquilo comigo — Helena tinha um olhar triste, quase apelativo.

— Você está falando de sexo? Porque foi a única coisa que existiu entre nós — ele perguntou friamente.

— Você está somente querendo me ferir, você sabe que não foi apenas isso.

— Foi apenas isso, sim, é apenas isso que mulheres como você podem dar um homem. Agora estamos quites, você me usou para se promover e eu te usei para me distrair.

— Para de querer me machucar — ela pediu, aflita. — Esse não é você, Juan.

— Não sou eu? Como você sabe disso? Não conhecemos as pessoas! Nunca — ele comentou, amargo.

— Eu não menti para você, eu não sabia de nada até ontem.

— E, quando soube, tampouco me disse a verdade — o dono da madeireira Berlanga fez questão de falar.

— Eu não sabia como te contar! Eu estava tomando coragem para que não acontecesse o que está acontecendo agora.

— Cínica — ele disse, balançando a cabeça. — Você é uma mentirosa, como Carla, como qualquer uma.

— Não me compare a outras mulheres que você conheceu — ela pediu.

— Não conheci nenhuma diferente — ele respondeu, seco. — Lembra da história bonitinha que te contei sobre minha mãe? Era tudo mentira! Ela levava amantes para nossa casa e nos levou quase à falência com dívidas de jogos. Viemos embora para fugir de cobradores e da vergonha.

Helena o ouvia, atônita.

— Por que não me contou isso?

— Queria mais uma história para tripudiar de mim pelas costas com seus amigos? Vá embora, volte para o seu lugar, volte para o seu chefe. Aliás, não é estranho que um chefe viaje tantos quilômetros para ver uma funcionária? — ele foi insinuativo.

— Ele não é meu chefe e não viajou para me ver. Como eu não estava me comunicando e não voltei para iniciar o nosso novo projeto, ele achou que talvez Francisco tivesse feito algo para mim e se sentiu responsável. Além disso, ele achou melhor me contar pessoalmente sobre ele e Carla quando soube que eu havia me envolvido com você.

— Estou comovido, mas, como pode ver, eu tenho belos exemplos do que são as mulheres — Juan respondeu, irônico.

— Não me acuse de mais coisas, eu jamais me venderia dessa forma — ela pediu, consternada.

— Eu não sei o que você faria e não quero saber. Quero apenas que saia da minha vida e me deixe em paz — ele disse, categórico.

— E tudo o que passamos juntos? Não foi mentira... — ela insistiu.

— Que diferença faz depois de toda a mentira que descobri? Você estava de acordo com o homem que eu mais odiei na vida. Os dois conversando tranquilamente quando eu cheguei, certamente rindo pelas minhas costas.

— Acredita em mim — ele pediu mais uma vez.

— Eu não acredito em você. E tampouco quero me esforçar para acreditar. Só não quero mais olhar nessa sua cara de sonsa. Você é uma fingida! — Juan abriu a porta para ela. — Ontem você e seu ilustre visitante me trouxeram de volta todo o sofrimento pelo qual eu passei. E eu que quase acreditei que você era diferente — Ele a olhou com desprezo.

— Eu sou diferente e eu te amo — Helena disse, aflita.

— Mas eu não te amo — ele rebateu, frio. — E jamais conseguiria amar, principalmente agora que olho para você e vejo aquele sujeito repugnante com toda sujeira que ele jogou na minha vida.

Helena segurou as lágrimas novamente, não conseguia imaginar mais seus dias sem o espanhol, mas o pior de tudo é que lhe doía muito ver a raiva que ele sentia dela naquele momento. Doía ver o quanto ele estava irredutível.

— Eu não quero desistir de você — ela disse baixinho.

Juan pegou a chave e depositou na mesa, com raiva, já que ela não ia embora.

— Quando sair, feche a casa e deixe a chave na madeireira, eu tenho mais o que fazer — disse, por fim, deixando-a sozinha.

Helena se sentou, desconsolada, sem coragem de ir embora. Tinha que convencer o espanhol de que era tão inocente quanto ele. Não conseguia tirar da sua mente todos os momentos extasiantes que passara ao seu lado e não queria desistir, pois estava muito envolvida e apaixonada. Justo agora que ele parecia tão acessível, até mesmo Sara achava que ele estava começando a ceder, e ela também sentia que havia muito carinho da parte de Juan. E desejo, não podia negar que houvesse desejo dele por ela.

Helena ainda ficou ali um bom tempo, na esperança de que ele voltasse, mas ele não retornou. Ela, então, voltou para o hotel, esteve à noite na Vila dos Camponeses, caminhou mais tarde até o clarão e nada de Juan. Foi mais uma vez até a casa dele, mas tudo estava apagado. Pensou, com tristeza e ciúme que ele talvez tivesse ido passar a noite com Joana na casa dela. Ligou o carro novamente e voltou para o hotel.

Do outro lado, no escuro da sala, sentado em frente à lareira, apenas com a luz da lua que iluminava o recinto, Juan tinha os olhos fixos no nada. A face rígida e as rugas marcando a testa tensa novamente.

Você não pertence a esse lugar

Depois de uma noite mal dormida, Helena colocou o vestido que ganhou de Sara e se dirigiu mais uma vez para a casa do espanhol. Tudo estava silencioso, porém a porta estava apenas encostada. Ela entrou, procurando por ele, mas a propriedade parecia vazia.

Viu que o cômodo com os pertences de Carla estava aberto e se aproximou. Foi com dissabor que olhou para Juan sentado em frente ao retrato que ele mesmo pintara da ex-esposa.

Sentiu-se aflita ao se dar conta de que o espanhol nunca superara aquele amor, a mulher imortalizada naquele retrato tinha toda a atenção do homem que, por sua vez, não saía um só minuto da mente de Helena. O homem que ela queria tanto que a olhasse de forma diferente só tinha olhos para um fantasma, nunca outra mulher seria para ele como Carla fora um dia, não havia mais lugar no coração de Juan. A expressão dele era de angústia e melancolia.

— O que faz aqui? — ele perguntou, enrugando a testa, ao perceber sua presença.

— Um dia eu venho aqui e você está com a sua "amiga" de cama — ela ironizou, referindo-se a Joana. — No outro, está novamente com o seu "fantasma". Parece que tem lugar para todas as mulheres na sua vida, menos para mim.

— Se já se deu conta de que não tem lugar para você na minha vida, por que ainda não foi embora? — ele questionou.

— Me entristece te ver aí consternado por causa de uma mulher que nunca te mereceu.

— Não quero que fale da minha esposa.

Ela ficou mais irritada ainda ao ouvir Juan chamando Carla daquela forma e não conseguiu esconder sua indignação. Sentindo o peito queimar enfurecido, alvejou-o com tudo o que pensava da esposa que ele idolatrava, regurgitando todo seu repúdio:

— Ela não era sua esposa, era mulher de outro — disse, com raiva. — Foi ao lado de outro que ela morreu, era na cama dele que ela estava, seu tolo — Helena, sempre tão doce, se encheu de furor ao ver o espanhol defendendo Carla novamente.

— Não estou interessado no que você pensa. Vá embora daqui e me deixe em paz! — ele se levantou, encarando-a.

— Eu odeio quando a defende! Eu odeio que fique nutrindo por uma mulher como ela um amor que eu queria que tivesse nutrido por mim — Ela enfrentou o olhar feroz dele.

— Mas eu não nutri! Quando vai entender isso? Eu nunca vou te amar como amei minha mulher, quando vai aceitar isso? — Ele tinha o mesmo tom insensível.

— Para de me ferir! — ela pediu, sabendo que não podia ser mentira tudo o que ele demonstrara sentir. — Ela não é sua mulher, ela era uma oportunista. Uma oportunista que foi para cama com o Flávio para conseguir se promover na vida, aparecer na mídia.

— Para de falar antes que eu perca a cabeça! — ele vociferou novamente.

— Antes que você o quê? O que vai fazer? Eu não me importo! Prefiro enfrentar teu ódio a não te dizer todas as verdades sobre essa mulher que você idolatra — Ela o encarou firme, exasperada demais para voltar atrás.

Ele lhe deu as costas:

— Eu não quero ouvir suas verdades.

Porém Helena não desistiu e prosseguiu falando:

— Flávio me contou que ela o procurou no hotel quando ele esteve aqui há sete anos, e ela mentiu para você. E quer saber mais? Não era seu o filho que ela estava esperando, mas ele era casado e deixou claro que não assumiria a criança, por isso ela fez um aborto clandestino. Ela não foi inocente, não foi iludida, a única verdade sobre ela é que ela foi uma farsa — a jornalista desabafou, bastante alterada.

Ele virou-se novamente para ela:

— Você não conheceu a Carla como eu conheci — ela balançou a cabeça inconformado com tudo o que ela dizia.

O olhar de Juan ainda era de um homem que não queria ouvir nenhuma verdade. Porém Helena não teve pena dele:

— Ela cansou da vida ao seu lado — continuou. — É difícil para você admitir que o amor que você tinha para ela não lhe era suficiente? É tão mais fácil acreditar que ela foi uma vítima, não é? Pois encare a sua verdade como eu encarei a minha, de que eu não fazia meu ex-marido feliz.

Quer saber? Eu nunca o vi sorrindo ao meu lado como o vejo sorrindo agora com sua noiva. É dolorido, não é? — ela seguiu o confrontando para que ele enfrentasse a realidade.

— Você só queria me jogar na cara que tudo o que vivi foi uma mentira? — Juan tinha um olhar dorido e angustiado. — Está satisfeita agora? Talvez já possa partir então.

— Eu não quis te fazer sofrer, mas não vou sentir compaixão por você, por sua dor. Quero que você enfrente a verdadeira história sobre essa mulher que você idolatra nesse quarto mórbido — ela disse, fria.

— Você tem raiva do que eu sinto por ela. Tem raiva porque não conseguiu me iludir com seus apelos, fazendo-se de compreensiva e amiga.

Ela ficou entristecida ao constatar que aquilo era tudo o que Juan pensava a seu respeito.

— Eu tenho raiva, sim, do amor que você sente por ela e eu queria que sentisse por mim, embora você não se importe com o que eu sinto. Mas eu quero acabar com a sua fantasia, para que você destrua esse culto a um fantasma e acorde para a vida, nem que seja ao lado de Joana.

— Você já terminou o seu discurso? — Juan demonstrou querer encerrar de vez aquela conversa. — Já jogou todo o seu veneno sobre alguém que nem está aqui para se defender? — perguntou, encarando-a de novo na expectativa de que ela, finalmente, tivesse acabado.

Helena olhou, consternada, mal podia acreditar na expressão de Juan. Tinha a impressão de que nada mudaria o que ele sentia por Carla.

— Eu só queria que você acordasse, que fosse feliz... — ela disse, desconsolada.

— Com você? Uma mentirosa que esteve cumpliciada com o homem que destruiu minha vida? — ele perguntou, indignado.

— Ele não destruiu sua vida sozinho.

— Você já disse isso — ele aumentou o tom de voz, impaciente. — Você já disse que minha mulher era uma ordinária, oportunista. Vai continuar com esse discurso? Eu já entendi.

Helena engoliu em seco, mas não se retraiu.

— E eu não sou mentirosa — defendeu-se. — Você pode me punir porque eu trabalhava com o homem que você odiava, mas você não pode negar o que eu senti por você porque o que eu senti foi verdadeiro.

Ele, porém, não se comoveu com seu discurso:

— Não me importa, porque eu não senti nada. Eu não sinto nada — Ele quis deixar bem claro.

— Sei que está querendo me ferir, sei que está com raiva de mim — Ela evitou olhar nos seus olhos.

— Eu não estou com raiva, só quero que saia definitivamente da minha vida, que volte para o seu mundo. Olhe para você, com esse vestidinho delicado, querendo se parecer com uma de nós, mas você não é! — ele disse, rude. — Você não pertence a esse lugar, vá embora. Já fez estrago demais por aqui.

— Mentira — ela falou baixinho. — Você estava feliz do meu lado, você estava sorrindo, eu sei que sentiu alguma coisa.

— Prazer? É disso que está falando? — Ele seguiu austero com ela.

— Não me machuca mais — Helena pediu, segurando-se para não chorar.

— Então vá embora — ele repetiu, friamente. — Eu não te quero mais na minha vida.

— Está me punindo injustamente — a jornalista disse, mais uma vez.

— Mesmo que seja inocente, o que é muito improvável, eu não quero mais essa história. Não quero olhar para você e me lembrar daquele sujeito e de tudo que a visita dele a Monte Verde trouxe de ruim para minha vida. Não quero nada que venha de lá.

— Me tira da sua vida, se é mesmo o que quer, mas não diga que o que eu senti não foi verdadeiro.

— Não me importa mais — Juan continuava irredutível.

— Eu te amo — ela disse, já sentindo sua face úmida.

— Mas eu não te amo — ele respondeu, frio, a testa contraída e tensa.

Era difícil definir se havia vestígios de raiva ou se o seu discurso de Juan era, de fato, racional e consciente. Helena o encarou em silêncio uns segundos antes de sair, decidida que já tinha sofrido o suficiente com a frieza de Juan. Não adiantava insistir, como Bruno dissera, ele era difícil de lidar, irredutível, cabeça dura.

Quando desceu as escadas da varanda, as lágrimas desciam ainda mais aflitas de seus olhos. Desabou de vez quando entrou no carro e, no hotel, jogou-se na cama, chorando amargamente. Mais calma, depois, lembrou-se de todos os momentos ao lado do espanhol. Seu espanhol arisco que havia ficado tão acessível nos últimos dias e novamente deslizara de sua vida.

Tentou se colocar no lugar dele, as histórias eram um pouco parecidas. Ele conheceu Carla quando eram adolescentes, apaixonaram-se e sonharam uma vida juntos e pacata no pequeno distrito de Monte Verde. Tiveram uma vida tranquila, mas ele nunca se deu conta de que os sonhos dela não eram os mesmos que os seus. E de que, apesar de ela o acompanhar nas festas na Vila dos Camponeses ou nos passeios pelas montanhas, a sua mente também viajava por outros mundos.

Carla sonhou com glamour, sonhou com a cidade grande e talvez com outros amores que deixara de ter na juventude por ter se envolvido num relacionamento sério muito cedo. Talvez a mulher de Juan não fosse tão ruim, sentiu-se desejada de uma forma diferente ao ser cobiçada por um homem rico da cidade grande. Uma pessoa que veio de outra realidade, enchendo sua cabeça de sonhos, fazendo-a acreditar que tinha o rosto perfeito para se destacar na mídia, pois era, de fato, extremamente bonita.

Juan simplesmente não percebeu que sonhavam sonhos diferentes apesar da aparente afinidade. Assim como ela mesma demorou a perceber que o relacionamento com Henrique estava distante e frio. Os dois também se conheceram cedo e, no fundo, ela quis se casar logo para fugir da vida estressante que levava em casa, convivendo com as constantes brigas entre os pais. Quis iniciar um casamento diferente do casamento dos pais, achou que construiria uma grande família feliz, mas os filhos não vieram e a frustração da infertilidade foi silenciando o casal aos poucos. Passou muito tempo se perguntando onde foi que errara, entretanto cansou de se culpar ou de buscar explicações.

No caso de Juan, havia ainda outro agravante, a lembrança triste da mulher que ele mais deveria ter admirado, a própria mãe. Não devia mesmo ser fácil para o espanhol acreditar nas mulheres depois de ter crescido vendo o pai ser enganado. Helena fechou os olhos, desolada por saber que o deixara mais amargurado ainda do que quando o conhecera. E ela que quis tanto tornar o dono da Madeireira Berlanga mais suave, constatou, descontente, que nunca mais o acolheria em seus braços.

De volta a Porto Alegre, abriu seu apartamento suspirando entediada. Sozinha novamente! Talvez fosse seu destino a frustração amorosa, pensou. Tentou desviar os pensamentos do espanhol, mas foi em vão. Precisava urgentemente recomeçar a trabalhar e ocupar-se o máximo de tempo possível, pois só assim se refaria de mais essa desilusão.

Logo que chegou mergulhou no trabalho, finalizando algumas matérias e atualizando suas páginas. Dois dias após o seu retorno, recebeu a visita de Flavio Boaventura, para quem abriu a porta sem vontade, apenas deixando-a aberta e voltando para o que fazia.

— Será que podemos conversar agora? — ele perguntou.

— Você ainda tem alguma coisa para dizer? — ela quis saber, demonstrando que não tinha nenhuma vontade de conversar.

— Vai ficar com ódio de mim até quando? — ele questionou. — Eu já admiti que errei. Errei com Carla e paguei um alto preço, pois não é fácil conviver com a culpa de saber que, se eu a tivesse apoiado quando falou da gravidez, ela poderia não ter tido um fim tão triste. Errei por ter mentido a você quando te mandei a Monte Verde. Eu só vim aqui para pedir que me perdoe.

— O que precisa? Que eu faça a matéria sobre Portugal? — Helena perguntou, fria.

— Sim, eu preciso. Porém, se me disser não, vou entender. Embora não acredite, não é por isso que estou aqui, independente de fechar ou não esse trabalho comigo, quero que me perdoe.

— Está bem, Flávio, eu não vou ganhar nada guardando mágoa de você. E agora tudo está feito, eu perdi a chance de ser feliz de novo, o homem por quem me apaixonei está com raiva de mim e não quer me ver nunca mais.

— Nunca daria certo, Helena, você sabe disso. Nem mesmo Carla, que nasceu em Monte Verde, aguentou ficar isolada ali, você acha que suportaria? Você gosta de viajar, sempre deu o melhor de si para ser uma profissional bem-sucedida e independente.

— Você não entenderia. Você não sabe o que eu realmente preciso para ser feliz — ela disse, não esperando, porém, que ele compreendesse.

— Tudo bem, não vou dizer mais nada. Mas quero que saiba que desejo seu bem, mesmo que não queira mais minha amizade. E, se precisar de mim, pode me procurar.

— Eu vou fazer essa matéria sobre Portugal — ela decidiu —, mas apenas porque eu realmente preciso de um trabalho nesse momento. Isso é tudo que você pode fazer por mim agora, me dar uma ocupação para eu esquecer tudo o que aconteceu em Monte Verde. Contudo esse vai ser nosso último trabalho juntos — avisou.

Flávio concordou, saindo cabisbaixo. Helena começou a fazer os preparativos para a viagem, pois queria partir depressa e estar bem longe de tudo.

A edição da revista com sua matéria sobre Monte Verde havia sido bem recebida. Contudo, apesar dos convites dos colegas da redação para sair, ela se isolou novamente, estava triste e não tinha vontade nem de socializar.

Em poucos dias, a jornalista voou para Portugal com a tarefa preparar a nova matéria para a Ventura Magazine. Por lá, fez sozinha os passeios que um dia sugeriu a Juan que poderiam fazer juntos. Almoçou num agradável restaurante à beira do rio Tejo, em Lisboa, e em outro, mais aconchegante ainda, no distrito de Alhandra, onde saboreou uma sangria sozinha. Nesses momentos, olhando para o Tejo, imaginou o quanto seria agradável ter a companhia do espanhol. E ela que, por alguns instantes, achou que o convenceria a fazer aquela viagem ao seu lado... Quanta ilusão!, pensou.

Helena caminhou, entrevistou pessoas, tentou se divertir e se distrair, mas a verdade é que todos os lugares aconchegantes aonde ia faziam-na se lembrar do espanhol. Ele que nascera logo ali do lado, na Espanha. Se tivesse aceitado seu convite, se não tivesse havido o desentendimento final, poderiam ter dado juntos uma escapada até Madrid ou Bilbao, cidade onde ele morou.

De volta ao Brasil, depois de oito dias fora, Helena entregou a matéria finalizada a Flávio Boaventura, de quem se desligou profissional e pessoalmente, pelo menos até conseguir digerir toda aquela história.

Pegou as correspondências, entre elas, o envelope com o convite de casamento de Ana e Bruno. Deu um suspiro profundo, teria que encarar Monte Verde ainda mais uma vez, só não sabia mais com quem estaria no altar e se ainda seria madrinha, já que Juan rompera qualquer relacionamento com ela. Ana, entretanto, havia escolhido uma data bem complicada, trinta de dezembro! Por outro lado, que compromissos tinha para a virada do ano? Nenhum, pensou entristecida, mas não contaria isso a ninguém.

Helena havia acabado de depositar o convite sobre a mesa quando o telefone tocou.

— Olá, minha amiga — era a voz de Ana.

— Oi, Ana, que saudades!

Ela sorriu, feliz com a coincidência, era bom ouvir a voz da jovem novamente.

— Não parece, você quase nunca retorna minhas mensagens. Não consegui ligar antes, estou na correria com os preparativos do meu casamento.

— Eu imagino que sim, acabei de receber o convite.

— Mas como você está? — Ana quis saber.

— Eu estou bem. Estive um tempo viajando, trabalhando bastante, agora estou em busca de ocupação de novo — ela contou.

— Bem, eu espero que tenha superado os acontecimentos com Juan. Talvez Bruno tenha mesmo razão, ele é bastante complicado. Até tentamos falar com ele, quando você foi embora, mas ele não quis nos receber.

— Eu acredito, ele estava tão irredutível — comentou, lembrando-se do quanto havia sido difícil ouvir Juan repetir tantas vezes que não a queria em sua vida.

— Bem, eu liguei para te avisar que enviei o convite, mas fico feliz que já tenha recebido. Então você vem, não é? Fiz questão de confirmar porque é uma data em que muitas pessoas estão viajando para passar a virada do ano fora.

— Eu vou sim, não perderia um momento tão importante para os meus amigos — disse, confirmando sua presença. — Além disso, eu não tenho nenhuma viagem programada.

— Ótimo, assim poderá passar a virada no condomínio. As festas que realizamos lá são inesquecíveis.

— Provavelmente eu vá apenas para o seu casamento, mas pretendo passar a virada por aqui mesmo — ela avisou.

— Mas você disse que não tinha nada programado — a amiga lamentou.

— Para o dia trinta! — Helena reforçou, não querendo cair na tentação de ficar mais tempo em Monte Verde.

— Faz um esforço, prometo que vai se divertir. De qualquer maneira, fiquei feliz em saber que você vem, pois tive medo que não quisesse vir para não encontrar com o espanhol.

— Imagine, somos adultos. Mas o que quero saber é se ainda serei sua madrinha.

— Claro que será. Pensei em chamar Dominique, caso Juan não queira mais comparecer — Ana falou.

— O que eu acho bem provável — respondeu, conformada.

— Eu vou falar com ele de novo. Contudo, você já sabe, caso ele não queira mais participar, seu par será o Dom. Você se importa?

— Tudo bem para mim — ela respondeu, achando que talvez fosse até melhor não precisar ficar na presença de Juan durante a cerimônia.

— Ótimo, então não deixe de me ligar para falar de você.

— Pode deixar, não perderemos o contato. E, um dia, quem sabe, vocês ainda vêm me visitar aqui no Sul — ela sugeriu.

— Com certeza iremos te visitar, sim. Se cuida.

Despediram-se e Helena foi se deitar, mas falar com Ana trouxe novamente lembranças de Monte Verde. Não resistiu a mexer mais uma vez em seus arquivos, olhando as fotos que tirara do espanhol no alto da Pedra Partida e depois na cachoeira. Sempre de costas... e ela queria tanto ver os olhos negros mais uma vez. Colocou o áudio, ouviu sua voz de novo.

Fechou os olhos lembrando-se mais uma vez do primeiro contato na casa à beira da estrada, quando ficou extremamente mexida pelo lenhador rústico. Lembrou-se da imagem de Juan tocando violino solitário no clarão, o mesmo clarão onde se beijaram ardentemente sob a chuva. Tantos momentos, tantas recordações inebriantes... Porém agora não havia nada mais do que isso, lembranças.

Nos dias que se seguiram, tentou reorganizar sua agenda, seus compromissos e seus projetos futuros. Conseguiu um espaço numa sessão de crônicas em um jornal para o qual já trabalhara no passado. Como estava sem contrato fixo com nenhuma editora, começou a pesquisar lugares para viajar e escrever suas matérias e, também, montou uma página com dicas de viagem, procurando alguns patrocinadores. Era mais difícil trabalhar assim, mas não queria ficar presa a ninguém, pois pensava seriamente em ir embora de Porto Alegre, talvez São Paulo, tentar uma editora maior. Quem sabe um trabalho fora do país, como correspondente.

Fazia pouco mais de duas semanas que estava de volta ao Sul, depois que retornara de Monte Verde, e poucos dias depois que voltara da Europa. Tentava retomar sua rotina, mas naquele domingo à tarde, como sempre, estava sozinha em casa, o que fez com que se sentisse nostálgica novamente. Foi até a janela olhando o movimento tranquilo do lado de fora, mas tudo parecia muito cinza, sem o verde das montanhas. Desejou sentir a brisa fria de Monte Verde, o som suave de um violino ou a música alegre da Vila dos Camponeses.

Quase na última semana de novembro ela recebeu outra ligação de Ana, com um novo convite de Monte Verde.

— Você não vai poder recusar — começou a noiva de Bruno.

A jornalista suspirou, não estava preparada para rever o espanhol, não queria, na verdade. Preferia ficar distante e esquecer toda aquela aventura infrutífera. Sabia que teria que ser firme com a noiva de Bruno, pois, do contrário, ela logo a convenceria com seu jeitinho doce.

— Devo adiantar que tenho tido bastante trabalho — Helena foi logo dizendo. — E estou me adiantando e me preparando justamente para ir ao seu casamento no final de dezembro.

— Mas você ainda nem me ouviu! — Ana reclamou. — E é um convite tão especial e… além disso, estamos com muita saudade de você.

— Eu também, minha querida. Contudo, você sabe, Porto Alegre não fica aí do lado.

— Imagine! Duas horas de avião.

— E mais duas de carro — ela complementou depressa.

— Está bem, já que nem quer me ouvir — a outra lamentou.

— Ah, desculpe, eu devia ter te ouvido primeiro antes de gastar todo o meu estoque de pretextos para não voltar a Monte Verde — ela brincou.

— Sim, e não rever seus amigos queridos, as montanhas exuberantes, o nosso pãozinho de queijo, os charmosos chalés…

— Está bem, pare de me tentar, eu sei que a cidade é adorável — a jornalista se lembrou novamente do quanto havia se encantado pelo lugar.

— Então, esse aconchegante distrito está de aniversário no final do mês! Durante as comemorações haverá um festival gastronômico, eu e o Bruno estaremos concorrendo com nosso *strudel*.

— Que ótimo! Estarei torcendo por vocês.

— Bem, não queríamos somente sua torcida, queríamos sua presença, uma cobertura no seu site de dicas de turismo, enfim, queríamos você aqui. Nós pagaríamos suas despesas, inclusive.

— Não é essa a questão. Queria tanto prestigiar vocês, mas...

— Tudo bem, eu já sei, você já deu todas as desculpas — Ana lamentou.

— Quando é a festa?

— Dia vinte e nove, durante as comemorações do aniversário da cidade. Haverá uma festa com música ao vivo na Praça da Bíblia, e o festival gastronômico será na Vila dos Camponeses.

— Bem, dia vinte e nove está bem perto! — ela se assustou com a data. — Mas quem sabe eu possa fazer um bate-volta — disse, tentada a estar com os amigos de novo.

Ana ficou exultante com a ideia. Por outro lado, Helena se sentiu insegura e um pouco arrependida depois que se comprometeu a estar presente. Mas, enfim, tinha se encantado tanto com o lugar e talvez precisasse mesmo se deparar com Juan mais uma vez e ter certeza de que não se sentiria estremecida.

Ao menos foi com essa esperança que ela partiu para o sul de Minas no final de novembro. Mas não foi com a mesma segurança que chegou a Monte Verde. Seguiu direto para a Vila dos Camponeses, onde foi recepcionada com a mesma simpatia pelos casais Bruno e Ana, Sara e Pedro. E, é claro, Dominique, que logo se aproximou também.

A fim de evitar, porém, as constantes investidas do jovem, Helena preferiu dizer que não havia vindo para se divertir e sim para trabalhar, cobrindo o evento e anotando as impressões para postar em seu blog.

Durante a festa também teve oportunidade de conhecer Cláudia, a irmã de Ana, que não ficou muito tempo, pois o bebê ainda era muito novinho.

A jornalista aproveitou para tirar muitas fotos do evento, ficou algumas vezes na barraca para que Ana e Bruno circulassem e, também, comeu muitas guloseimas. Sempre fora boa de garfo, porém ultimamente andava mais ansiosa ainda, o que inevitavelmente fazia com que comesse mais. Entretanto não se preocupou, a princípio, já que não tinha tendência a engordar.

Na verdade, atribuiu a fome excessiva naquela noite à expectativa de que o espanhol aparecesse a qualquer momento de camisa branca e olhar naturalmente sedutor. Porém as horas passaram e nem sinal de Juan. Em certo momento foi inevitável não deixar transparecer que olhava inquieta para o pátio e, principalmente, para a direção de onde vinham os convidados para as festas.

— Eu lamento dizer, mas acredito que ele não vem — Ana a despertou dos seus pensamentos.

— Do que está falando? — ela tentou disfarçar.

— Sei que esse olhar distante e essa expressão pensativa demonstram que está à procura de alguém...

— Eu... só estava distraída olhando o movimento.

— Bruno insistiu muito até conseguir conversar com Juan, mas disse que ele apenas o ouviu sem emitir qualquer comentário. Eu lamento, parece que o espanhol voltou a se isolar depois do que aconteceu.

— Se ele prefere assim — Helena deu de ombros. — Eu lamento por ele, mas não é mais problema meu.

— É verdade, Helena, você deve seguir sua vida. Juan, infelizmente, se entregou à sua tristeza, você bem que tentou tirar ele do seu marasmo, mas... chega de sofrer agora.

— E quem está sofrendo?

Ana lhe sorriu com ternura:

— Você é tão especial, vai encontrar uma pessoa que te mereça. Não o Dominique, é claro. — ela logo disse, vendo o galanteador acenar para as duas — É um conquistador.

As amigas gargalharam juntas daquele comentário com o qual Helena concordou completamente. Em seguida elas se distraíram com o resultado do concurso gastronômico, comemorando o segundo lugar que Ana e Bruno conquistaram.

A jornalista ficou mais um pouco ainda na festa, até que, sentindo-se bastante sonolenta, decidiu voltar par ao hotel. Havia escolhido outro dessa vez, pois não queria amargar com lembranças. Contudo, fez questão de um que tivesse vista para as montanhas. Da varanda mais uma vez ela se despediu com os olhos da festa que seguia firme no condomínio. E foi inevitável procurar com os olhos a casa de Juan, agora que sabia o ponto exato onde ficava a partir da Vila dos Camponeses.

Estava tudo escuro na propriedade, mas somente a sensação de saber que ele estava ali dentro, tão pertinho e, ao mesmo tempo, tão distante, já era bastante perturbadora. Ficou imaginando se ele já estava dormindo ou, quem sabe, tomando um vinho na frente da lareira. Talvez sentado na varanda admirando a lua. Quem sabe com Joana, pensou, angustiada. Fechou os olhos, lamentando, e decidiu tentar dormir para voltar a Porto Alegre no dia seguinte, já que realmente não ficaria muito dessa vez.

Acordou cedo, tomou o café da manhã no chalé com Ana e Bruno e se despediu, avisando que sairia um pouco antes para ir até as corredeiras. Queria admirar mais uma vez a paisagem antes de retornar para sua cidade, pois depois daquela rápida visita só estaria em Monte Verde novamente no final de dezembro para o casamento dos amigos.

Ela respirou fundo, aproveitando o ar puro da manhã, o cheiro de mato. Caminhou um pouco e sentou-se na grama macia, apreciando as águas que corriam calmas.

— Marcamos esse encontro?

Helena estremeceu ao ouvir aquele sotaque inconfundível. Levantou o rosto, olhando confusa e apreensiva para Juan.

— Talvez — respondeu, sabendo que desde o dia anterior estava esperançosa de conseguir mirar os olhos negros mais uma vez.

Queria testar sua reação. Antes não quisesse, pois estava mexida, incomodada com o sujeito alto e de presença tão marcante à sua frente. Os cabelos pretos e macios que queria tocar, mas não podia. Juan sentou-se ao seu lado.

— Eu soube que esteve no festival ontem — ele comentou. — Se divertiu?

— Bastante, a festa estava ótima — ela respondeu, esperando que ele se arrependesse de não ter ido.

— Eu imagino. E, você, como está?

— Eu estou bem. Mas ainda não me disse o que faz aqui tão cedo — ela quis saber.

— Na verdade, eu não podia deixar que fosse embora sem conversar com você antes, por isso passei na casa da Ana e ela me disse onde você estaria. Hesitei bastante em ir ao festival ontem, pois achei melhor evitarmos um reencontro.

— Então por que está aqui? — ela estranhou.

— Porque preciso me desculpar pelo modo como te tratei da última vez que esteve na cidade.

A jornalista o olhou surpresa, tendo em vista que não esperava um pedido de desculpas.

— Melhor não tocarmos nesse assunto — ela pediu, porém, lembrando o quanto as palavras de Juan a feriram.

Contudo ele prosseguiu:

— Apesar de tudo o que eu te disse, Helena, eu estava feliz ao seu lado. Foi difícil encarar que você tinha mentido para mim e estava por trás daquela farsa com Flávio Boaventura.

— Tudo bem, não importa mais. Tampouco vou tentar me explicar de novo — ela disse, decidida a não se humilhar novamente.

— Mas, depois que você foi embora e esfriei a cabeça, pensei em tudo o que você me falou.

— Não vamos mais falar disso, eu não quero ficar me lembrando daqueles dias — ela pediu, não se sentindo à vontade com o assunto.

— Me desculpe pelas coisas que eu te disse — Ele tocou seu braço, fazendo com que ela lhe olhasse.

— O que exatamente? Você me disse tanta coisa! — ela lembrou, entristecida.

— Eu te chamei de mentirosa, te mandei embora daquela forma tão grosseira — Juan lamentou.

— Olha, eu acho que também devo me desculpar por ter dito aquelas coisas sobre a Carla, eu não devia ter me metido — ela admitiu. — Aliás, eu nunca devia ter me metido nas suas histórias, como você mesmo falou, eu devia ter te deixado em paz com a sua dor desde o início.

— Talvez eu precisasse mesmo ter ouvido todas aquelas verdades sobre a minha história — o espanhol confessou.

— Não, eu não tinha o direito. Sou enxerida mesmo, como me disse uma vez.

— Bem como eu sou mesmo um lenhador rude e grosseiro, como você me chamou um dia.

— Tudo bem, talvez você tenha sido mesmo — ela concordou. — Mas fico aliviada que não tenha mais raiva de mim.

— Bruno insistiu muitas vezes em falar comigo, até que conseguiu me contar que você era realmente inocente. Ele me falou de quando você apareceu no Café com a revista, contando que só ficou sabendo de tudo naquele dia.

— Que pena que minhas palavras não foram suficientes — ela lamentou, com dissabor.

— Eu lamento... Fiquei cego de raiva na hora, fui rude demais com você — ele disse, suspirando. — A que horas você retorna?

— Eu já estou indo.

— É bom ir cedo mesmo para não pegar muito trânsito.

— Está com tanta pressa assim que eu vá embora? Eu não impus minha presença dessa vez — ela lembrou.

— Eu... não, não estou com pressa, não quis demonstrar isso, lamento — ele respondeu, sem graça. — Por que está falando assim?

— Talvez quisesse ouvir você dizer que não.

— Ah, Helena... — ele se calou, confuso uns segundos. — Eu jamais poderia te fazer feliz, o que eu posso te oferecer além de toda a amargura que esses últimos anos me trouxeram?

— E quantos mais você vai acrescentar a esses?

— Não me cobre isso, eu não sei viver de outra maneira — ele respondeu, com o mesmo olhar angustiado que tanto a entristecia.

— Você é um fraco.

Helena disparou, irritada porque todas as verdades que havia lhe dito não surtiram efeito algum. Ele continuou entregue, fugidio.

— Eu não tenho culpa — ele balançou a cabeça.

— Você tem culpa, sim.

— O que você está exigindo de mim? O que pensa que está sentindo, afinal? — Juan questionou, nervoso.

— Eu me apaixonei por você.

— Até quando?

— Até quando? — ela não compreendeu.

— Como pode estar apaixonada por alguém que conheceu tão pouco? Com quem viveu tão pouco? Sabe o que você é? Uma sonhadora, como Carla.

— Não me compare a essa mulher — ela protestou imediatamente.

— A diferença é que ela sonhava com fama e você com um romance. Sabe por quê? Porque você sabe que é impossível ficarmos juntos. O que iria fazer para ficar comigo? Iria largar tudo o que conquistou e morar numa cidadezinha perdida nas montanhas? Ou iria pedir para que eu largasse tudo o que conquistei e fosse embora com você? — o espanhol a colocou contra a parede.

Helena se calou, olhando-o em silêncio enquanto ele esperava uma resposta.

— Vamos, Helena, me responda — ele insistiu.

Ela, entretanto, não tinha respostas e permaneceu calada.

— Acho que já posso ir agora, não é? — ele perguntou, preparando-se para partir.

Ela sentiu-se angustiada mais uma vez, vendo-o prestes a fugir de novo. Ele paralisou uns instantes, olhando atordoado para ela. Os olhos negros eram doces e, ao mesmo tempo, aflitos. Juan ainda ficou uns segundos, segundos que pareceram uma eternidade. Ele, então, engoliu em seco e se afastou. Ela o observou mais uma vez, observou seus passos firmes, o corpo bem delineado. Ele se afastou sem olhar para trás. Até o último instante esperou que ele mudasse de ideia, que dissesse algo diferente, mas ele não voltou e ela sabia que não poderia esperar nada de Juan.

Ele parou perto da sua caminhonete, estacionada ao lado do carro dela, e hesitou uns instantes antes de entrar.

Helena segurou as lágrimas e foi em direção ao seu carro, abrindo a porta, mas evitou o olhar do espanhol. Ele deu a volta e parou ao seu lado de novo:

— Eu não queria que fosse embora aborrecida comigo — disse.

— E o que quer? Me dizer adeus mais uma vez? Insistir que eu vá embora de novo? — ela questionou, triste.

— Já tínhamos chegado à conclusão de que teria que ser assim, não é? — ele perguntou, quase como uma confirmação do que haviam conversado.

— Você chegou a essa conclusão — ela lembrou. — E você se enganou comigo, Juan — disse bastante séria, já entrando no carro. — Eu teria abandonado tudo por você.

Ela sentiu raiva de si mesma por não segurar as lágrimas desta vez, mas não permitiu que ele a tocasse quando tentou a consolar.

— Não faça isso — ela pediu. — Eu não preciso de consolo, por favor, me deixa ir.

Helena ligou o motor do veículo e se concentrou na direção, não querendo mais mirar os olhos negros dessa vez. Respirou fundo e partiu. Pelo retrovisor pôde ver o espanhol parado no mesmo lugar, ainda olhando para o carro que já se distanciava.

Era hora de partir e superar aquela história. Queria sair o quanto antes da cidade e poder ficar sozinha em casa, mergulhar em sua solidão, quem sabe chorar mais um pouco e, então, se levantar de novo e recomeçar.

Sim, porque a vida era isso, um sobe e desce de encontros e desencontros, fins e recomeços. Em ondas de calor e emoção, descobria-se viva e pronta a experimentar sabores e mergulhar em sensações. Em rasgos de silêncios e despedidas, era preciso descobrir-se bruta e lapidar-se de novos sonhos. Colocar-se em pé em busca de mais motivos para acreditar que a vida ainda lhe poderia reservar outros sorrisos mais à frente.

Um novo amor

Horas depois, em Porto Alegre, a sensação de nostalgia de novo, a sensação de vazio e uma tristeza a qual ela sabia que teria que por fim.

— Precisa reagir, Helena — disse a si mesma. — O espanhol foi apenas mais um de seus devaneios.

Sentou-se no sofá, onde ficou de olhos fechados pensando na vida e quase caiu no sono, mas foi despertada pelo barulho da campainha. Levantou-se tão depressa pelo susto que se sentiu zonza e sentou novamente. Então, devagar dessa vez, foi atender a porta.

— Você? — ela se surpreendeu com a visita.

— Posso entrar? — Henrique perguntou.

— Claro, fique à vontade. Aconteceu alguma coisa? — ela indagou, preocupada, pois há bastante tempo não recebia a visita do ex-marido.

— Não, eu só queria conversar um pouco com você — ele tinha um tom bastante sério.

— Onde está a Suzana? Flávio comentou que haviam rompido.

— Sim, na verdade, demos um tempo. Foi por isso que vim conversar com você. Não quero que me entenda errado por eu estar aqui, mas senti a necessidade de te pedir perdão por ter sido tão incompreensível com você, por ter sido tão indiferente.

Helena estranhou aquele pedido, pois já haviam conversado antes e a separação tinha sido amigável.

— Henrique, eu também me afastei. Na verdade, eu também silenciei quando devia ter encarado uma conversa para entender o que estávamos fazendo — ela respondeu, admitindo sua parcela de culpa pelo fim do casamento.

— Dois filhos únicos frustrados por não conseguir dar início à grande família planejada, não é? E o tempo passando enquanto ambos fugiam de encarar a verdade — ele admitiu.

— Eu sei, você tem razão, eu sempre tive medo de descobrir que não podia ter filhos e ter que te contar que eles nunca viriam. Então acabariam sonhos, acabariam planos e ilusões — ela riu amargamente. — Quanta tolice! Foi ingenuidade fugir da realidade, não é? Eu nunca quis encarar os fatos.

— E eu, Helena? Eu fui arrogante achando que o problema não poderia estar comigo, eu fui arrogante te olhando torto quando via que você não engravidava nunca.

— Eu não entendo essa sua crise de culpa agora — ela comentou. — Não estávamos felizes e talvez a culpa não fosse apenas pela ausência de fertilidade, não havia mais amor, o relacionamento se tornou artificial. Não foi somente culpa dos filhos que não vieram. Se houvesse amor de verdade, teríamos superado isso.

— Pode ser, mas você não está entendendo. Eu fui arrogante achando que o problema só podia estar com você quando, na verdade, ele estava comigo. Eu sou infértil, Helena. Você sabia disso? Eu sou infértil — ele contou, com amargura no tom de voz.

— Você fez os exames? — ela quis saber.

— Sim, eu fiz inúmeros exames depois que eu e Suzana noivamos, pois não queria que as mesmas cenas se repetissem quando nos casássemos. E ela fez também, só que os meus exames não trouxeram o resultado esperado.

— E o que ela disse a respeito? — Helena questionou.

— Ela não sabe ainda — ele respondeu, baixando a cabeça.

— Você não contou a ela?

— Não, eu não contei. Eu fiquei remoendo a raiva de mim mesmo e, então, disse a ela que estava confuso quanto a um novo casamento e decidi romper. Eu não quero tirar dela a chance de ter uma família porque ela também tem um forte desejo de ser mãe.

— E agora, como você está se sentindo?

— Infeliz? — ele sugeriu, confuso.

— Por quê? — ela o questionou mais uma vez.

— Como por quê? Descobri que não posso ter filhos, que nunca terei a grande família com a qual sonhei, estou sem a mulher que eu amava, como queria que eu me sentisse? — ele perguntou, sem entender aonde ela queria chegar.

— Era isso que eu queria saber, o que te dói mais? O fato de não poder ter filhos ou a ideia de perder a Suzana para sempre?

— Eu não sei, os dois — Henrique ainda parecia perdido.

— Será que o fato de não poder gerar um filho seu é suficiente para desistir do amor dela? É isso que quero te dizer. Você a ama, eu vejo isso. Lembro quando encontrei vocês no coquetel da Clara, você estava radiante, eu nunca tinha te visto com aquele brilho no olhar quando estava comigo. E Suzana? Ela é uma pessoa encantadora. Você acha que vale mesmo a pena desistir?

Helena questionou o ex-marido sobre os motivos que o fizeram desistir da noiva. Ainda que, de certo modo, fosse estranho para ela estar aconselhando o homem, com quem vivera uma década, a lutar pelo amor de outra.

— Eu tenho medo de que ela seja infeliz ao meu lado — ele revelou.

— Só será infeliz se ficar sem você. Se existir amor de verdade, e diálogo, como não existiu entre nós, vocês vão superar qualquer coisa — ela lhe disse, convicta.

— Eu não sei... me sinto tão perdido.

Helena olhou com compaixão para Henrique. Ele tinha sido uma pessoa importante para ela, pois surgiu num momento em que tudo o que sentia era solidão. Solidão e culpa pela infelicidade dos pais, que discutiam o tempo todo. Ele foi um bom companheiro, um bom amigo, talvez ambos tenham confundido amor com companheirismo, mas não podia dizer que nunca fora feliz ao lado dele. Houve momentos agradáveis em que ambos se acolheram, de modo que tudo o que desejava naquele instante era que ele conseguisse resolver sua situação com Suzana e fosse feliz.

— Quando nos casamos, Henrique, éramos jovens sonhadores — ela lhe disse. — Nós nos compadecemos com a história um do outro, sentimos pena de nós mesmos e achávamos que, por sermos tão parecidos, tudo seria perfeito. Mas agora é diferente, vocês dois são maduros, experientes, vocês não se apaixonaram pela história um do outro, mas sim um pelo outro. Vocês têm tudo para serem felizes juntos.

Na verdade, ela achava um absurdo que abrissem mão de uma história que parecia tão verdadeira.

— Ah, Helena, você continua tão doce — ele acariciou seu rosto. — Eu fico até constrangido de estar aqui recebendo conselhos seus quando te magoei tanto.

— Mas eu também errei quando me calei, quando fingi não ver o que estava acontecendo. Fomos ingênuos.

— Eu sei por que me encantei por você: você é tão humana, tem um grande coração, sempre teve. Tive medo de que gritasse comigo, me acusasse. Achei que me olharia, dizendo: "está vendo, o problema era você, bem-feito! E me empacou tanto tempo" — ele desabafou.

Helena riu, balançando a cabeça.

— Eu nunca faria isso! Você foi especial para mim, você foi meu amigo, meu companheiro tanto tempo, não podemos negar que fomos felizes um dia. Mas um casamento nunca acaba unilateralmente, Henrique, todos temos um pouquinho de culpa, seja por lacunas, falas demais, falas de menos. Ninguém é perfeito.

— Eu não sei como te pedir perdão por ter deixado você se sentir culpada tantas vezes. E você aqui, ouvindo minhas lamentações — Henrique disse.

— Uma amizade verdadeira nunca morre. Agora que as mágoas se dissiparam, podemos resgatar a amizade que tivemos um dia, você pode contar comigo quando quiser.

— Você tem razão. Obrigado, Helena — Henrique a abraçou carinhosamente, sentindo-se mais confortado depois daquela conversa.

Helena sentiu compaixão pelo ex-marido, ficou triste por perceber o quanto ele estava desorientado e decepcionado, mas ficou aliviada também por se dar conta de que não guardava nenhuma mágoa em relação a ele.

Quando Henrique saiu, ela ficou pensando em tudo que conversaram. Fugiu tanto daquela resposta sobre sua suposta infertilidade e, então, quando não lhe importava mais, ela veio. Não faria diferença naquele momento, pois não tinha ninguém, porém não havia como negar que sentia certo alento. Claro que não podia sair gritando que era fértil, já que o fato de Henrique ter descoberto que não podia ter filhos não a livrava de um resultado negativo também. Quem sabe, mais tarde, se encorajasse, assim como ele, para fazer alguns exames.

Demorou a pegar no sono aquela noite, pensando sobre tudo aquilo, e nem conseguiu se alimentar porque aquela conversa havia mexido muito com ela, chegando ao ponto de lhe causar um mal-estar.

Foi, porém, na manhã seguinte, quando se levantou para o café, que realmente se deu conta da revelação que Henrique fizera. Isso porque, quando se sentiu enjoada ao olhar para a torrada com geleia, lembrou-se da tontura que sentira no dia anterior um pouco antes de Henrique chegar. Então recordou que, também, havia enjoado quando tentara fazer um lanche à noite, mas havia atribuído ao estado emotivo em que ficara depois da conversa com o ex-marido.

Depois que passou a ânsia de enjoo, ela se sentou tentando absorver todas aquelas informações. Seria possível que... Ela calou os próprios pensamentos, confusa. Quando sentiu tontura, não associou a nada, mas quando enjoou no café da manhã, lembrou mais uma vez que Henrique assumira que a infertilidade era dele, o que significava que ela possivelmente poderia ter filhos. Helena balançou a cabeça, confusa, fazia pouco mais de um mês desde a última vez que tivera relações com Juan e, por coincidência, não havia menstruado desde então. Entretanto não dera importância aquilo, tendo em vista que não tinha um ciclo muito regular.

Helena nem voltou para o café. Caminhou de um lado para outro, confusa, sem entender o turbilhão de emoções que sentia, mas tinha medo de ter esperanças. Sempre quis ter um filho, mas nunca imaginou que criaria uma criança sozinha. Por outro lado, se estivesse mesmo grávida, teria alguém para lhe fazer companhia e não seria mais tão solitária.

— Helena, você está enlouquecendo. Isso não seria possível! Acorda — disse para si mesma.

Decidiu ocupar-se de suas coisas, escolher o vestido e o presente para o casamento de Ana e Bruno. Entretanto os enjoos não cessaram nos dias seguintes e ela, finalmente, tomou coragem para comprar um teste na farmácia. O máximo que poderia acontecer era descobrir que as revelações de Henrique lhe provocaram uma gravidez psicológica.

Sentiu-se bem estranha ao comprar o teste, como se fosse mesmo uma tola romantizando mais um acontecimento inusitado àquela altura. Mas era mesmo característica de sua personalidade, esperar todos dias por alguma pequena surpresa que colorisse sua vida.

Em casa, mais tarde, com o resultado na mão, Helena tinha uma expressão indefinida no rosto. Estava feliz, ao mesmo tempo confusa e atordoada. No final, riu sozinha, pensando sobre a emoção estranha que era aquela de carregar uma nova vida dentro de si, um novo amor inesperado, disse a si mesma. Riu sozinha de novo, riu e chorou, mais do que nunca precisava dissipar todas as tristezas de sua vida, precisava estar feliz para mostrar àquela criança que a vida podia, sim, ser boa.

Ficou pensando nos sintomas aos quais não se dera conta, o aumento de apetite, sono excessivo. Riu consigo mesma lembrando que achou que tinha exagerado nas guloseimas que trouxera de Monte Verde e, por isso, algumas roupas pareciam mais apertadas. Era uma sensação indescritível o que sentia, alegria, surpresa, enfim.

Continuou seu trabalho como cronista e teve bons patrocinadores para a sua página, que vinha agradando aos leitores. Ao mesmo tempo, tirou uns dias para si, queria escolher um bom médico, comprar roupas de bebê. Pensou no vestido para o casamento, talvez tivesse que escolher algo que não ficasse justo. Tinha menos de um mês para a cerimônia e não sabia quanto poderia estar aparecendo de sua barriga, afinal não entendia nada de gravidez e tudo era novidade para ela.

Guardou segredo, seria uma novidade somente sua. Não precisava se prender a alguém para ser feliz, agora sua vida tinha um novo sentido, alguém que poderia amar sem medo.

Helena esteve ocupada durante aquele mês, sentiu-se inspirada para o trabalho. A única novidade antes de viajar para Minas Gerais foi a ligação que recebeu de Henrique.

— Só queria te contar que você estava certa quanto ao que me disse aquele dia no seu apartamento — ele falou. — Eu acabei contando tudo a Suzana e remarcamos o casamento. Sabe o que ela disse? Que não se importa se não tivermos um filho de sangue.

— Está dizendo que pensam em adotar? — Helena ficou feliz com a notícia.

— Sim, o que você acha? — ele quis saber sua opinião.

— Eu acho a ideia maravilhosa! Tanta criança precisando de cuidados nesse mundo...

— É verdade, Helena. E eu... eu queria compartilhar isso com você porque, depois da nossa conversa, resolvi seguir o seu conselho.

— Que bom, Henrique. Fico feliz de ter ajudado.

— Você... — ele pareceu um pouco embaraçado. — Você realmente não se chateia que eu te fale essas coisas, não é? Eu fico sem graça, sem saber se...

— Henrique, nós somos amigos, e eu também me apaixonei por outra pessoa — ela revelou, para que ele não ficasse constrangido. — Só que... não tive a mesma sorte.

— Eu... sinto muito. Eu quero muito que seja feliz também.

— Mas eu serei — ela disse, lembrando-se do bebê.

Não quis contar a Henrique sobre a gestação. Seria desumano, depois da desilusão que ele tivera, dizer que estava gerando um filho, de modo que esperaria mais um pouco. Por outro lado, sentia-se realmente feliz por ele, agora que todas as mágoas haviam se dissipado de vez.

Fez a primeira ultrassonografia e sentiu a indescritível emoção de ouvir o coração do bebê. Extasiou-se com a magia da vida se formando dentro dela. Finalmente, disse a si mesma, algo maior do que sempre esperava, um bom motivo para acreditar que a roda da vida girava para o alto novamente e podia abrir os braços para o novo. Fechou os olhos no seu mundo de sonhadora incorrigível. Recebo, gritou a alma aflita por doar-se, recebo o dom de gerar outra vida! Só ela ria-se com seus devaneios, não importava o resto. Estava pronta para amar outra vez, mas um amor diferente, porém, o amor materno.

Chegou, finalmente, o dia do casamento de Ana. Helena deu uma última olhada no espelho, ajeitando o cabelo, antes de deixar o apartamento. Porém, voltou-se uma vez mais, admirando a peça que adquirira na Madeireira Berlanga: a moldura para espelho confeccionada pelo espanhol. Passou o dedo de leve pela madeira, imaginando-o concentrado na elaboração de mais um trabalho. Sentiu-se nostálgica por uns instantes, não sabia como reagiria ao reencontrar Juan, mas tinha que estar preparada para encarar aquele olhar frio novamente sem se deixar ferir outra vez.

Quando viajou para Monte Verde, estava mais alegre do que na ocasião em que partira. Entretanto, adentrar a cidade lhe trouxe uma incômoda sensação de nostalgia de novo. O espanhol rústico podia a ter rejeitado, mas ela amaria tanto o filho que esperava que essa criança nunca rejeitaria o seu amor, pensou.

Decidiu se arrumar no chalé para ajudar Ana no que precisasse. Tinha optado por um vestido transpassado, que valorizava mais o decote e escondia a barriga um pouco saliente. Como sempre fora magrinha, com pouco menos de dois meses ainda conseguia disfarçar a gravidez, apesar das formas discretamente mais arredondadas.

— Helena, acho que se lembra da minha irmã, ela estava no meu noivado.

— Claro que me lembro, Cláudia, não é? — Helena a cumprimentou. — Como vai o bebê?

— Está ótima, obrigada. Acabou de dormir, mas normalmente é bem tranquila.

— Que bom! — disse, torcendo para que o bebê que esperava também fosse.

— Helena, eu conversei com Juan sobre o casamento — Ana disse. — Ele falou que me daria uma resposta, pois talvez estivesse fora da cidade no dia.

— Claro que foi uma desculpa — ela deduziu depressa.

— Pode ser. Ele disse que não se importava que eu convidasse Dom, então eu o chamei, já que Juan não me retornou desde então.

— Tudo bem, não tem problema — a jornalista respondeu, tentando não se incomodar com a indiferença de Juan. — Talvez seja até melhor não encontrar com ele.

— Foi o que eu pensei — a amiga acabou concordando.

— Tem alguma coisa para beliscar? Estou com tanta fome — Helena disse, querendo logo mudar de assunto.

— Claro que tem. Bruno mandou uns petiscos para nós, estão na cozinha. Hum, você parece que deu uma engordadinha — a jovem observou.

— Eu fiquei muito ansiosa depois de tudo o que aconteceu. Descontei tudo na comida — a jornalista brincou.

Foram, por fim, para Camanducaia, na simpática capela, cuidadosamente decorada para receber os noivos. Helena respirou fundo subindo as escadas que levavam ao local da cerimônia para encontrar com Dominique, que a esperava para substituir Juan no altar.

— Que bom te ver de novo — Dom lhe sorriu. — Vamos nos divertir muito hoje, a festa será na Vila dos Camponeses e você não imagina como o lugar está bonito para receber os noivos.

— Eu imagino sim — ela disse, lembrando-se do agradável condomínio.

— Vamos beber muitos ponches e sangrias hoje — ele brincou.

Helena apenas sorriu, pois bem sabia que não beberia nada alcoólico devido à gravidez. Porém desviou a atenção dele quando viu que chamavam os padrinhos para adentrarem a igreja. Dom fez um gesto para que ela enganchasse em seu braço, e foi nesse momento que Juan chegou, um pouco cansado.

— Desculpem o atraso, eu tive um compromisso fora da cidade — ele se justificou. — Você se importa? — perguntou a Dominique.

O rapaz sorriu, meio decepcionado.

— Tudo bem, Ana já havia me avisado que eu só entraria caso você não aparecesse — ele deu de ombros e se dirigiu a Helena: — Nos vemos na festa, então.

Helena apenas fez um sinal positivo e baixou a cabeça, não conseguindo olhar para o espanhol. Sentia-se trêmula e percebeu que nada havia diminuído em relação ao que sentia por ele.

— Tudo bem com você? — Juan perguntou à jornalista.

— Sim — ela respondeu somente.

— Você está bonita — ele elogiou.

— Obrigada — a resposta dela foi seca, mais uma vez, num esforço para se manter indiferente.

Helena não fez questão de estender o assunto entre eles, ainda estava magoada depois da última conversa. Mas, acima de tudo, estava mexida novamente pela sua presença, incomodada pelo perfume tão bom que vinha dele e, ainda, o sotaque que perturbava seu sossego.

Juan não pôde dizer mais nada, pois tiveram que entrar na capela e, pouco depois que se organizaram no altar, a noiva chegou dando início ao casamento. Ele continuou bastante sério e concentrado na cerimônia, enquanto Helena se segurava para não virar o rosto e olhar aquela face tão linda e o olhar marcante.

Ana estava radiante, assim como Bruno. Percebia-se pelo sorriso constante no rosto dos dois que formavam um casal realmente apaixonado.

No caminho para a festa, a jornalista acabou pegando carona com Sara e Pedro, cujo carro estava sendo dirigido por Dominique, já que Pedro havia feito uma pequena cirurgia no ombro direito. Além disso, fez questão de se perder de Juan na saída da igreja. Passaria o menor tempo possível perto dele para não sofrer ainda mais e, principalmente, para não sentir qualquer tipo de culpa por não lhe contar sobre a gravidez. Não suportaria que ele dissesse que engravidara propositadamente para forçar uma situação, talvez até a chamasse de golpista de novo.

Antes de deixarem o local, ela ainda viu que Juan veio em sua direção, ao perceber que entrara no carro com Dom e o casal de amigos, mas foi barrado por Joana. Helena olhou discretamente, pois parecia que a loira discutia com ele, mas logo não viu mais nada, já que se distraiu com a conversa de Dom.

Ao som do violino

Na Vila dos Camponeses, Dominique logo se colocou ao lado da jornalista. De longe, Juan os observava de vez em quando, olhando-os discretamente.

— Tome um pouco de champanhe — Dom trouxe duas taças. — Fiquei ansioso para que voltasse, até pensei em te visitar em Porto Alegre. Você vai passar a virada de ano conosco amanhã, não vai? — ele quis saber.

— Eu marquei meu voo para amanhã, vou passar a virada na minha cidade — ela respondeu, enquanto pensava em como se livrar daquela bebida, já que não queria tomar nada alcoólico, mas tampouco queria dar satisfações.

— Como assim? — Sara se aproximou. — A festa aqui vai ser linda! Você não pode perder. Com quem vai passar a virada?

— Eu... — ela ficou sem graça de dizer que passaria sozinha. — Eu marquei com uns amigos da redação do jornal para o qual estou trabalhando.

— Ah não, por favor, seria tão bom ter você conosco — Sara insistiu. — Você terá todos os outros anos para passar com seus amigos do Sul, mas agora que já está aqui, fica mais um dia.

— Eu realmente não posso — ela lamentou.

— Vamos, não faça essa desfeita conosco — Dom insistiu também.

— Eu não posso mesmo — repetiu, pois não queria ficar mais tempo dessa vez.

Na verdade, queria ir embora o mais depressa possível, pois estar perto de Juan sem poder tocá-lo era muito dolorido para ela. Além disso, cada vez que olhava para ele, temia se sentir culpada por não lhe contar sobre a gravidez.

— Prometa que vai, pelo menos, pensar — Sara pediu. — Garanto que não vai se arrepender. As festas aqui são sempre alegres e dançamos a noite inteira.

— Eu não duvido disso — Helena sorriu, imaginando o quanto seria agradável estar com eles. — Está bem, eu vou pensar — respondeu para encerrar o assunto, pois sabia que não mudaria de ideia.

Saiu para caminhar um pouco numa das folgas que Dominique lhe deu. Foi quando encontrou com Juan.

— Está gostando da festa? — ele perguntou.

— Muito, está tudo perfeito. O condomínio já é um lugar agradável por suas características e arquitetura, mas hoje, especialmente, está maravilhoso com todas essas luzes e flores.

— Não tivemos oportunidade de conversar desde que chegamos, até porque... parece que Dominique te monopolizou de novo — ele comentou.

— Bem, você também está acompanhado — Helena se referiu a Joana, com quem o vira chegar à festa.

— Joana é uma amiga, eu já lhe disse isso — ele respondeu.

— Eu bem sei como é a amizade de vocês — Helena comentou com certa ironia, mas sua expressão era bastante séria.

— Não houve mais nada entre nós — o espanhol revelou.

— Eu não estou te questionando — ela disse, arrependida pelo comentário, pois não queria que ele achasse que estava cobrando alguma coisa.

Entretanto Juan continuou se explicando:

— É que eu percebi que não era justo continuar mantendo uma relação informal com alguém que acabou sentindo algo a mais do que eu senti.

— Com certeza você sabia que ela sentia — a jornalista afirmou, duvidando que não tivesse ficado claro para ele que o comportamento da loira demonstrava um envolvimento emocional.

— Pode ser que sim, porém Joana sempre negou. Mas, depois da última conversa que tivemos, não deu para continuar misturando as coisas.

— Então vocês não estão juntos? — Helena acabou não contendo a curiosidade.

— Nós já não estávamos juntos antes de você partir. Não estamos juntos desde que me envolvi com você na primeira vez em que esteve em Monte Verde — ele contou.

— Não foi o que você fez questão que parecesse quando me mandou embora e pediu que ela ficasse — ela lembrou-se do episódio na casa dele.

— Eu estava com raiva de você.

— E não está mais? — perguntou, curiosa.

— É claro que não! Eu sei que sou uma pessoa difícil de lidar e fui muito rude, mas quando vi você e aquele sujeito juntos eu... perdi a cabeça. Eu já te expliquei isso. A presença dele nessa cidade me trouxe muitos sofrimentos.

Helena sentiu-se incomodada com aquela conversa:

— Eu sei, porém não quero falar mais nisso, até porque você já me acusou demais em relação a esse assunto.

— Como eu disse da última vez que conversamos, admito que fui grosseiro com você. Admito que fui impulsivo e injusto.

— Mas isso não muda nada, não é?

Ele a olhou sem ação, mas ela tentou se explicar:

— Eu quero dizer... — ela ficou sem graça — nossas vidas tomaram seus rumos, estamos refeitos das feridas que causamos um ao outro. Podemos conviver civilizadamente quando nos encontrarmos em ocasiões circunstanciais como hoje.

— Está falando de quando um bebê nascer? — ele perguntou.

— O quê? — Helena olhou para ele, assustada.

— Sim, porque acredito que Bruno e Ana terão filhos, então nos encontraremos somente nesta ocasião agora — ele respondeu, referindo-se aos futuros herdeiros do casal.

Ela suspirou, aliviada, já que, por um momento, achou que Juan soubesse da sua gravidez. Aquilo a levou a querer se livrar depressa da presença do espanhol antes que batesse o peso na consciência por não partilhar da novidade com ele.

— Bem, eu acho que vou pegar algo para comer — ela avisou, preparando-se para sair de perto dele.

Juan a segurou:

— Será que conseguiu me perdoar de verdade?

— Mas você realmente acredita em mim agora? — ela quis saber.

— Já disse que sim, já te disse isso da última vez que esteve aqui. E, por isso, estou me desculpando mais uma vez, por tudo o que te fiz — ele enfatizou. — Eu fui muito duro com você, mas naqueles dias eu não tinha condições de ouvir ninguém, fiquei transtornado!

Mais uma vez ela viu aflição em seus olhos. Olhou atenta para ele, percebendo-o, pela primeira vez, desarmado.

— Eu não sou de guardar mágoas de ninguém, por que eu guardaria de você? — ela perguntou, sabendo que seria impossível não perdoar o espanhol. Ao contrário, estava até aliviada que ele não estivesse mais com raiva dela. — Agora, eu quero comer alguma coisa.

Ela disse, achando que já tinha passado tempo demais ao seu lado.

Ele, porém, não partilhava da mesma opinião:

— Eu posso te acompanhar? — Juan pediu.

— Pode, sim — ela respondeu, sem saída, embora quisesse ficar longe da sua presença.

— Agora, me conte, o que tem feito nesse último mês? Você fez aquela viagem a Portugal? — ele quis saber.

— Sim, eu fiz, na verdade, logo que retornei depois do noivado de Bruno e Ana. Foi maravilhoso almoçar de frente para o rio Tejo, como você sugeriu.

— Que bom que aceitou minha sugestão. Um dia quero fazer esse passeio. Aliás, eu tenho mesmo planos de viajar — ele contou.

— É mesmo? Estou surpresa — ela disse, ainda duvidando que ele tivesse realmente mudado.

— E agora, qual é o próximo roteiro? — ele queria saber sobre suas viagens.

— Eu ainda não tenho. Me desliguei da Ventura Magazine e estou escrevendo crônicas para um jornal, fazendo alguns trabalhos sem contrato fixo enquanto analiso umas propostas de emprego. Sabe, eu não queria ficar presa a contrato de trabalho, gosto da liberdade de fazer o que eu quero.

— Você se desligou porque...

— Porque ele mentiu para mim também, apesar de você não ter acreditado — ela acabou dizendo.

Juan suspirou e, então pegou dois copos de sangria da bandeja do garçom que passou por eles.

— Podemos selar um novo acordo de paz?

— Mais um? — ela ironizou.

— Sei como sou intricado e fui grosseiro — ele confessou —, mas não quis te ferir, acredite. Eu acabo falando as coisas impulsivamente e, depois, quando me lembro do seu jeito doce, fico tão arrependido!

— Será mais difícil brigarmos a distância a partir de agora — ela disse, brindando com ele, porém sem tomar a bebida.

— Por que não fica para a virada? — ele sugeriu.

— Eu... já tenho planos — ela mentiu.

— Claro, certamente já encontrou outra pessoa em Porto Alegre, refez sua vida. Afinal, já se passaram quase dois meses que estivemos juntos — ele deduziu.

Sim, quase dois meses que você me deixou mais do que noites de amor, ela pensou, tocando impulsivamente o próprio ventre, e então voltou à realidade:

— Não estou interessada em histórias de amor, já saí muito

machucada de todas.

— Então...

— Eu marquei com umas amigas — resolveu dizer.

— Gostaria que ficasse. Passe só mais um dia em Monte Verde — O espanhol insistiu.

— Já tenho passagem marcada — Helena respondeu imediatamente.

— Vai correr o risco de passar a virada dentro de um avião — ele argumentou, tentando convencê-la a ficar.

— Eu não me importaria. É só uma data como outra qualquer — A jornalista deu de ombros.

— Eu também pensei assim durante anos, mas este ano quero que as coisas sejam diferentes para mim.

— Fico feliz por você. Vai passar com o pessoal do condomínio? — ela indagou, surpresa com a ideia de que ele tivesse mais sociável.

— Não, na verdade, eu vou ficar em casa — ele respondeu, porém.

— Por quê? Sara disse que as festas da virada aqui são muito bonitas — Ela lamentou que ele houvesse optado por ficar sozinho.

— Eu sei, eu costumava passar no condomínio anos atrás, mas agora é diferente, as coisas mudaram e eu nem gosto de vir aqui. Na verdade, parece que as pessoas ainda me olham e comentam sobre meu casamento fatídico — Ele contraiu a testa novamente.

— Não devia se incomodar com isso. Devia pensar no quanto as pessoas se sentem bem ao seu lado e ficam felizes quando aparece por aqui.

— Não é fácil enfrentar essas coisas. Mas, vamos fazer o seguinte: se você vier, eu venho também — ele propôs.

— Não é justo, não jogue a responsabilidade para mim — ela pediu, incomodada.

— Você vem? — Juan quis saber.

— Não, eu não venho. Sinto muito — ela afirmou, distraindo-se de Juan para se servir, pois a gravidez a deixava com muita fome.

Aliás, ela já não sabia se comia mesmo por fome ou porque estava ansiosa diante de Juan. Tentou conversar com outras pessoas na festa para desviar um pouco a atenção do espanhol.

Mais tarde, Dominique a tirou para dançar novamente. Juan os observava com o mesmo olhar sisudo, antes de começar a dançar com Joana, passando de vez em quando por eles, momento em que trocava um olhar sério com Helena. Quando a música parou por uns instantes, ele foi até ela e a tirou para dançar.

— Acho que de tanto insistir, o *Don Juan* vai acabar te conquistando — ele comentou.

— Não seria um problema seu, seria?

— Você está interessada nele? — ele quis saber.

— Por que quer saber? Você me mandou embora da sua vida, o que te importa agora por quem eu me interesso ou deixo de me interessar?

— Apenas me diga, assim eu os deixo em paz e podem ir embora juntos, se é o que quer — O espanhol insistiu.

— Não vou embora com ele e nem com ninguém, não tenho nada nesse lugar e não pertenço a esse lugar, lembra? Você me disse isso — ela falou, magoada.

— Eu já te pedi perdão. Você vai continuar me jogando isso na cara?

— Mas você estava certo, eu não pertenço a esse lugar e estou apenas de passagem — Ela se sentiu aliviada por saber que iria embora no dia seguinte.

— O problema é que você mexe comigo cada vez que vem a Monte Verde — Ele a apertou mais contra si, acariciando suas costas de forma mais intensa, talvez para que ela compreendesse o que dizia.

Helena engoliu em seco, sentindo-se sensível novamente, mas estava decidida a não se machucar mais.

— Não faz isso comigo — ela pediu, sensível, livrando-se dele e saindo depressa de sua presença.

A jornalista correu para longe do pátio onde ocorria a festa, sentou-se em um banco mais distante e descansou um pouco. Não iria se deixar envolver pelo espanhol novamente, apesar do desejo que havia entre eles, pois se deixar levar por seus sentimentos só pioraria sua solidão depois. Mais calma, pediu um táxi e voltou para o hotel, onde se fechou até a manhã seguinte.

Estava se aprontando para ir embora quando recebeu uma mensagem da companhia aérea avisando que o voo havia sido cancelado. Foi convidada a ser recolocada em outro, mais tarde, ou ser acomodada em um hotel para viajar no dia seguinte.

Um pouco antes, havia recebido uma nova mensagem de Sara, reforçando o convite para passar a virada de ano em Monte Verde, na Vila dos Camponeses.

Ficou confusa, queria fugir o mais depressa daquela cidade, mas, como dissera Juan, corria o risco de passar no aeroporto ou no avião, ou no trânsito. Poderia, por outro lado, passar com amigos no condomínio, o que implicaria dizer que veria Juan novamente e ficaria mais uma vez mexida, pois a presença dele ainda a perturbava. Era amor o que sentia, pensou, era intenso e dolorido demais para não ser.

Ficou com o celular na mão, pensando em que escolha fazer. Seria preferível passar a virada num avião a estar perto de Juan, sem conseguir viver tudo o que queria viver ao seu lado.

Sentou-se, sentindo-se confusa e perdida sobre tudo. Seus olhos começaram a pesar e sentiu muito sono, como, aliás, vinha sentindo com frequência nos últimos dias, o que era comum da gravidez. Pensou em fechar os olhos só um pouquinho, mas acabou adormecendo.

Acordou assustada, mais tarde, sem saber quanto tempo tinha dormido. Levantou-se alarmada, pois tinha que responder à companhia e escolher em que voo retornaria, de modo que colocou depressa a opção para reservar lugar no próximo voo e voltar no mesmo dia a Porto Alegre. Entretanto o sistema estava congestionado e não finalizava a operação; tentou ligar, mas ficou plantada na linha de espera, aguardando para ser atendida.

Acabou desligando para atender a outra chamada.

— Helena, sou eu, Juan.

E como confundir aquele sotaque?, pensou, suspirando.

— Aconteceu alguma coisa? — ela perguntou, preocupada, estranhando aquela ligação.

— Eu queria saber se ficaria para passar a virada de ano na Vila dos Camponeses.

— Eu estou tentando reprogramar o meu voo, mas está difícil.

Ela contou, já ligando o notebook para continuar tentando pelo site da companhia aérea, enquanto usava a linha do celular para atendê-lo.

— Quem sabe seja para você estar aqui à meia-noite. Eu vou te esperar, então, e podemos ir juntos — ele sugeriu.

— Quer que eu passe te pegar? — ela perguntou, estranhando.

— Sim, eu quero que passe me pegar. Você pode fazer isso? — ele pediu.

— Não seria mais fácil ir com o seu carro? Você mora tão perto — ela argumentou, não querendo mesmo assumir nenhum compromisso, já que ainda tentava voltar para casa.

— Você já marcou com alguém, é isso? Se for isso, você pode falar — ele quis saber.

— Eu não marquei com ninguém. Eu nem iria ficar, na verdade. Como eu disse, estou aqui tentando remarcar meu voo — ela falou, ainda acessando o site da companhia aérea pelo notebook enquanto conversava com ele.

— Por favor, Helena, vamos passar a virada juntos, somente para selar nosso acordo de paz — ele insistiu.

— E esse acordo de paz vai terminar onde? — ela o questionou, estranhando sua insistência.

— Eu não estou te chamando para passar a noite comigo. Estou te pedindo uma carona para irmos juntos até a festa da virada na Vila dos Camponeses.

Helena se calou, mas no fundo bem que queria que ele desejasse mais uma noite, ao menos, com ela, nem que fosse uma despedida. Por outro lado, sabia que a cada "despedida" ou entrega ficava mais envolvida. De modo que ela entendeu que já tinham se machucado demais e que era mesmo hora de cada um cuidar da sua vida e seguir seu rumo.

Contrariando, porém, tudo o que tinha planejado fazer, Helena remarcou o voo para o dia seguinte. Mais tarde, aprontou-se e seguiu para a casa de Juan. Aproximar-se daquela casa ainda a incomodou um pouco, lembrar-se de momentos tão bons passados ali... Noites de amor, café na cama, taças de vinho em frente à lareira, como se libertar de tantas lembranças? O cheiro do espanhol e seu sotaque inconfundível... Por outro lado, também se lembrou da dura despedida debaixo do ódio de Juan nas últimas discussões que tiveram.

Logo que adentrou o portão, porém, percebeu que tinha alguma coisa muito estranha. Desceu do carro e olhou surpresa para o jardim todo decorado e iluminado. Não bateu na porta para entrar porque tudo aquilo desviou sua atenção, de modo que começou a caminhar pela parte externa na casa, deparando-se, estupefata, com a fonte reformada, iluminada e funcionando. Além disso, o jardim estava todo reestruturado, sem mato e florido novamente. Ficou imaginando de quem teria sido aquela ideia, teria sido Joana a responsável por tal transformação na propriedade?, perguntou-se.

Ainda estava tentando vislumbrar todas as mudanças na casa de Juan quando o som do violino a distraiu. Virou-se devagar, deparando-se com a imagem extasiante do espanhol, com uma calça que marcava as pernas bem delineadas e a camisa branca destacando a pele bonita e os braços fortes que seguravam o instrumento. A música envolvente fechava a sedutora imagem naquele jardim iluminado e envolvente.

A brisa soprou um pouco fria e as folhas das árvores fizeram coro para a apresentação exclusiva. Helena o observou em silêncio, suspirando instintivamente, ele sabia mesmo seduzir uma mulher, mesmo que não fosse sua intenção, pensou.

— Que lindo! — Ela aplaudiu assim que ele parou de tocar, elogiando a apresentação. — Estava ensaiando para hoje à noite? Vai tocar na aldeia, finalmente? — ela quis logo saber.

— Não. Eu estava apenas tocando para você — ele disse.

— Para mim? — Helena se surpreendeu.

— Quis fazer algo bonito para te agradar.

Ele se aproximou, deixando o instrumento sobre o banco que instalara no jardim.

— Mas... por quê? — Ela se sentiu confusa.

— *Tus lágrimas de tristeza no me dejaron olvidarte* — ele disse, usando sua língua materna.

Helena baixou os olhos, sem graça, lembrando de quando não segurou as lágrimas na última despedida. Então era compaixão o que ele sentia, pensou entristecida.

— Bem, não me esqueceu por causa das minhas lágrimas — ela riu, sem graça. — Não sei se fico lisonjeada ou envergonhada por ter desabado em lágrimas quando me tirou da sua vida — Helena tentava disfarçar o quanto estava nervosa. — Mas obrigada, estava muito bonito. Gostaria que as pessoas sempre se desculpassem comigo dessa forma — ela tentou ser bem-humorada.

— Também reformei o jardim pensando em você. Você gostou? Era assim que imaginava a fonte funcionando?

— Puxa, você quer mesmo me surpreender! Não sabia que tinha ficado tão comovido dessa forma.

Ela se sentia perturbada com a mudança de comportamento de Juan, pois não tinha intenção de lhe contar sobre a gravidez.

— Eu só queria deixar tudo mais bonito para ver se te convencia a ficar — ele falou, por fim, tocando seu braço de leve para que olhasse para ele.

— O quê? — Helena estava ainda mais confusa.

— Eu fui duro com você e fui duro comigo também, me negando o direito de ser feliz e esquecer o passado e o que veio com ele. Eu fiquei cego de raiva e quis passar por cima de tudo de bom que você tinha feito para mim, fui intransigente e... tolo porque deixei você partir — ele confessou.

— Você me mandou embora — a jornalista lembrou. — E você reafirmou que não haveria nada entre nós na última vez em que estive aqui.

— Eu sei, mas não era o que eu queria. Eu queria ter te segurado, mas não consegui passar por cima da mágoa. E... também do medo de sofrer de novo.

— De que iria adiantar eu ter ficado? A última vez em que estive em sua casa você estava ali naquele quarto secreto idolatrando sua amada esposa. Nunca haverá lugar para outra pessoa na sua vida, o amor que você sente por ela é insubstituível.

— Helena, você me viu amargurado daquele jeito no quarto, mas eu estava triste por sua causa, porque não me conformava que você também tivesse me enganado. Eu tinha ódio porque tudo o que eu havia sentido ao seu lado naqueles dias foi... muito bom, foi... intenso — Juan se abria pela primeira vez. — Eu estava feliz com você aqui e demorei para entender e admitir isso.

— Você disse que não significou nada — ela falou, lembrando do quanto ele havia sido frio e cruel em suas declarações.

— Eu só queria te ferir e, ao mesmo tempo, fugir do que eu estava sentindo. Mas eu senti tanto a sua falta, quis tanto que estivesse aqui de novo. Olha para isso, tive vontade de arrumar tudo para você, queria que se sentisse bem aqui outra vez.

Helena olhava para Juan, enquanto ele falava, sem saber se queria continuar ouvindo. Por um lado, ele parecia, pela primeira vez, tão entregue! Por outro, ela não queria a compaixão dele, nem apenas desejo físico. Logo agora que havia decidido esquecer tudo aquilo e recomeçar sua vida, ele vinha confundi-la novamente, pensou.

— Por que isso agora, Juan? O que você quer? Me enlouquecer? Me machucar de novo? — ela questionou, aflita e confusa com tudo aquilo.

— Eu não podia te procurar antes, eu precisava desse tempo para me curar, me refazer, para entender o que você realmente significava para mim. Eu precisava desse tempo para me libertar de todo o peso do passado, jogar fora lembranças, fatos, fotos, mas não apenas objetos, e sim qualquer resquício de amor ou ódio por Carla. E foi isso que eu fiz — Juan explicou.

— Mas, então, você... se libertou de todo aquele amor obsessivo? — ela quis confirmar, apesar de um tanto cética em relação a isso.

— Eu já não sinto amor algum por ela há muito tempo. Eu precisava apenas daquele chacoalhão que você me deu para acordar de vez.

— Juan, não faz isso comigo, não me confunde mais, por favor — ela pediu, apreensiva. — Eu estava indo tão bem, estava me recuperando de tudo isso, refazendo minha vida. Por que você quer me desconcertar de novo? Você nunca vai sentir por mim o que sentiu por ela, Carla será sempre um fantasma entre nós. Eu não quero mais isso — disse, por fim, decidida.

Helena fez menção de se retirar, mas ele segurou seus ombros, fazendo com que ela olhasse para ele mais uma vez:

— O fantasma da minha ex-mulher foi embora. O que eu estou vivendo nesse momento é que eu sinto por você e agora eu sei o que eu sinto, eu te amo.

Helena olhou em silêncio para o espanhol, tentando acreditar que ele lhe falara realmente em amor. Ele, então, continuou:

— E eu realmente não te amo como amei Carla, eu te amo mais, eu te amo muito! — ele disse, com olhos felizes, sem a testa contraída e tensa.

A jornalista sentiu os olhos lacrimejarem naquele momento. Era seu espanhol, o lenhador rude que tanto desejara dizendo que a amava e ela louca de desejo de se jogar em seus braços desde que chegara a Monte Verde. Ela ainda o olhava muda, sem saber o que dizer.

— Vamos começar de novo? *No hay razón para separar a dos personas que se aman* — ele brincou com o espanhol mais uma vez.

Helena mordeu o lábio inferior, ainda silenciosa, ele a enlouquecia quando falava rouco em sua língua materna.

— A não ser que você não me ame mais. E se disser isso, eu vou compreender — ele disse. — Afinal, eu sei que o tempo passou e sei o quanto te magoei.

— Eu te amo, espanhol. Eu te amo mais que tudo nessa vida. Acho que te amo desde o momento em que pus os olhos em você.

Ela o abraçou, emocionada. Juan a apertou forte contra si, procurando por seus lábios e, depois de beijá-la mais uma vez, segurou seu rosto para que o olhasse.

— Diz que fica — ele pediu. — Você pode partir quando quiser, mas pode ficar para sempre se quiser também. Você pode seguir com sua carreira e fazer suas viagens, eu continuarei aqui.

— Você tem certeza do que está dizendo? — ela estava admirada com aquele comportamento tão compreensível dele.

— Eu tenho certeza, eu não quero podar você ou os seus sonhos. Somos adultos, somos maduros, e eu confio em você. Helena, você pode ir e voltar quantas vezes quiser, eu estarei sempre aqui te esperando.

— Eu não quero ir e voltar, eu quero ficar — ela confessou.

— Mas não vai precisar largar o seu trabalho, eu vou estar ao teu lado, te apoiando. E, quem sabe, em algumas ocasiões poderemos viajar juntos, como nessa viagem que programei para conhecermos a Suíça.

— Está brincando? Iria para Suíça comigo?

— Eu acharia um desperdício perder essas passagens — ele tirou os tickets do bolso. — E tendo em vista que você me disse que ama as cidades consideradas as "suíças brasileiras", seria justo te levar para conhecer a original.

— Eu devo estar sonhando. Vou conhecer a Suíça?

— Era a surpresa que eu tinha para você aquele dia quando me deparei com o Flávio. Mas ainda quero fazer essa viagem, só precisamos ajustar as datas.

— Mas tem uma coisa que precisa saber.

— O que é? — ele perguntou.

— Eu não posso vir para cá, pelo menos não sozinha.

— E quem está pensando em trazer? — ele a olhou um pouco

apreensivo.

— Na verdade, eu já trouxe.

Helena pegou a mão de Juan e a colocou sobre a sua barriga.

— Você... você deve estar brincando! — Os olhos de Juan brilharam mais expressivos dessa vez. — Você quer me dizer que está grávida? Você não iria me contar?

— Eu tive medo que me acusasse, ou que me chamasse de golpista — ela justificou.

— Um filho... Eu sempre quis um filho — ele confessou. — Como pôde pensar em me esconder isso?

— Bem, você me mandou embora, me disse coisas horríveis. Mas agora estou aliviada em poder te contar e feliz que meu filho terá um pai.

— Obrigado por ter entrado em minha vida — Juan a trouxe para si. — Por ter sido tão enxerida e me ensinado a ser menos cabeça-dura.

— Ao menos você admite que era um cabeça-dura — ela brincou. — O cabeça-dura mais encantador que já conheci.

— E você, a enxerida mais adorável — Ele sorriu.

Nesse momento, distraíram-se com os fogos e olharam juntos para os clarões que iluminavam Monte Verde, junto com a luz que finalmente brilhava sobre a vida de ambos. Um pouco de alegria e esperança.

— Feliz ano novo — ele disse, aproximando seu rosto do dela.

— Mais feliz do que me sinto agora é impossível.

Helena respondeu, apaixonada, antes de ser beijada de novo. Sentiu as mãos quentes e firmes do espanhol acariciarem suas costas, provocando sensações extasiantes mais uma vez. Suspirou, entregue, pois no amor não basta ter febre, tem que queimar, desnortear. Provavelmente deixariam o condomínio para mais tarde, já que a casa parecia mais aconchegante naquele momento...

Coreografia de luzes e formas se renovaram em festa, a noite da virada comemorando em cintilâncias a felicidade que se iluminava ali embaixo. Agora não sou mais eu, agora somos nós, Helena pensou, alcançando as cores que eram pinceladas no céu da pequena vila e no céu da via que se desenhava diante deles. Sonhadora, vestiu-se de si mesma acolhendo novos sonhos, a três agora. E preencheu-se em gotas de risos e delírios em sua incansável e ensandecida certeza de que um dia a vida lhe estenderia uma brecha. Uma brecha que escancarou. A tristeza que espere, ou melhor, que amargue, pensou embevecida.

Dentro da casa, de corpo e alma celebravam juntos a dança da entrega, intensa como a ardência do flamenco sob a carícia do violino, enquanto lá fora as luzes do alto seguiram festejando a vila e a vida. Em meio às montanhas de Monte Verde, num recôndito cantinho mineiro, cercado de uma irresistível atmosfera romântica!

LEIA TAMBÉM:

A ÚLTIMA TEMPESTADE é um romance que aborda a violência doméstica e psicológica contra a mulher, descrevendo uma dentre milhares de histórias que poderiam ter retratado dramas reais. Contudo o foco deste livro é a esperança, o modo como a personagem recomeça, juntando os cacos de si mesma. O destaque é o amor, a amizade, a persistência. É por isso que o livro traz dois momentos na vida da personagem, mostrando as tempestades e calmarias que intercalam nossas vidas.

TAÇA ESCARLATE é uma obra que tem como temática o universo feminino, abordando as batalhas, angústias e inquietações da mulher. São contos em que o real e o psicológico se fundem, sempre com uma pincelada de devaneio e encantamento. O livro retrata personagens diversas que enfrentam seus dissabores de maneiras diferentes. Algumas se entregam, outras se refugiam em seus delírios e algumas se reinventam ou se libertam, alcançando sua plenitude.

ESTELA BECKER, Solitária e Intensa. Flashes, fama, ilusões. Como lidar com o sucesso profissional sem se perder da busca pelo sucesso pessoal? Procurando viver uma história que a completasse, Estela vai a dois extremos, um romance que dá ibope e realiza desejos que não são seus e uma história sem ibope e sem futuro. O enredo não revela apenas histórias de amor, mas uma forma de amar a si mesma, retrata o caminho percorrido por uma estrela da música para descobrir sua própria essência.

HISTÓRIA DE UMA VIDA, Memórias de Dona Nilce. O ciclo da vida é o mistério que nos intriga a cada segundo em que vemos o tempo esvair-se entre nossos dedos, alterando traços e perspectivas. Mas ainda resta a memória, e é ela que nos prende a cada fase por qual passamos. Nilce deixou sua marca, com seu jeito doce, suas histórias tristes e também as engraçadas. Com suas lutas e, principalmente, com a forma intensa com que amou a vida e a forma incondicional com que amou os seus.

O AMOR É DEMI-SEC. Ele sofreu uma perda irreparável, ela sofreu uma desilusão imperdoável. Dois solitários ariscos que se aproximaram para reerguer uma empresa de eventos. Porém, ao longo dessa sociedade, dividiram também a paixão pela música e pelas noites enluaradas. Descobriram, ainda, o suporte e afeto que poderiam compartilhar para a cura de suas feridas. O difícil, contudo, era manter todo esse afeto separado de sentimentos mais profundos...

SOBRE A AUTORA

Luciane Monteiro é natural de Paranaguá, residente em Curitiba. Graduada em Letras pela PUC-PR. Descobriu a paixão pela escrita aos treze anos e, desde então, nunca parou de escrever. Gosta de mergulhar na alma feminina, masculina, desvendando os nós de cada um e inventando novas possibilidades para cada realidade com que se depara. Autora dos livros "Estela Becker, solitária e intensa", "O amor é demi-sec" e "História de uma vida, memórias de Dona Nilce", pela KDP Amazon, e "Taça escarlate e "A última tempestade", publicados pela Editora Inverso.

Instagram: @subjetiva.lmm
Facebook: @lucianemonteiro2020

AGRADECIMENTOS

Agradeço às minhas leitoras que degustaram o livro antes de aprová-lo, em especial a Natália Maciozek com suas dicas preciosas. Agradeço à minha família sempre tão presente. Agradeço ao meu esposo pela paciência de me ouvir divagar sobre livros, histórias e personagens.